DREAM EYES
by Jayne Ann Krentz
translation by Kumiko Takahashi

琥珀色の光のなかを

ジェイン・アン・クレンツ

高橋恭美子［訳］

ヴィレッジブックス

いつものように、フランクに。愛をこめて。

謝辞

全米ダイビング指導員協会（NAUI）の指導員で、公安ダイビング協会（PSDA）の指導員トレーナー、国際テクニカル・ダイビング協会（TDI）の指導員トレーナーでもある、スティーヴン・キャッスルに格別の感謝を。彼はラスベガスで〈AAーネプチューン・ダイバーズ〉を経営しているケイブ・ダイビングの有資格者です。わたしの自慢の兄でもあります。技術面に関する彼の支援と助言には大いに助けられました。身内に専門家がいるというのはなんとありがたいことでしょう。本文中に誤りがあれば、それはひとえにわたしの責任です。

琥珀色の光のなかを

おもな登場人物

● **グウェン・フレイザー**
心理カウンセラー
● **ジャドソン・コパースミス**
テクニカル・コンサルタント
● **ルイーズ・フラー**
ウィンド・チャイム作家
● **ニコール・ハドソン**
生花店店主
● **バディ・プール**
雑貨店店主
● **ウェスリー・ランカスター**
テレビ番組『真夜中』のゴースト・ハンター
● **ハロルド・オクスリー**
ウィルビー警察署の署長
● **エリアス・コパースミス**
ジャドソンの父親。コパースミス社社長
● **ウィロウ・コパースミス**
エリアスの妻
● **サム・コパースミス**
ジャドソンの兄。テクニカル・コンサルタント
● **ニック・ソーヤー**
グウェンの親友。古書ディーラー
● **アビー・ラドウェル**
グウェンの親友。古書ディーラー

1

その死んだダイバーは〈モンスター〉と呼ばれる水中の洞窟の岩だらけの入口に、喉に刺さった骨のように押しこまれていた。遺体が――タンクとレギュレーターとフィンと浮力調整具とマスクをつけたまま――あるかなきかの潮の流れでわずかに動いた。グローブをつけた片手が、警告を発する幽霊よろしく上下に揺れた。

〝引き返せ〟

だが、ジャドソン・コパースミスに引き返す道はなかった。

島民たちが言うには、浸水した洞窟に棲《す》む野獣がダイバーたちを丸呑みにするそうだ。洞窟の入口の手前にある看板を無視するような愚かなアドレナリン中毒者たちでも、水中の通路という地図に載っていない迷宮の深部まではいっていくことはまずない。賢い者なら頃合いを見て引き返す。だが、この大きな洞窟の陸地の部分で起こった爆発によって地上への出口が封鎖され、引き返すという選択肢は奪われてしまった。こうなったら、この〈モンスター〉を泳いで通過し、海へ出られるかどうかやってみるしかなかった。

水中洞窟の内部の暗闇ほど深くて過酷な闇はない。だが、水の透明度は、現実とは思えないほどだ。懐中電灯の光線が深い闇をレーザーのように切り裂き、遺体のところでぴたりととまる。

ジャドソンは死んだ男のそばまで泳いでいき、装備を調べた。殺人犯たちが被害者のエアタンクをわざわざ空にしなかったことがわかって、ほっと安堵《あんど》した。膨張した遺体からタンクをはずして脇にかかえ、ついでに懐中電灯も拝借する。作業のあいだじゅう、死者の目がマスクの内側からこちらを非難がましく凝視していた。

〝悪いな、相棒、でもこの道具はもうきみの役には立たない。おれの役に立つという保証もないが、これで少しは時間が稼げる〟

ゆっくりと遺体から離れ、懐中電灯の鋭い光線で曲がりくねった岩だらけの通路を照らす。一刻も早く泳いで前へ進みたい衝動に駆られた。だが、性急な決断は、エアを使い果たすことと同じくらい確実に命取りになる。ジャドソンはあえてしばらくその場に漂っていた。

案の定、かすかに、だが揺るぎない水の流れを感じた。これが命綱になるのか、それとも死へと誘《いざな》う疑似餌になるのか。恐ろしいほど透明な水の流れにするりと身を任せ、ジャドソンは導かれるままに迷路のさらに奥深くへとはいっていった。

海への出口はある、と島民たちは言う。そのことは、染料を使った単純なテストで何年も前に証明されている。洞窟の水たまりに流しこまれた着色料がすぐ近くの沖へ流れ出てきたのだ。だが、この島には無数の洞窟があり、海中の出口の場所を突きとめることはだれにもできなかった。挑戦したダイバーたちはみな命を落とした。

ひとつめのタンクでの呼吸がだんだん苦しくなってきた。追いつめられてやむなく水に飛びこんだときに急いでつかんだものだ。中身はほとんど残っていない。そのタンクをはずし、慎重にそっと岩棚にのせた。いまもっとも避けたいのは、洞窟の底の堆積物をかきまわしてしまうことだ。そうなれば、舞いあがった沈殿物がふたたび沈んで水の流れが透明になるまで待たねばならず、貴重な時間が無駄になってしまう。時間の経過はエアの使用量を意味する。無駄にする余裕などとてもない。それどころか、まずまちがいなくエアは足りなくなると思われた。生死を分けるこの道具をどれほど慎重に使ってやりくりしたとしてもだ。

ジャドソンは死んだ男のタンクを身につけ、ひと呼吸待って、少しだけ身体を浮かせた。浸水した洞窟内では、トンネルの天井付近のほうが流れが速いことがある。

またしても感じた。かすかな、目に見えない引力が、浸水した迷路のさらに奥へと自分を駆り立てる。

しばらくすると――腕時計を見るのはやめた、無意味だから――懐中電灯の明かりが暗くなってきた。ぎりぎりまで使ったものの、光線はみるみる弱まった。周囲が果てしない闇に閉ざされた。この瞬間まで、暗闇が厄介だと思ったことは一度もなかった。超自然的な暗視能力のおかげで、ジャドソンは通常の明かりの力を借りずとも動くことができた。こんな状況でなければ、岩に含まれる天然の微量な放射線が周囲のようすを照らしてくれたはずだった。ところが、洞窟のなかに出現したふしぎなオーロラとそれに続く爆発が、ジャドソンの感覚を麻痺《まひ》させ、超能力を奪ってしまった。この反応が永久に続くのかどうか知るすべはないし、いまそれを思いわずらってもはじまらない。浸水した地下墓地から生きて出られないのならば、能力が失われようがどうしようが、もうどうでもいい。

遺体から失敬してきた懐中電灯を不器用にいじくり、スイッチを押そうとした拍子にあやうく落としそうになった。水は氷のように冷たく、手が思うように動かない。身につけている厚さ三ミリのウェットスーツの保護などたかが知れている。カリブ海に浮かぶ島とはいえ、ジャドソンがいるのは洞窟の淡水のなかで、この深さでは水温も低く、快適にはほど遠い。

十分後、湾曲した場所をまわりこむと、岩だらけの通路が前方で極端に狭くなっていた。やむなくタンクをはずし、狭い通路の向こうへ押しやった。それから身をひねりながらどうにか自分の身体を押しこんだ。そこで行きづまる——身動きがとれなくなる——という悪夢のシナリオが浮かんで心拍数が跳ねあがった。気がつくと恐ろしいほどの速さでエアを消費していた。

そうして身体が反対側に出た。通路はふたたび広くなった。呼吸も徐々にではあるが平常にもどった。だが被害は避けられなかった。かなりのエアを消費してしまったのだ。

流れに導かれて右方向へ進んでいるとわかったとき、いままで透明だった水が微妙に濁りはじめていることに気づいた。地下の川を流れる淡水と海水がまじりあう地点にたどりついた兆候だった。とはいえ、まだ事態が悪化する余地は充分に残っている。海への出口を発見したはいいが、とても通り抜けられないほど狭いという可能性はかなり高い。そうなったら、死刑を宣告された男として、独房の岩の桟越しに熱帯の海面を通して射しこむ夏の陽光を見あげながら最期の時を過ごすことになるのだろう。

　ふたつめの懐中電灯もゆるやかな死を迎え、ジャドソンは漆黒の闇へと突き落とされた。とっさに能力を高めてみた。なにも起こらない。超能力は完全に失われたままだった。

　いまは流れに沿って進んでみるしかないだろう。ゆっくりと泳ぎながら、洞窟の岩の壁に接近してぶつかるのを避けるために両腕を前に伸ばした。途中で、なによりも気持ちが萎《な》えるのを防ぐために、レギュレーターを一瞬口からはずして水の味をたしかめた。たしかに潮の味がする。ここは海中の洞窟だ。

　果てしない暗闇の世界に射しこんできたかすかな光の兆しを最初に感じたときは、幻覚だろうと思った。完全なる闇のせいで感覚が失われていること、最後のエアがまもなく底をつくとわかっている事実を考え合わせれば、それが妥当な推論だろう。これが、臨死体験者たちが証言するふしぎなまぶしい光というやつかもしれない。自分の場合はこのあとに現実の死が訪れるのだろうが。

　ひとつたしかなことがある。もしも今回生き延びられたら、もう夏の日差しをあたりまえのものとは決して思わないだろう。

　青白い光が着実に明るくなってきた。ジャドソンはスピードをあげた。失うものはない。

2

「遅かったわね」鏡のなかの亡霊が言った。「わたしはもう死んでしまったわ」

その言葉に非難の響きはみじんもなく、単に事実を述べただけという口調だった。生前のイヴリン・バリンジャー博士はどんなときも論理的かつ冷静で、内に秘めた情熱は研究のためにとっておかれた。死んだからといってその性分が変わるわけもない。そうとわかってはいても、グウェン・フレイザーの背筋をぞっとさせたすさまじい恐怖心と罪悪感がやわらぐことはなかった。けさではなく、ゆうべのうちにあのメールを読んでいれば。

〝あのとき・ああしていれば〟――英語のなかでもっともむなしい二語。

グウェンは、イヴリンが書斎として使っていた分厚いカーテンの引かれた乱雑な部屋のなかを歩いていった。この家の部屋はどこもかしこも暗い。イヴリンは昔から太陽の光を好まなかった。研究の妨げになると言って。

グウェンが部屋のなかを動きまわったことで、よどんだ空気がかきまわされた。天井から吊るされた水晶のウィンド・チャイムが小さく震え、黄泉《よみ》の国から聞こえてくるような不気味な音楽を奏でた。その音にグウェンのうなじの毛が逆立った。

背後のドアのそばで、イヴリンが飼っていた灰色の大きな猫が哀れっぽくミャーと鳴いた。この状況をもとにもどしてほしいとグウェンに訴えるように。でも、死をもとにもどすなんて無理な相談だ。

遺体は机のそばの床にぐにゃりと横たわっていた。イヴリンは七十過ぎの大柄でふくよかな身体の女性で、オレゴン州のウィルビーという小さな町の住民のご多分にもれず、時代遅れのファッションを貫いていた。白髪《しらが》まじりの長い髪、ぞろりと長い絞り染めのスカート、水晶のアクセサリー。まさに変人を絵に描いたようなこの装いを、グウェンはひそかに〝ヒッピー・クチュール〟と命名していた。

イヴリンの青い瞳は無言で天井を見つめていた。読書用眼鏡が床にころがっている。片方の手のそばに写真が一枚落ちていた。写真の上部にピンで刺した穴があいているのは、机の前のコルクボードにとめてあったからだろう。遺体には出血もあきらかな傷痕もなかった。

「見てのとおり、外傷はひとつもなし」鏡のなかの亡霊が言った。「そこからわかることは？」

「こんなときでも教師なんですね」グウェンは答えた。「性分だからどうしようもない？」

「いまさら変わってもしかたないでしょう、グウェン。もう一度訊くわ。あきらかな外傷はなし、それはなにを意味する？」

「自然死の可能性。あなたは七十二歳で、Ⅱ型の糖尿病患者で、身体に悪いものばっかり食べてて、投薬治療が必要になっても、おかまいなしだった。体重を落とす気はさらさらなくて、運動といったらたまに川沿いをぶらぶら歩くくらい」

「ええ、そうね、あの川よ」亡霊が静かに言った。「あの川や滝のことは決して忘れないわ、そうでしょう、グウェン」

「ええ。決して」

望みはないとわかっていながら、念のため脈を調べた。凍りつくような冷たさと、死の完全なる静寂があるのみ。グウェンはゆっくりと立ちあがった。

「この場面には、気味が悪いほど見覚えがあると思わない？」亡霊が言った。「二年前の事件を彷彿《ほうふつ》させるわね」

「ええ。たしかに」

「あの研究にかかわった人間がまたひとり、自然死に見える形で死んだ。ちょっとした偶然ね、そう思わないこと？」

グウェンは鏡のなかの映像に目を向けた。亡霊たちは決まって頼りなくかすんで見える――写真のようにくっきりと輪郭が見えることは絶対にない。グウェンが出会う亡霊のほとんどは赤の他人だが、なかにはよく知っている相手も数人いた。その短いリストのなかに、いまはイヴリン・バリンジャーも加わっている。イヴリンは恩師であり、友人でもあった。

「すみません」グウェンは亡霊に向かって言った。「メールをけさになって見ました。すぐに電話したけど、応答がなかったから、なにかあったにちがいないとわかったんです」

「もちろんわかるでしょう、グウェン」亡霊が小さく笑った。「あなたは超能力者なんだから」

「それで車に飛び乗って、先生に会いにここまで来ました。でも、シアトルからだと四時間はかかるので」

「自分を責めないで、グウェン」亡霊は言った。「あなたにできることはなにもなかった。見てのとおり、これが起こったのはゆうべよ。この書斎で仕事をしていたの。わたしが昔から夜型人間だったのは覚えてるでしょう」

「ええ。覚えてます。メールが送信されたのは夜中の二時でした」

「ええ、そうよ、もちろん。あなたは眠っていたはず」

いいえ、眠ってなかった、とグウェンは内心つぶやいた。自宅の狭いコンドミニアムのなかをそわそわと歩きながら、夢で見た不穏なイメージを懸命に振り払おうとしていた。ザンダー・テイラーの死から二年になるというのに、毎年八月の終わりになると、決まってあの悪夢に悩まされる。夢を明快に分析できる自分の能力をもってすれば、ある程度コントロールできるはずなのに、この悪夢をどうしても振り払うことができなかった。ザンダーが死んだあの夏の恐ろしい場面が夢に現れるたび、いつも同じ不安に襲われて目が覚める。ザンダーが滝に落ちていったことですべてが終わったわけではないのだ。

「起きてました」グウェンは言った。「でもメールは確認しなかった」

遺体のそばを離れ、トートバッグから携帯電話を取りだした。マックスがまたミャオと鳴いて、尻尾をバンと打ち鳴らした。

「ごめんね、マックス。どうしようもないの。もう手遅れ」

マックスはこの返事に不満顔だった。緑がかった金色の瞳でひたとこちらを見ている。

グウェンは警察の緊急通報番号を押すのに意識を集中させ、鏡のほうは見ないようにした。亡霊と話をするのはまずい。ほかの人たちを——友人だけでなく、ひょっとしたら恋人になるかもしれない相手をも——ひどく怯《おび》えさせてしまう。そもそも亡霊なんて存在しない。懸命にそう自分に言いきかせ、変死の場面で感知した奇妙な直感を、筋の通った話として伝えようと心がけた。

ふだんのグウェンはその手の会話をあえて避けている。話を聞いた相手がひどくいらだちを募らせるのがわかっているからだ。結局のところ、死者に対して自分ができることはほとんどない。それは警察の仕事だ。

もう何年も前に理解していた。鏡や窓や水たまりのような反射面に浮かびあがる亡霊と出会うということは、世にも邪悪な場所へ、変死の瞬間に放射された大量のエネルギーに汚染された場所へ、足を踏み入れるということだ。昔から言われるように、殺人にはかならず痕跡が残る。とはいえ、グウェンは警官でもなければ訓練を受けた捜査官でもない。ただの心理カウンセラーで、クライアントのために夢判断をしてささやかな小銭を稼いでいるにすぎない。副業として低予算のケーブルテレビ用ドラマの台本を書いている。死者のために正義を実行するなんてことはとてもできない。

「わたしが死んだとわかったら、ウェスリー・ランカスターはこの事件をネタにして番組の台本を書けとあなたに言ってくるでしょうね」鏡のなかの亡霊が言う。「目に浮かぶようだわ。〝この世捨て人同然の超常現象研究家は超自然的な方法で殺されたのか？　二年前に同じこの田舎町で起こった謎の死亡事件との関連は？〟ってね」

「気が散るからやめてください」グウェンは言った。「いま警察に通報しようとしてるんです」

「通報なんかしなくていいのよ。どうなるか、お互いにわかってるでしょう。警察はわたしが自然死したと決めつけるはずよ」

「本当にそうかもしれません」

「でも、あなたの直感はわたしが殺されたと告げている。ほかの人たちと同じように」

「その直感のせいでまちがった方向へ進んだこともあります」

「二年前の事件のことを考えているのね、ちがう？」

「もちろん考えてます。ゆうべはひと晩じゅう、それにシアトルから車でここへ来るあいだもずっと」

グウェンは鏡のなかの亡霊に背を向け、オペレーターの歯切れのよい声に意識を集中させた。

「どのような緊急事態でしょうか？」女性の声が尋ねた。

「たったいま古い友人が死んでるのを見つけたんです」グウェンは答えた。「イヴリン・バリンジャー博士を」

「バリンジャー？　ミラー・ロードのはずれに住んでる頭のおかしな老婦人ですか？」

「あなたのプロ意識はどこのオペレーターにとってもきっといいお手本になるでしょうね」

グウェンははっきりしている事実を早口に告げ、念のため住所を伝えた。

「すぐに車を向かわせます」オペレーターが言った。「あなたのお名前は？」

「グウェンドリン・フレイザー」

「そのまま現場にいてください」

「どこへも行きません」

グウェンは通話を切った。真っ先に現場へ駆けつける警官のなかにウィルビー警察のハロルド・オクスリー署長もいるだろう。まちがいなく。なにしろ小さい町だから。

鏡に顔をもどしたとき、亡霊が舌打ちした。

「わたしが殺されたのだということは、あなたと犯人以外だれも知らないのよ、ましてやわたしが超常的な方法で殺されたなんてことはね。犯人が法の裁きを受けることはありえない、あなたがどうにかしてくれないかぎり」

この前のときと同じね、とグウェンは思った。

「わたしにはどうしようもない」グウェンは答えた。「警官でも私立探偵でもないし」

「ええ、でもあなた、わたしに借りがあるでしょう？　あなたがサマーライト・アカデミーに監禁されていたとき、その能力の扱い方を教えてあげたのはわたしよ。《真夜中》の台本を書く仕事を世話してあげたのもわたし。わたしたちは友人だった。それに、今回は少し事情がちがうと思わない？　二年前のあなたは心理的調査をする人たちの存在を知らなかった。でも、いまなら超常現象を専門とするセキュリティ・コンサルティング会社を知っているはずよ」

これだから亡霊と話しているといやになる、まるで自分自身と話をしてるみたい、とグウェンは思った。実際それがいままさに起こっていることなのだ。

電話をトートバッグにもどした。そこではじめて、机の上に空きスペースがあることに気づいた。周囲にうっすらと積もったほこりの輪郭からして、たぶんコンピューターが置かれていた場所だ。

「犯人はコンピューターを持ち去った」グウェンは言って、まぎれもないその事実について検討した。「これは押しこみ強盗かもしれない」

「それなら、わたしはもっと昔ながらのよくある方法で殺されていたはずでしょう、そう思わない？」亡霊が訊いた。「拳銃とか、ナイフとか、頭を殴るとかね」

「ここでなにか異変が起こった、それははっきりと感じられるけど、もみあった形跡はどこにもないし、あなたが抵抗しなかったはずはない」

「不意打ちを食らったとしたら話は別よ」亡霊が指摘した。

「異変が起こったのはたしかだけど、あなたの死因は、強盗にはいられたショックによる心臓発作か心臓麻痺だった可能性だってある」

亡霊がにやりと笑った。「でも、なくなっているのはわたしのコンピューターだけ。知ってのとおり、最新型の高級な機種というわけではないわ。椅子の上にはわたしの古いリュックが置いてある。現金やクレジットカードが盗られなかったのはどういうわけかしらね」

グウェンは椅子のそばへ行って、使いこまれた小型のリュックを持ちあげた。水晶のウィンド・チャイムがまた小さく震え、幻想的な音色をひとしきり奏でた。マックスがドアのそばにうずくまり、耳を寝かせてまたミャオと鳴いた。

イヴリンの財布には現金が五十ドルとクレジットカードが二枚はいっていた。グウェンはリュックを椅子にもどした。押しこみ強盗の線はこれで消えた。

「ほかの動機という点では、いまさら言うまでもないでしょう」亡霊は続けた。「こっそりドラッグを売買していたわけじゃない。裏の森のなかでマリファナを栽培していたわけでもない。水晶のアクセサリーは大切にしていたけれど、どれも高価なものではなかったわ」

「携帯電話も持ってましたよね」グウェンは振り向いて室内をぐるりと見まわした。「見あたらないけど」

「なくなってるわ、コンピューターと同じね」

「電話なんて小さなものです。そこらへんにあるんじゃないですか？　キッチンとか寝室とか」

遠くでサイレンの音が鳴り響いた。オペレーターがこの町の緊急車両を一台残らずここへ差し向けたのではないかと思うような大音響だった。消えた携帯電話をさがす時間の余裕はあまりなさそうだ。

書斎をざっと調べようと、手早く引き出しを開け閉めした。電話はどこにも見あたらない。

サイレンがどんどん近づいてくる。グウェンは最後の引き出しをぴしゃりと閉めると、マックスの横を走り抜けて廊下に出た。猫も走ってついてくる。

キッチンの入口で足をとめ、すばやく観察した。昔ながらのタイルのカウンタートップには、一列に並べた陶製の容器と古めかしいコーヒーメーカーがあるだけ。

向きを変え、マックスを足元に従えて階段を駆けあがり、ふたつの小さな寝室を大急ぎで調べてまわった。階段を降りている途中で、最初のパトカーが猛スピードでドライブウェイにはいってきた。

急いで引き返し、書斎に飛びこんだ。捜索が進展しないことに業を煮やしたのか、ウィンド・チャイムがけたたましく鳴った。

「わたしが死んだことは、昼には大々的に報じられるわね」亡霊が淡々と述べた。「このあたりでは、こんな派手な事件はめったにないもの。二年前にメアリーとベンとザンダーが死んだとき以来」

「二年前の事件とあなたの死に関連があるなんて、そんなはずありません」

「そう言いきれる?」

「二年もたってるのに」

「でも、あなたはいまでもあのときのことを夢に見る、とくに毎年この時期になるとね、ちがう？　釈然としない気持ちをずっとかかえていたんでしょう」

グウェンはカーテンをめくってみた。パトカーの運転席から現れたハロルド・オクスリーのでっぷり太った身体を見て、気が滅入った。濃い色のサングラスで目は隠れているけれど、二年という歳月による衰えははっきりと見て取れた。身体を持ちあげて車から降りるというちょっとした運動だけで、肉の垂れた大きな顔が不健康な赤みを帯びた。制服のシャツが太鼓腹の上ではちきれそうになっている。身体のあちこちに関節の不具合があるみたいに、動きがぎくしゃくしていた。でも、あいかわらず腰には大型の拳銃を携帯しており、二年前よりは、人の死に超自然的な要素がからんでいる可能性を少しは考慮してくれるかもしれない、と思わせる気配はどこにもなかった。

カーテンをもとどおりにおろして、振り向いた。床に一枚の写真が落ちている光景に、足がとまった。コルクボードからたまたま落ちたんじゃない、と思った。死に瀕したイヴリンがとっさに引きはがして、手に持ったまま倒れたみたいに見える。

「それには意味があるのよ、グウェン」亡霊が言った。「そうじゃなければ、わたしの手のすぐそばにあるわけがないでしょう」

グウェンは写真を拾いあげ、そこに写っている七人の顔を見た。前列の端から三人めがグウェンだ。写真が撮られたのは二年前、殺人がはじまる少し前のことだった。メアリー・ヘンダースンとベン・シュウォーツが写っている。ザンダー・テイラーも。三人ともカメラに笑顔を向けている。

「この写真はコルクボードにとめてあったはず」グウェンは言った。「どうして床に落ちてるんですか？」

「興味深い質問ね」亡霊が答えた。

力強いこぶしが玄関ドアを容赦なくたたいた。グウェンは写真をトートバッグに入れて、廊下を歩いていった。マックスが音もなくあとに続く。

ドアを開けた。

「オクスリー署長」と礼儀正しく呼びかけた。

ハロルド・オクスリーがサングラスを乱暴にはずした。グウェンを見る顔つきから、こちらに劣らず先方もこの再会をまったく喜んでいないことがはっきりと伝わってきた。

「シンディから、グウェン・フレイザーなる人物から緊急通報がはいったと聞いて」オクスリーのうめくような声に絶望感がにじむ。「ただの偶然ならいいと思ったんだが」

「イヴリンは友人だったんですよ」グウェンは言った。できるだけ冷静で落ち着いた、無邪気に聞こえるような口調を心がけた。「ときどき連絡をとってました」

「三年前にあんたと出会ったきっかけは三人の遺体だった。あんたがこの町にいなかったあいだ、不審な死亡事件はただのいっぺんもなかった。あんたが町にもどってきたと思ったら、またもや死体の登場だ。こいつをどう考えたらいい？」

「二年前は、たしか三人とも自然死ということで警察は事件を決着させましたよね」グウェンは言った。怒りを爆発させないよう懸命に抑えたが、歯を食いしばっているように聞こえたにちがいない。無邪気なふるまいもこれで台無し。

「ザンダー・テイラーはちがう」オクスリーが疑念をこめて茶色の目を細めた。「滝に落ちて溺《おぼ》れたんだ」

「彼の死は自殺ということでしたよね」

「そうだ。きょうはあんたの調書をとらせてもらうぞ」

「ええ、もちろん」

オクスリーの背後で、若い巡査一名と救急隊員二名が戸口に到着した。救急隊員たちは救命装置とストレッチャーを持ってきた。

オクスリーが廊下の奥をのぞきこむ。「現場はどこだ?」

「書斎」グウェンは通り道を空けて、玄関ドアを大きく開いた。「右側です」

オクスリーと若い巡査と救急隊員たちはグウェンとマックスを押しのけるようにして進み、廊下を曲がって消えた。

グウェンは玄関に立ちつくし、家のまわりの樹木に絶え間なく降りかかる夏の小雨をじっと見ていた。廊下の先から聞こえてくる騒動とくぐもった話し声に耳をすます。

マックスが大きな身体を脚に押しつけてきた。グウェンは手を伸ばして両耳の後ろをかいてやった。

「わかるわ、イヴリンが恋しいのね」優しく話しかけた。「わたしも同じよ」

しばらくして、床に落ちていた写真のことを思いだした。バッグを開けて写真を取りだす。そこに写っているひとりひとりの顔をあらためてじっくりと眺めた。つい数えずにはいられなかった。このうちの三人が二年前に死んで、今度は写真の撮影者、イヴリンまでが死んだ。

写真を裏返すと、なぐり書きでこう記されていた。《鏡よ、鏡》

3

「イヴリン・バリンジャーは超自然的な方法で殺された、グウェンがそう考える理由は？」ジャドソン・コパースミスは訊いた。

こぢんまりとしたコテージのポーチで、ジャドソンは木の椅子を後ろに傾けて二本の脚だけで支えていた。ランニングシューズのかかとは手すりにのせている。どこまでも続くビーチに寄せては砕ける波の低い轟音《ごうおん》のなかで、兄の声がしっかり聞こえるよう電話を耳に押しつけていた。

オレゴンの沿岸に嵐が接近しつつあり、エクリプス湾の小さな町は直撃を受けることになるだろう。ジャドソンはそれを期待していた。うまくいけば、強風のエネルギーはとりあえず恰好の気晴らしになる。必要なのは気晴らしだった。このところ日中の時間が永遠に続くように思われ、夜は夜でさらに長く感じられる。

周囲にあるさまざまな灰色のものは――鈍色《にびいろ》の空からコテージの傷んだ壁板まで――あの浸水した洞窟から命からがら脱出して以来、ジャドソンにまとわりついている陰鬱《いんうつ》な気分に似つかわしかった。夜あまり眠れないのは、むしろ幸いだった。眠ると強烈な夢を見るからだ。その夢は近ごろますますひどくなってきている。

「グウェンには特殊な能力があるんだ」サムがいらだちを抑えて言った。「おれたちと同じで。覚えてるだろう？」

ああ、そうだ、きみのことは覚えてるよ、ドリーム・アイ、とジャドソンは内心つぶやいた。まだ一度しか会ったことはないが——ひと月前、サムの婚約者のアビー・ラドウェルに会うために車でシアトルへ行ったときだ——グウェン・フレイザーのことは忘れようにも忘れられなかった。

あのときは四人で街のしゃれたサウス・レイク・ユニオン地区にあるレストランへ夕食に出かけた。グウェンの妖《あや》しい緑がかった金色の瞳を見たとたん、ジャドソンは汗にまみれたシーツにくるまって過ごす熱く長い夜を夢想しはじめた。惹かれたのは向こうも同じはずだと確信した。今夜ふたりのあいだの空中に火花を散らしているエネルギーは勘ちがいなどではありえない。絶対に。グウェンこそ、あの恐ろしい夢を忘れるのに必要な気晴らしにちがいない、そう信じて疑わなかった。

なのに、セックスという一夜の気晴らしの妄想はあえなく消散した。グウェンがジャドソンの顔を見て、あのちょっとした四語を発したときに。〝わたしは・悪い夢を・修復・するの〟

その瞬間、グウェンの謎めいたまなざしを完全に読みちがえていたことを悟った。向こうは恋人候補としてジャドソンを見ていたわけではなかった。グウェンの目にはクライアント候補として映っていたのだ——専門家の助言を必要とする傷ついた男として。

いまのジャドソンには新しい四語ルールがある。〝心理・カウンセラーと・つきあう・べからず〟

「グウェンにはオーラが見えるってやつか?」ジャドソンは電話に向かって言った。「死体はオーラを発しない。彼女が犯行現場でどうやって情報を得るのかわからないね」

「アビーが言うには、グウェンの能力は本人が世間に見せているよりもはるかに複雑なものらしい」サムが言った。「あのふたりは学校でいっしょに監禁されていたころからのつきあいだ、それを忘れるな」

「監禁されていた?」

「超能力が発現しはじめると、アビーとグウェンは問題をかかえた子供のための寄宿学校に入れられた。サマーライト・アカデミーに」サムが説明した。「アビーの場合は、精神的な障害をかかえていると家族が判断した。グウェンは、育ててくれた叔母さんが亡くなったあと、いろいろあって結局その学校にたどりついた。話せば長いし、楽しい話じゃない。アビーが言うには、窓に鉄格子がはまっていたそうだ」

ジャドソンは吐息をついた。「さぞかしつらかったろうな」

「アビーとグウェンのことを知るようになって、つくづく思ったよ。おまえもおれもエマも、自分たちがどんなに幸運だったか、ちゃんとわかってなかった。おれたち兄妹の生まれつきの超自然的な側面を、なんとか受け入れようとしてくれる両親に育てられたことだ」

アビー・ラドウェルと出会ったことで兄貴はすっかり変わった、とジャドソンは思った。ふたりが文字どおり衝撃的な恋に落ちたのは、アビーがサムを雇って、殺人と復讐と希少な暗号本のからんだ事件の調査を依頼したのがきっかけだった。

ふたりはすぐにも結婚するつもりだと周囲に宣言した。ウィロウ・コパースミスは軽いパニックに陥った。花婿の母親としていくつかの権利を主張し、もう少しきちんとした結婚式のプランを練りたいので少し待ってほしいとアビーとサムに懇願した。

結局は双方が歩み寄った形になった。結婚式は八月の終わりに予定されている。あと三週間もない。その交渉にあたったのは、サムではなくアビーにちがいない。本物の家族を持ちたい、というのがアビーの幼いころからの切なる願いだった。コパースミス家の一員になると決めた以上、新しい義理の母親との関係を最初から気まずいものにしたくなかったのだろう。

披露宴はレガシー島のコパー・ビーチにあるコパースミス家の屋敷で催される。ふだんは世間から隔絶されてひっそりとしているサン・ファアン諸島のこの島が、いまや人でごった返していた。ウィロウと彼女に雇われたウェディング・プランナーが、短期間に大がかりなイベントを企画して取り仕切るための驚くべき才能をいかんなく発揮しているからだ。

派手な結婚式の準備にまつわるこうした騒ぎを楽しめる男は、おそらく地球上に五人といないのではないか、とジャドソンは思う。サムはそのなかに含まれないが、なにしろ花婿なので、ひっきりなしに出入りするケータリング業者だのカメラマンだの花屋だのが繰り広げる騒動の対応に四苦八苦していた。

ジャドソンは少しばかり気の毒に思ったが、サムならこうした状況にもうまく対処できるだろう。いずれにしろ、自分がこんな気分では、いっしょにいて楽しい相手になれるはずもなかった。それに、こんな状態のときはウィロウとかかわらないに越したことはない。母親ならではの直観力がある。息子が悪夢にうなされて不眠症にかかっているとわかれば、きっと半狂乱になるだろう。みんなのために——とりわけサムとアビーのために——それだけは避けたかった。

「なあ、コパースミス・コンサルティング社を今後どうするか決める前に、おまえが少し休養をとりたがっているのはわかってる」サムが言った。「だが、これは家族にかかわる問題だ。アビーの話だと、イヴリン・バリンジャーの死でグウェンはかなり動揺しているらしい。グウェンは調査を望んでいて、それを地元の警察に任せるつもりはない。だからおまえがウィルビーまでひとっ飛びして、バリンジャーの身になにが起こったのか調べてほしい、頼みたいのはそれだけだ」

「その結果、超常的な方法で殺されたとわかったら？　グウェンはおれになにを期待すると思う？　これは、うちがいままで依頼されてやってきた業務とはちがう。内部に潜入して、状況を分析して、スポルディングに問題を報告すれば、あとは向こうが問題を解決する、そういうのとはちがうんだ。一般の警察や検察は、証明できないようなあやしげな話には耳を貸さない。彼らに必要なのは立件するための確たる証拠で、そんなものがかならずあるとはかぎらない」

「そんなことはわかってる」とサム。

「だからこそ、うちは個人の依頼をあまり引き受けない、そうだろう？」

「そのとおり。だが、今回のは〝友人・家族〟部門にはいる依頼になる」

「それはわかるけど、だとしても疑問は残るね。グウェン・フレイザーはおれになにを期待すると思う？　彼女の友人はだれかに殺された、でも法廷で使える証拠はひとつもない、そうおれが判断したら？」

「おまえはきっとなにか考えだす。いつだってそうだ。これはアビーにとっても大事なことなんだ。グウェンには区切りをつける必要があると彼女は言っている」

「区切りって、なんの」

サムが咳払いをした。「どうやらグウェンは過去にウィルビーでなにかあったらしい」

「話がどんどんややこしくなってきたな」

「二年前、今回亡くなった女性の指揮で、ある調査研究が行われ、グウェンはその被験者七人のうちのひとりだった。研究の目的は超能力の存在を証明する方法を見つけだすこと」

「そんな研究は失敗するに決まってる」ジャドソンは言った。「科学的に測れないものを証明するのは無理だ。コパースミス社の研究所の実験室でもう何年もその問題と取り組んできてるだろう」

「たしかに。だが、二年前にウィルビーで起こった事件の肝心な点はそこじゃない」

「まだ続きがあるのか？」

「バリンジャーの研究対象のひとり、ザンダー・テイラーという男が、じつは連続殺人犯だったことがわかった。超能力者を自称する連中をつけ狙って殺すのが専門だ。ウィルビーにやってくるまで、標的の大半はおそらく詐欺師――店先の易者やタロットカード占い、霊媒、もろもろの悪質ないかさま師といった手合いだった」

ふいにジャドソンの意識のなかでなにかが目覚めた。好奇心のようなものが内からわいてくる。島からもどって以来、重苦しい陰鬱な気分以外のものを感じたのははじめてだった。

手すりから両足をおろして立ちあがった。

「おれの推理はこうだ」ジャドソンは言った。「そのザンダー・テイラーとやらは、挑戦したかった。調査研究に自分から志願したのは、本物の超能力者を見つけて殺すためだ」

「さすが、悪党の考えそうなことがよくわかってるな」とサム。「正解だ。やつはその研究調査の被験者ふたりをまんまと殺したあと、今度はグウェンを殺そうとした。見てのとおり失敗に終わったが、間一髪だった。アビーの話では、グウェンにはそのときの攻撃がかなりトラウマになっている。今回イヴリン・バリンジャーが亡くなったことで、当時のおぞましい記憶や感情が一気によみがえってきたらしい」

さらなる好奇心がむくむくとわいてきて身体を駆けめぐった。指輪についている琥珀《こはく》色の水晶を見おろす。ジャドソンがわずかに能力を高めたのに呼応して、石も少しばかりエネルギーを帯びて輝いていた。

「そのザンダー・テイラーの話を一度も耳にしたことがないのはどうしてだろう」ジャドソンは訊いた。「そんな事件があったら、普通は世間が大騒ぎして大ニュースになる。見出しが目に浮かぶよ。《連続殺人鬼の標的は超能力者》って」

「いっさいニュースにならなかったのは、やつが何人も殺していたことをだれも知らなかったからだ。ウィルビーの殺人事件の場合、最初のふたりは自然死として片づけられた。ザンダー・テイラーの死は自殺とみなされた」

ジャドソンは荒れた灰色の海をじっと見つめた。「その三人の死について、地元警察はなんて言ったんだ？」

「聞いた話では、ウィルビー警察の署長――オクスリーという男――も不審に思ってはいたが、なにひとつ証明はできなかった。それがグウェンには幸いした」

「というと？」

「三件とも、死亡を通報したのがグウェンだったから。凡庸な警察官が考えそうなことはわかるだろう。遺体を発見して通報した人間がたいてい容疑者リストのトップにおかれる」

「そして、そのグウェンがけさまたしても遺体を発見した」ジャドソンは小さく口笛を吹いた。「そんなことが起こる確率はどれぐらいかって？」

「オクスリーの目から見ればそうなる」

ジャドソンは片手で木の柱をつかみ、夏の嵐が海の向こうから徐々に近づいてくるのを見守った。「なるほど、興味深いパターンがあるのは否定できないな」

「実際、けさ現場にやってきたオクスリーも、偶然にしてはできすぎだと思っていることを露骨に態度で示したそうだ」

「グウェンがすべての殺しにかかわっているかもしれないと、署長は本気で思っているのか？」

「どの事件をとっても、殺しだと証明するのはとうてい不可能にしろ、不審に思っているのはたしかだ。グウェンがすぐに逮捕される危険はないとしても、彼女自身、心の平穏のために、なにがどうなっているのか知りたがっている。グウェンはアビーの友人だから、うちの仕事が超能力がらみの調査だと知っているんだ」

「それは昔の話で、おれはもう完全に手を引いたつもりだけど」ジャドソンは言った。

「新しいクライアントを見つけよう。そこから芋づる式に顧客が増えるかもしれないぞ」

「おもしろい」

「これはまじめな話だ。いま話した新しいクライアントのことを思えば、いちばんの得意客を失ったくらいどうということはない」

「そうは言っても、コパースミス社のセキュリティ部門の業務を除けば、あれがうちの唯一のクライアントだったんだ。それに、おれたちはあのクライアントを失ったんじゃない。おれがあの機関を完全につぶしてしまったんだ」

「気にするな」サムが言った。「代わりを見つければいいだけだ。最新の公式な統計によれば、アメリカの情報機関は、政府の機関に関連の省庁を含めて千カ所近く——おまけに民間の下請け業者は二千以上ある。ひとつくらいは確実に見つかるはずだ、超能力がらみの調査を専門に扱うコンサルティング会社に興味を持つところが。だが、さしあたりおれたちはグウェン・フレイザーの件をなんとかしなければならない」

風が強くなった。ジャドソンの感覚も。今度は状況が変わるだろう。今回はグウェンがこちらを必要としているのだ。心理カウンセリングを行うクライアントに対するような態度をとるわけにはいかないだろう。

「わかったよ、ウィルビーまで車でひとっ走りしてようすを見てこよう」ジャドソンは言った。

電話の向こうで短い間《ま》があった。

「もうひとつ、グウェン・フレイザーについて言っておきたいことがある」ようやくサムが口を開いた。

「というと？」

「彼女には亡霊が見える」

「なんだって？」

だが、もう遅かった。サムはすでに通話を切っていた。

ジャドソンは無言のまま立ちつくし、迫りくる嵐のエネルギーと来たるべきグウェンとの再会が気持ちをざわめかせるのに任せた。

しばらくのち、ウィルビーまでの長いドライブに備えて荷造りをすべく、コテージのなかへもどった。

亡霊ごときで騒ぐことはない。夜ごと自分の夢のなかでいくつも見ているのだから。

4

グウェンは〈河畔ホテル〉の喫茶室で小さなテーブルにつき、猛禽《もうきん》のような目をした黒髪の男がロビーにはいってくるのを目で追った。ジャドソン・コパースミスを取り巻く大気のなかで、琥珀色の電光が不気味な嵐となってきらめき、火花を散らした。彼のオーラのなかの不穏な熱気は、シアトルでのあの悲惨な夜から衰えてはいなかった。ジャドソンの夢の力は増大しつつある。

ジャドソンがグウェンのあらゆる感覚に及ぼす影響もまた、少しも減じてはいなかった。暴力的とも言える突然の認識、恐怖のまじった泡立つような興奮、わかったというふしぎな衝撃が、グウェンの身体に震えを走らせた。あの夜シアトルでグウェンを圧倒し警戒させたのと同じ直観的な確信が、またしても押し寄せてきた。これこそ運命の人だ、と。

ヴィクトリア朝様式の古めかしいホテルの居心地のよいロビーに、ジャドソンを取り巻く超自然の炎が燃えさかった。でも、その炎が自分にしか見えないことはわかっていた。読書用の袖椅子にすわっている数人の客は、読みかけの本や雑誌から顔をあげもしない。フロント係のライリー・ダンカンも目の前のコンピューター画面から目を離さなかった。

喫茶室では〈河畔ホテル〉のオーナーであるトリシャ・モンゴメリーが、テーブルをはさんでグウェンの向かいにすわっていた。トリシャもやはり気づいていない。

「ここだけの話、この町にいるあいだはニコール・ハドソンとなるべくかかわらないようにしたほうがいいわね」トリシャが言って、意味ありげに声をひそめた。「あの人、ちょっとおかしいのよ。あなたも知ってると思うけど、二年前の彼女はとてもまともとは言えない状態だったわ。はっきり言って、この二年で精神状態がよくなったとは言いがたいわね」

「心配しないで」グウェンは小さな身震いを懸命に抑えた。「どうしても必要がないかぎり、ニコールと接触するつもりはさらさらないから」

「そうもいかないでしょうね、ここに何日か滞在するとなれば」トリシャはさらりと言った。「ウィルビーは狭い町だし」

トリシャは三十代後半の魅力あふれる女性で、カールした茶色のショートヘアが端正なハート形の顔を縁取っている。知り合ったのは二年前、イヴリンの調査研究がはじまったときだ。当時まだウィルビーに来た直後だったトリシャは、ハイテク業界で巨万の富を築いたばかりの大富豪だった。若くして引退したのは、長年の夢――オレゴンの自然のなかで趣のある古風なプチホテルを経営するという夢を実現させるためだ。町のおおかたの予想に反して、この古めかしいホテルは一年じゅう客足が絶えなかった。

トリシャに注意を向けようとするものの、グウェンの目はついついロビーのほうへもどってしまう。ジャドソンがフロントデスクに向かって歩いていく。彼のまわりで燃えさかる琥珀色の電光の嵐は、グウェンの霊感が生みだした幻影にすぎない。ふだんなら他人がそばにいるときは自分の能力を抑えておく。でも、きょうは気が張って神経がぴりぴりしており、そのせいで制御しきれなかった。ついさっき、ジャドソンがドアを開けた瞬間に、グウェンの抑えていたほうの視覚が暴れだした。ジャドソンが来ることはわかっていたのに、自分でも不本意なほど彼のことばかり考えてこのひと月を過ごしたあと、本人を目の当たりにしたことで、感覚が揺さぶられ、能力が高められてしまったのだ。

ジャドソンの夢のなかでいったいなにが起こっているのだろう。こんなふうに――熱い琥珀色の光のなかを懸命に歩いている、断固たる決意を秘めた厳しい男のように見えてしまうなんて。

夢を分析する能力を持っているとはいえ、自分の直感がなにを告げようとしているのか理解するには、背景の事情を知る必要がある。ジャドソンはいまだ謎に包まれており、あの晩、シアトルでグウェンがドリーム・セラピーを申し出たときの反応からして、謎を解明させてくれる気はなさそうだった。

自分が見られていることを察知したのだろう、ジャドソンがフロントデスクの手前でふと足をとめて、狭いロビーを一瞥《いちべつ》し、だれを餌食にするか吟味する捕食者の目で数人の客を値踏みした。

ジャドソンが能力を少しばかり高めたのがわかった。というのも、その時点で、数人の客が遅まきながらあたりに漂うなにやら不穏な気配に気づいたからだ。何人かが雑誌から目をあげたり、一瞬だけ会話を中断して周囲を見まわしたりして、うなじの毛を逆立てる原因となったものを無意識のうちにさがしている。

だがこうした場合の常として、みな自分の感覚から送られてくる本能のメッセージに真剣に耳を傾けようとはしなかった。なんといっても、ここは心温まる安全な場所だし、新しくはいってきた客は身なりもよく穏やかで、落ち着き払っている。公然と脅威を与えるような行動をとっているわけでもない。

宿泊客たちはそれぞれの雑誌や会話にもどった。彼らの直感が告げたのは、ジャドソンが玄関ドアからはいってきたときグウェンにはすでにはっきりとわかっていたことなのだろう。彼らは安全だ。このなかのだれも、きょうはジャドソンの餌食にはならない。彼がここへ来たのはグウェンのためだ。

意志の力で、グウェンは自分の視覚を通常の範囲内に引きもどした。現実離れした異様に明るい炎がまたたいて消えたが、確信は依然として強かった。彼こそ自分が待っていた男性だ――アビーに電話をかけたときから、というだけでなく――生まれてこのかたずっと。鼓動が速まった。ティーカップを持つ指先に力がこもる。

〝落ち着きなさい、グウェン〟昔から夢想家ではあったが、自分の夢に流されてはいけないことは、とうに学んでいた。

そのとき、喫茶室の開け放されたフレンチドアの向こうから、ジャドソンがこちらを見た。また心をかき乱すような確信がふいにわき起こり、グウェンの感覚を刺激した。ジャドソンの黄金色の瞳が熱を帯びて光るのが見えた、絶対にまちがいない。

ジャドソンの存在を認めたことを、冷静かつ礼儀正しく伝えるべく、グウェンは小さくうなずいた。向こうもわずかな身振りで応じ——同じく冷静かつ礼儀正しく——そのままチェックインのためにフロントデスクへと向かった。

グウェンはトリシャに注意をもどした。

「ニコールはまだ花屋をやってるの？」グウェンは訊いた。

「ええ、やってるわ」とトリシャ。「彼女、ああいう商売に向いてるのね、少々変わり者ではあるけど。地元の結婚式やらお葬式やら、ハイスクールの卒業パーティやらを一手に引き受けているわ。うちのホテルも週一で生花のアレンジメントをお願いしてるの」トリシャのほっそりしたあごが、ロビーの丸テーブルに飾られた花を示した。「先月、ちょっと相談したいことがあって彼女の店に寄ったの。客室に飾る花を変えてもらおうと思って。事務室のドアは開いてたわ。そしたら、部屋のなかがなんだか気味の悪い霊廟《れいびょう》みたいな感じになってるのよ。彼女が二年前につきあっていた男の人、滝に身投げした人のね」

不安がよじれるようにしてグウェンの身体を駆けめぐる。

「いまだにザンダー・テイラーを想っているということ？」念のために確認した。

「そのようね」トリシャは眉をひそめた。「そして、彼が死んだのはあなたのせいだといまだに思っているわ。わたしの知るかぎり、ザンダー・テイラーはニコールが真剣につきあった唯一の人だった。植物や動物とのつきあいは得意だけど、人づきあいは苦手な人だから。あなたには言っておいたほうがいいと思って。ニコールとかかわるときはくれぐれも気をつけたほうがいいわ」

「教えてくれてありがとう」グウェンは言った。

「あなた、うちのホテルに一週間の予約を入れているのね、自分の分とジャドソン・コパースミスという人の分」トリシャがやんわりと探りを入れてきた。

「イヴリンのお葬式を手配したり、法的なこととかお金のこととか、いろいろ整理しなくちゃならないから。ジャドソンが手伝ってくれることになってるの」

トリシャの眉間にしわが寄った。「気を悪くしないでね、でもどうしてあなたがやるの？イヴリンには親族がいないの？」

「ええ。彼女は一切合財をわたしに遺したの」

「そうだったの。ちっとも知らなかった」気の毒そうに微笑んだ。「イヴリンが住んでいたこの町の自宅のほうはすぐに売れるとしても、滝のそばのロッジはどうするの、彼女が研究所と呼んでいたあの建物のほうは」

「どうしたらいいのか」グウェンは正直に答えた。「だれかに頼んで、イヴリンが備えつけた装置やら器具やらを運びだしてもらって、それから売りに出そうかと思ってる。一週間で片がつけばいいけど、なにしろやることが山のようにあって」

「あなたが呼んだそのジャドソン・コパースミスとか言う人は、お友だち？」

「お友だちというより、金融アドバイザーのようなものね」グウェンは答えた。その言葉がすんなりと口から出てきたことが誇らしかった。午前中いっぱいかけてジャドソンのことを説明する作り話をでっちあげたのだ。「不動産の処分とかそういうことに多少経験のある人だから」

トリシャの表情から懸念が消えた。「それならよかったわ、だれかに手伝ってもらわないと、とても無理だものね。イヴリンはどちらかというとお金には無頓着だったようだから。自分の研究のことで頭がいっぱいで」

「そうね」

「同じような価値観の人ばかりが住んでいる町ではかなり特殊な存在だったけど、いなくなるとさみしくなるわね」

「ええ、わたしも」

トリシャはそこで咳払いをした。「うちの客室係のサラが、あなたの部屋に大きな猫がいると言ってるんだけど」

「じつは、イヴリンの飼い猫なの。名前はマックス。あの家に置き去りにするわけにもいかなくて。餌をやる人がいないから。どうしていいかわからなくて、いっしょに連れてきたの。ペット禁止じゃなければいいけど。あとでキャットフードも買ってくるつもり」

「かまわないわ」トリシャはにっこり笑った。「うちはペットの同伴可よ」

ジャドソンがフロントデスクで手続きを終えた。革のバッグを手に、喫茶室の戸口からはいってきた。鷹《たか》を思わせる目にふさわしく、横顔はきりりとして、丸みを帯びた部分はひとつもない。足取りには、獲物をさがし求めているような強靭《きょうじん》な美しさがある。グレーの丸首セーターにカーキ色のズボン、ショートブーツ。右手の指にはめられた黒いメタルの指輪についているめずらしい琥珀色の水晶が、窓から射しこむ夏の陽光をとらえた。その瞬間、断言してもいいが、水晶が光を放った。エネルギーが注入されたみたいに。彼の瞳と同じ反応だ、とグウェンは思った。

ジャドソンはテーブルの前で足をとめ、猛禽を思わせる目でグウェンをひたと見つめた。

「やあ、グウェン」

「ジャドソン。おひさしぶり」グウェンは精いっぱい陽気な歓迎の笑みを浮かべた。「ちょうどよかった。こちらはトリシャ・モンゴメリー。このホテルのオーナーよ」

「〈河畔ホテル〉へようこそ」トリシャが温かい笑顔を向ける。

「よろしく」とジャドソン。

「こちらに何日か滞在なさるそうね。グウェンがイヴリン・バリンジャーの件を処理するのをお手伝いなさるとか」トリシャがさっそく言った。

グウェンはあわてふためいた。辻褄《つじつま》合わせのために考えた作り話をジャドソンに説明する暇がなかったのだ。

わずかに眉をあげただけで、ジャドソンはまったく動じる気配もなくグウェンを見返した。「そうです」

グウェンは安堵のため息をつき、感謝のしるしに一瞬にこりと笑いかけた。ジャドソンはじつにそつなく状況に対処してくれた。さすがね、とグウェンは思った。セキュリティ・コンサルタントだけのことはある。

トリシャが立ちあがり、椅子の後ろに置いていたコンピューターのバッグを手に取った。バッグのひもを肩にかける。「では、そろそろ失礼します。料理人と打ち合わせがありますので。うちのスタッフかわたくしでお役に立てることがあれば、遠慮なくお申しつけくださいね」

「そうします」とジャドソン。

トリシャはきびきびとした足取りで厨房へ向かった。ジャドソンがグウェンの向かいの椅子に腰をおろした。革のバッグを足元の床に置く。

「で、おれたちはイヴリン・バリンジャーの件を処理するためにここへ来たと」淡々とした口調でさらりと言った。「それが表向きの話なんだな」

「そう、殺人事件と想定してこれから調査にとりかかるなんて、大っぴらに言うわけにはいかないでしょ」グウェンは言った。上から目線で、きっぱりと。超能力などなくてもわかることだが、こういう男性が相手のときは、女がまず主導権を握って、そのまま最後まで仕切らなければならない。ジャドソン・コパースミスのような男たちは、人に指図することに慣れていて、それが当然と思っている。

「〝殺人〟という言葉はまだ口にしないほうが賢明だろう」とジャドソンも同意した。「その手の話題は人をひどく動揺させるから」

「人前でその件を話し合うわけにはいかない。あなたの部屋は、三階のわたしの部屋の隣にしてもらった。あいだにドアがあってなかでつながっているから、お互いの部屋を出入りしているところを人に見られずにこっそり話ができるわ」

「ほう」あいかわらず淡々とした口調だった。「ドアでつながっているのか」

グウェンはだんだんいらいらしてきた。「ここは、町にあるほかの二軒のモーテルより少しばかり高級なホテルだけど、実際にそれだけの価値はあるわ、朝食とアフタヌーン・ティーがついてることを考えたら」

「アフタヌーン・ティー？」ジャドソンが思案顔で繰り返した。「スコーンとクロテッドクリームがついてくるのか？」

グウェンは目を細めた。「費用はこちらで負担させていただくわ、当然ながら」

ジャドソンの目におもしろがっているような不審な表情がよぎった。「では行動を記録して、請求書を送ったときにきみが経費の明細を確認できるようにしよう」

思ったとおり、ばかにして笑っているのだ。

「あなたが扱い慣れてる、どこだか知らないけど政府の情報機関の仕事に比べたら、こんなのは取るに足らない案件だと思ってるんでしょう、わかってる。でも、アビーが請け合ってくれたわ。前回の任務が残念な状況になったせいで、おたくには目下クライアントがひとりもいないから、あなたは今回の調査に専念してくれるはずだって」

ジャドソンの顔にじわじわと危険な笑みが浮かんだ。「まちがいなくきみに専念するよ、グウェン・フレイザー」

白いエプロンをつけた中年女性がテーブルにやってきた。名札には《ポーラ》とある。ジャドソンにメニューを手渡し、険しい顔で眉を寄せた。

「もうじき四時ですよ」と警告する。「喫茶室は四時までなんです。サンドイッチとケーキは売り切れ。スコーンがふたつ残ってると思いますが、それで終わり」

「コーヒーだけ頼む」とジャドソン。

「はあ」ジャドソンが閉店時間について議論する気がなさそうなので、ポーラはあきらかにがっかりしたが、すぐに気を取り直した。「クリームとお砂糖は？」

「ブラックで」

でしょうとも、とグウェンは思った。ジャドソン・コパースミスみたいな男が飲むコーヒーはブラック以外ありえない。

ポーラがグウェンに目を向けた。「グリーンティーのお代わりは？」

「いただくわ」

「イヴリン・バリンジャーの猫を上の客室に置いてるって聞いたけど」ポーラが言った。

「ええ」

「保健所に連れてくの？」

「いいえ、たぶんシアトルへもどるときにマックスも連れていくことになりそう」ふと考えた。「あなたの知りあいにかわいい猫が好きな人がいれば話は別だけど」

「いませんよ。それでなくても、このあたりには猫がうじゃうじゃいるっていうのに。ポートランドの連中がしょっちゅう車でやってきて、いらなくなった猫や犬を道端に捨てていくんだから。それに、客室係のサラの話じゃ、イヴリンの猫はかわいげがないそうじゃないの。きょうあなたの部屋を掃除してたら、ベッドの下からシャーシャー威嚇されたって」

ポーラはすたすたと厨房へもどっていった。

声が届かない距離まで行くのを待って、ジャドソンが言った。「どうやら猫を飼うことになりそうだな」

「そのようね、とりあえず」グウェンはそこでふたたび声を落とし、わずかに身を乗りだした。「調査にはどれくらい時間がかかりそう?」

「きみがどの程度の調査を望むかによる」ジャドソンの声は通常の会話レベルのままだった。

グウェンは顔をしかめた。「どういう意味?」

「きみの友人が殺されたのかどうか見極めるだけなら、現場で五秒もあれば充分だ」

「ほんとに? あなたはプロの調査員で、この種のことにかけては高い能力を持っているとお兄さんから聞いたけど、犯行現場に五秒いれば充分とは思えない、徹底的な調査をするには」

ジャドソンはがっしりした手を小さくひと振りして、グウェンの懸念を退けた。「殺しは殺しだ。超自然的な方法によるものだとしても、痕跡はかならず残る。だが、そんなことはもうわかってるんだろう？　友人の遺体を見つけたとき、きみはなにかを感知したはずだ──犯罪を疑わせるようななにかを」

グウェンは指先でテーブルをこつこつたたいた。「そうね、たしかに、わたしなりの疑念はあるけど、この種のことに関して、わたしの能力はあまりあてにならないの」

「あてにならない？」

「夢を読んでオーラを見るのがわたしの仕事。殺人事件の調査はしない。いい、肝心なのは、イヴリンの身になにが起こったのかを、わたしはしっかり把握しなくてはならないということ。それはつまり、快く現場に五秒以上いてくれる調査員がわたしには必要だということよ」

「そうか」ジャドソンは椅子にゆったりともたれ、ブーツをはいた両足をテーブルの下でまっすぐに伸ばした。両手の親指を幅広の革のベルトにひっかける。「具体的に言うと、おれになにをしてほしいんだ？」

「そうね、死因を見きわめてもらいたい、まずは」

「要するに、イヴリンが超自然的な方法で殺されたのかどうか知りたいと」

「そういうこと。これまでの健康状態からして心臓発作か脳卒中だった可能性もなくはない、それは認めるわ。だから確認したいの」

「ほかには？」

「もしも彼女が殺されたという結論が出たら、当然、犯人を見つけてもらいたい」

「なあ、それこそ――さっきのきみの言葉はなんだった？　そうそう、あてにならない、だ」

「かなり面倒だ」

グウェンは目を細めた。「面倒？」

「殺人犯を突きとめるのはあまり得意じゃないのかしら？」とっておきの甘ったるい声音で訊いた。

「いやいや。それも得意分野だ」

ジャドソンが噴きだしたところへ、ポーラが彼のコーヒーとグウェンがサインすべき伝票を持ってテーブルにやってきた。ポーラがそばで待っているあいだに、グウェンは小さな紙切れに名前とチップの額を記入した。

サインされた紙切れを手に取ると、ポーラは厨房のほうへ引き返した。

「きみのチップの額に喜んでるようには見えなかったな」ジャドソンが目ざとく気づいて言った。

「ほんと、喜んでもいいはずなのに。あんなに気前よくチップを払ったんだから。わたしもウェイトレスをしてたことがある。だれでも知ってることだけど、ウェイターやウェイトレスの経験者ってついチップをはずんでしまうの、ひどいサービスのときでも」

「おれはただ、喜んでるようには見えなかったと言ってるだけだ」

「おまけに猫が好きじゃないみたい。ポーラのことはいいわ。当面の問題にもどりましょ。悪党どもを突きとめるのも得意だと言ったわね。じゃあ、あなたにとって殺人事件の調査でむずかしいのはどの部分?」

ジャドソンはコーヒーを手に取った。「今回のような状況で面倒なのは、地元警察に提供できるような証拠を見つけることだ。警察が逮捕して立件するのに必要な証拠を」

「でも、あなたとお兄さんはそういう仕事をしてるんじゃないの?」

「厳密にはちがう。たいていはオフレコで仕事をしてるんだ」

「オフレコ?」

「アビーからコパースミス・コンサルティング社の業務内容は聞いてない?」

グウェンはためらいがちに言った。「おたくの業務は政府機関の依頼によるセキュリティ調査で、それがこのところの予算の大幅な削減で業務を停止してるって、そうアビーから聞いた」

ジャドソンは困ったような顔になったが、訂正はしなかった。

「そのとおり。だが、これまでのクライアントの仕事のすばらしい点は、責任者が、通常の法執行機関が対処しなきゃならない法律の細かい専門事項に関してあまりうるさく言わなかったことだ。うちは逮捕にかかわる仕事はやってなかった」

「なるほど」

「なにか問題でも?」

「まだなんとも言えない。お兄さんから事前に聞いてない？　イヴリン・バリンジャーが殺されたことをわたしたちがどうにか証明したとしても、地元警察の署長はたぶんわたしを第一容疑者と見なすわ」

ジャドソンはコーヒーを飲んで、カップをおろした。「たしかにサムはその可能性を口にしていたよ、ああ」

「いまここではっきりさせておきましょ、ジャドソン。あなたを雇うのはイヴリン・バリンジャーを殺した犯人を見つけてもらうためよ、彼女が殺されたと仮定して。わたしが刑務所にはいらずにすむような形でその仕事をしてほしいの」

「通常、その種の仕事には割増料金を請求する」

グウェンは言葉を失い、つかのまジャドソンをぽかんと見つめた。そのあいだにジャドソンはまたコーヒーを少し飲んだ。

「本気？」やっとのことで言った。

「いいや」ジャドソンの笑みは鋼鉄のように冷ややかで、その目は燃えていた。「だいじょうぶ、きみには〝友人・家族〟割引料金が適用される。要するに、きみが絶対に殺人罪で逮捕されないようにするというちょっとした特別サービスに対する割増料金は払わなくていいということだ。その分はおまけしておこう」

「あらまあ、それはどうも」いまにも破裂しそうな癇癪《かんしゃく》玉を、グウェンは必死で地面に組み伏せた。調査員の知りあいなんかほかにいくらでもいる、というわけではないのだ。そう自分に言いきかせた。「で、具体的に言うと、そちらとしてはまずなにをなさるおつもり?」

「『バカでもわかる超能力調査』によると、はじめの一歩は、犯行現場へ行くこと」腕時計をちらりと見た。「それはあとで日が暮れてからにしよう、なかにはいるところを人に見られない時間に」

「別にこそこそする必要はないわ。じつはわたし、たまたま鍵を持ってるの」

「おっと、そいつはすごいな、だったら話は早い。被害者の鍵を、きみがたまたま持っている理由を訊いてもいいかな」

グウェンは身構えた。「イヴリンは多くを持たない人だった。超常現象の研究に人生を捧げていた」

「もうかる職業とは言えないな、詐欺師ならともかく」

「そうね」グウェンも同意した。「でも、イヴリンが実際に所有していたものは、わたしに遺されたの」

ジャドソンの眉がわずかに持ちあがった。「この案件は聞けば聞くほどおもしろくなってくる。きみがイヴリンの唯一の相続人だということを殺人の動機と見なす連中もいるかもしれない、それはわかってるんだろうな」

「じつを言うと、きょうはその考えが何度も頭をよぎった」

5

ジャドソンはホテルの三階にある自分の部屋にはいり、天蓋《てんがい》つきベッドの足元の長椅子に黒いダッフルバッグを置いた。いまや疑いの余地なくはっきりしたことがひとつある。グウェンに対する自分の反応になんら変化がなかったことだ。喫茶室にいるグウェンを見たとき、あのみだらな欲望――身体の芯がぞくぞくする気分――がまたしてもわき起こり、それはひと月前シアトルではじめて彼女に出会ったときにジャドソンを打ちのめしたのと同じ感覚だった。

いや、むしろ今回のほうが反応が強かった。このひと月というもの、グウェンのことが気になって頭から離れなかったせいだろう。

グウェンは女性としては長身なほうで、自分にはぴったりだ、とジャドソンは思った。魅力的といっても、いわゆる雑誌のカバーガール的な意味合いではない。彼女の魅力は、その切れ味のよさにある。

濃い色の髪を後ろできりりとひとつにまとめているので、筋の通った鼻や秀でた額、深みのある眼光鋭い魔女のような目が際立って見える。身体の曲線は目立つというほどではないが、まちがいなく女性らしさを備えている。グウェンにはしなやかな猫を思わせる雰囲気があり、それがジャドソンの五感を刺激するのだ。

そこですかさず当然の疑問が浮かぶ。グウェンの人生に男はいるのだろうか。サムとアビーの話では、彼女の世界に重要な意味を持つ相手はひとりもいないらしい。だが、とてもそうは思えない。〝きみをものにするにはだれを始末しなきゃならないんだ、グウェン・フレイザー？〟

部屋のなかを歩くと、ブーツの下で古い床板がきしんだ。このホテルの歴史は一八〇〇年代の終わりまでさかのぼる。壁に飾られたモノクロ写真によれば、当初は個人の邸宅だった。これを建てた材木王は、客や仕事仲間を招待してもてなすための夏の別荘として使っていたらしい。

窓辺で足をとめ、景色を眺めた。鬱蒼《うっそう》と茂る樹木を透かして川が見える。いま立っている場所から、問題の滝は見えなかった。二年前のできごとに関してわかったことを、ジャドソンはあらためて考えてみた。最初の二件の死亡事件は三週間と間をおかずに起こった。どちらもグウェンが遺体を発見した。その数日後、ザンダー・テイラーが滝に身を投げた。自殺と思われた。この事件も、警察に緊急通報したのはグウェンだった。

どうにもあいまいな点が多すぎるが、ひとつだけたしかなのは、不可解な連続死亡事件が、最後のテイラーの死で終止符を打たれたことだ。サムの話では、イヴリン・バリンジャーの研究プロジェクトの生き残ったメンバーは全員がまだ生存している。少なくとも、けさまではそうだった。

ところが、ここへきてそのプロジェクトの指導者が死んだ。そして、遺体の発見者はまたしてもグウェン・フレイザーだった。

ジャドソンは深い森の景色をしみじみと眺めた。オレゴンの山間部には手つかずの自然がたっぷり残っている。毎年、太平洋沿岸北西部のこの地域にハイキングにやってきては、そこで永久に姿を消す人々がいる。荒々しい地形はあらゆる種類の捕食動物たちに恰好の隠れ家を提供してくれる。人間も例外ではない。殺人を犯した者はほとぼりが冷めるまで森のなかに姿を隠すこともできる。

ジャドソンは窓辺を離れて、クルーネックのシャツを脱いだ。革のバッグを開けて、微妙に色合いのちがうグレーの新しいシャツを取りだして、洗面道具をつかみ、顔を洗うために広々としたヴィクトリア様式のバスルームへ行った。個人のクライアントから仕事を受けることには慣れていないが、やはり身だしなみは大事だろう。少なくともグウェンのようなクライアントの場合、それは大事な要素になるはずだ。階下の喫茶室での彼女の態度から、こちらの手腕と仕事に対する責任感がいささか疑問視されていることがはっきりわかった。首にならないうちに、きちんとした姿勢を見せておくべきだろう。

コパースミス・コンサルティング社の評判も考慮しなくては、と自分に言いきかせた。ここでまたひとりクライアントを失うわけにはいかない。

鏡に映る男の顔の変化に気づくのに半秒ばかりかかった。その男の目からは、この数週間のわびしく無気力な表情が消えていたのだ。ひとつだけ予感があたっていた。グウェン・フレイザーこそ、自分がずっと必要としていた気晴らしだった。

洗いたてのシャツをカーキ色のズボンにたくしこんで、ジャドソンは広々としたバスルームをあとにした。

くぐもった猫の鳴き声に足がとまった。隣の部屋へ通じるドアのほうを振り返った。ドアは閉まっていて、こちら側は鍵をかけてあるが、床との隙間から四本の脚の影が見える。今度は問いかけるようにミャオと鳴き、ドアの向こう側でうろうろしはじめた。

こちらから鍵を開けて取っ手をまわしてみたが、グウェンの側の鍵はかかったままだ。

「悪いな、猫。いまはそこでがまんしてくれ」

隣の部屋からまたくぐもった鳴き声がした。今度はいらだったような声だ。

「怒るならボスのレディにな」

部屋の反対側にもどり、右足のブーツをベッドの足元の長椅子にのせた。ズボンをめくって、足首に固定された革のホルスターにおさめてある拳銃を確認する。

仕事用の装備が整っていることに満足し――今回の仕事にはやや重装備すぎる気もするが――廊下に出て階下へもどった。エネルギーの不穏なざわめきを身体に感じたのは、ロビーで待っているはずのグウェンがいないとわかったときだ。

フロント係が仕事を中断して顔をあげ、黒縁めがねの奥で目を細めた。三十代前半、がっちりした体格、砂色の髪は早くも薄くなりかけている気配だ。バーコード風になでつけているが、あまり効果はない。名札には《ライリー・ダンカン》とある。

「フレイザーさんをおさがしなら、男の方と話をしに外へ行かれましたよ」ライリーが言った。

ジャドソンはうなずいた。「ありがとう」

窓の外を見ると、駐車場にグウェンがいた。ひとりではなかった。ふさふさの金髪を肩まで伸ばした背の高い男といっしょだった。並んで立っているふたりのようすからして、知らない仲ではないことがはっきりとわかる。グウェンは固く腕組みをして、会話の流れが好ましくないことを相手にわからせるためにあごをつんとあげている。

ジャドソンは玄関の扉を押し開けて表に出た。午後の遅い時間だった。太平洋沿岸北西部では、夏の昼は長く、まだ日が照っている。だがこの山間部では、一年のこの時期でさえ日の暮れるのが早い。ウィルビーの町には早くも夕闇が迫りつつあった。

いやな予感に血をたぎらせながら、ジャドソンはグウェンとその連れのほうへ歩いていった。彼女をものにするために始末せねばならないのはこの男だろうか。

グウェンはホテルの入口に顔を向けていた。さっきと同じパンツと黒っぽい長袖シャツの上に、薄手の黒いジャケットをはおっている。すぐにジャドソンに気づいた。安堵に続いて、緊急警報がその目をよぎった。にこやかな笑顔は異様に明るく、異様に温かかった。親密な間柄の男に対して女性が見せる、そんな笑顔だ。いったいこれはどういう状況なんだ?

ジャドソンは不審に思った。

「あら、やっと来たのね、ジャドソンたら」グウェンがすかさず言った。「今夜はあなたと予定があるって、ちょうどウェスリーに説明してたところなの。こちらはウェスリー・ランカスター。ウェスリー、これがジャドソン・コパースミスよ」

たったいま金融アドバイザーから恋人役に格上げされたことは、超能力などなくともすぐにわかった。それならそれでかまわない。調子を合わせるとしよう。肩が触れ合うほどぴったり寄り添って立った。

「コパースミスです」グウェンからの暗黙の指示に応えて、ジャドソンはあたりさわりのない口調を心がけた。とりあえずこの場の状況がわからないうちは。

「ランカスターだ」ウェスリーは紹介に対してぶっきらぼうに応じ、それに合わせて頭を一瞬だけ無造作に傾けた。グウェンに連れがいるとわかってうれしくないのがありありとわかる。

間近で見ると、ウェスリーの遺伝子プールにはどこかの時点で北欧のヴァイキングが何人か貢献しているのがわかった。背が高くて、尻がやけに小さく、ジムで長時間過ごして意図的に筋肉をつけたような身体をしている。力強いあご、高い頬骨、薄い色の目、流れるような優雅な金髪が、さらにそのイメージを強めている。これで斧《おの》と楯とヘルメットがあれば完璧なヴァイキングだ、とジャドソンは思った。

戦闘用の甲冑《かっちゅう》の代わりにウェスリーが身につけているのは、紺のシルクのシャツに特別仕立ての黒いズボン。シャツの襟は胸元まで深く開いている。くったりとした麻のジャケットにイタリア製のローファー。どこかのデザイナーが仕上げをしたような装いだ。だが、誇り高いヴァイキングなら、ハリウッドの映画スタジオの宣伝用にめかしこんだような恰好で自分の葬式に臨む姿など絶対に見られたくないと思うはずだ。

「ウェスリーは『真夜中』のゴースト・ハンターなの。幽霊や超常現象の報告を詳しく調査するテレビ番組」グウェンが説明した。

そういうことか、とジャドソンは思った。

「なるほどね」と応じ、そこでやめておいた。ゴースト・ハンターなんかみんなペテン師に決まっているとか、そんな番組のことなんか聞いたこともないとか、わざわざ付け加えてことを荒立ててもしかたがない。

「グウェンに聞いたけど、きみたちふたりはイヴリン・バリンジャーの葬儀の手配や事務処理のためにこの町にいるそうだね」ウェスリーが言った。

「そう」さりげなく答えながら、ジャドソンはウェスリーとグウェンのあいだの波長を感知しようとした。過去になんらかのいきさつがあるのはたしかだが、それ以上となるとたちまち霧に包まれてしまう。「あんたはどうしてウィルビーへ?」

ウェスリーは深いため息をつき、困ったような顔になった。「イヴリンに会いにきたんだよ。何日か前から連絡をとろうとしてた。メールの返信が来なくなって、留守番電話にメッセージを入れても折り返しの電話がかかってこない。だから飛行機でポートランドへ飛んで、車でこのウィルビーまでようすを見にこようと思ったわけだ。イヴリンがゆうべ死んだとわかって、そりゃあショックだったよ」

「イヴリンと連絡がとれないとわかって、それほど心配したのはどうして?」ジャドソンは訊いた。「親しい友人だったとか?」

「仕事仲間だ」ウェスリーはむすっとして答えた。

グウェンが腕組みを解いて両手をジャケットのポケットに押しこんだ。「イヴリンはウェスリーから仕事を請け負っていたの。『真夜中』のメインの調査員だった。幽霊や超常現象の話の裏づけをとっていたの。『真夜中』のエピソードにふさわしいロケ地を選定するのがイヴリンの仕事。ウェスリーが場所を決めて、わたしが台本を書いてた」

ジャドソンはグウェンを見返した。「きみが、台本を?」

「そうよ」とグウェン。文句あるかと言わんばかりに、黙ってにらみつけてきた。

「幽霊屋敷を調査する番組の?」ジャドソンは慎重に訊いた。

「そうよ」言葉から氷がしたたり落ちた。

ウェスリーが顔をしかめた。「なにか不都合でも? コパースミスさん」

「いや。グウェンが心理カウンセラーなのは知っていたけど、フィクションを書いていたとは知らなかったので。それだけ」

グウェンは夕暮れの空を仰ぎ見て、少しうんざりしたような顔になった。

「『真夜中』はフィクションじゃない」ウェスリーがぴしゃりと言った。「うちの番組が扱うのは本物の幽霊だ。グウェンは、昔の殺人事件や不可解な失踪や変死にまつわる具体的な事実と風聞に基づいて台本を書いている」

「なるほど」ジャドソンは言った。「何人くらい人を使ってる？」

ウェスリーはいらだたしげに見返した。「数人、それがなにか？」

「ちょっとふしぎに思ったんでね。スタッフのだれかと電話やメールで連絡がとれないと、そのたびに飛行機に飛び乗って何時間も車を走らせてようすを見にいくことにしているのかな、と」

視界の隅で、グウェンの表情が険しくなった。エネルギーがかき乱され、彼女が能力を高めたことがわかった。ウェスリーのオーラを読み取っているのだ。〝きみにはなにが見えるんだ、ドリーム・アイ？〟

ウェスリーは怒りを募らせていた。「イヴリンは調査プロジェクトの結果報告をなかなか送ってこなかったんだ。すでに二回も締切りを延ばしていた。次回の現場の調査は終わったのかと問い合わせるたびに、あと数日かかるという返事だった。そのうちとうとう電話に出なくなった。『真夜中』はいつもぎりぎりのスケジュールで制作している。のんびりすわって調査員を待っている暇はないんだ。だから、イヴリンがつかまらないのでわたしがじきじきにここまで足を運んだというわけだ。夜のあいだに死んでいたとは夢にも思わないからね」

「ここへは何時に着いた？」ジャドソンは訊いた。

「そんなことをきみに説明する義務はないと思うがね、コパースミス」ウェスリーはグウェンに顔を向けた。「さっきの話、考えてみてくれ。台本とは別に調査のほうも引き継ぐ気があるなら、それなりのことはさせてもらう。とにかく時間がないんだ。きみの助けが必要なんだよ」

「考えてみる」グウェンは約束した。

「そうしてくれ」ウェスリーはさらに言った。「でも返事は早めに頼むよ。謝礼はイヴリンと同じだけ払おう。調査と台本書きの両方をやれば、心理カウンセラーの仕事をはるかにしのぐ収入になる、それはお互いにわかってるはずだ」

「わかってる」グウェンは言って、探るような目で見返した。「この町にはいつまでいるつもり?」

「今夜のうちにポートランドへもどって、明朝いちばんにカリフォルニア行きの便に乗らなきゃならない。あしたは一日じゅう撮影だ。だが携帯電話で連絡はつく。いつでもかけてくれ、昼でも夜でも。すぐにも返事を聞きたいんだ、グウェン」

「わかった」

ウェスリーはためらいがちに訊いた。「イヴリンが最後にどんなことをしていたのか、心あたりはないかな」

「いいえ。メモをいっさい送ってくれなかったから。いつもは、ふたりで番組の構想をあれこれ相談してから、あなたが採用しそうなものをふたつほど選んでいたの。でも、ここ二週間はなんの連絡もなかった」

「イヴリンのファイルを整理して『真夜中』に関するものが見つかったら、知らせてくれ」

「わかった」

「それにしても妙だな」とウェスリー。「最後に話をしたとき――わたしの電話に出なくなる一週間ほど前だが――なにかすごいことに取り組んでいるような印象を受けたんだ。本当に、それらしいことをちらっと口にしたりはしなかったかい？」

「いいえ」

「そうか、だったらしかたがない。残念だけど」ウェスリーのあごに力がはいった。「さっきの提案だが、わたしは本気だよ、グウェン。イヴリンもきみが仕事を引き継いでくれることを望んだはずだ。超常現象の研究という彼女の遺産を受け継ぐことをぜひとも考えてくれ。報酬は決して悪くない、その点は保証するよ」

「ちゃんと考えると約束する」グウェンはジャケットのポケットから片手を出して、腕時計をちらりと見た。「もうこんな時間。そろそろ失礼するわ、ウェスリー。ジャドソンとわたしはやらなきゃならない仕事があるの」

「ああ、そうか。仕事ね」ウェスリーは目を細めてジャドソンを一瞥し、そばにとめてあった車のドアを開けた。運転席に乗りこんで、グウェンを見あげた。

「くれぐれも頼んだよ。イヴリンが最後に取り組んでいた調査のファイルが見つかったら、すぐに知らせてくれ」

「ええ。でもあらかじめ言っておくけど、ファイルはたぶんコンピューターのなかで、そのコンピューターは行方不明なの」

「くそっ」ウェスリーはドアをばしんとたたき、車を発進させた。

ジャドソンは車が轟音とともに駐車場から出ていくのを見送った。

「あいつを容疑者リストに加える必要はなさそうだ。イヴリンのおかげでかろうじて番組が続いているような口ぶりだった」

「ウェスリーにとってなくてはならない人だったのはたしかね。だから動機があるとは思えない。それに、わたしの見立てが正しいとしたら、イヴリンは超自然的な方法で殺された。となると、ウェスリーが彼女を殺すのはまず不可能ということよ」

「どうしてそう言いきれる？」

「ウェスリーのことは、イヴリンの研究に参加してたころから知ってる。はっきり言って、たいした超能力はないわ。そもそも超常現象を信じてもいない。テレビでやれば視聴率がとれると思ってるだけ」

「そうか、それでいくつかのことは説明がつく」ジャドソンはグウェンの腕を取って自分の黒いSUVのほうへ導いた。「まずは大事なことから片づけよう。とにかく実際に現場を見て、殺人かどうか、もしそうなら、超自然的な方法による殺人かどうか、それをたしかめる。あとのことはそれから考えよう」

「そうそう、大事なことといえば、まずはウィルビー雑貨店に寄ることよ、店が開いてるうちに。猫に餌をやらないと」

「たしかに。キャットフードが先だ。殺人の調査は二の次」

グウェンの腕をつかんでいるのは、われながら心地よかった。かなり。助手席のドアを開けると、グウェンが足をとめてジャドソンの手を見た。

「その指輪」

「これがどうかしたのか?」

「少しエネルギーが注入されてる。お兄さんのサムがつけてるような超常エネルギーを持つ水晶ね?」

ジャドソンは自分の指輪をちらりと見た。琥珀色の水晶はかすかな光を放っていた。持ち主が感覚をわずかに高めたことに石が反応しているのだ。

「ああ、この石には超常エネルギーがある。父がこれをくれたのは十代の終わりごろだった。サムとエマも水晶を持っている。それぞれに特徴があるんだ」

グウェンの肘をつかんだまま手を貸して助手席に押しあげ、ドアを閉めて、車の前から運転席にまわった。もう一度、指輪に目をやった。あの夜シアトルで、グウェンをベッドに誘う可能性についてあれこれ考えていたときも、水晶はエネルギーを帯びていた。今夜も同じ状態になっている。おそらくは同じ理由で。グウェンのことを考えるだけでささやかな快感がわいてくる。物理的にそばにいるだけで興奮してしまう。

長年のつきあいで、この水晶が自分の超能力のエネルギーに共鳴することはわかってきた。本気で集中すると、石は融解した琥珀のように光り輝く。とはいえ、石が放つウルトラライトはスペクトルの超自然の側から来るものだ。超能力に対して敏感な者でなければ、水晶が熱を帯びていることには気づかない。

水晶のなかでエネルギーが渦巻く特定の状況があることには気づいていた。だが、グウェンに出会うまで、こんなふしぎな色で熱を帯びたことは一度もなかった。太陽光の輝き、浸水した洞窟から脱出する道しるべとなったあの光だ、とジャドソンは思った。

ドアを開けて運転席に乗りこみ、大型のエンジンを始動させて、狭い駐車場から走りだした。

「よかったら教えてくれないか。マイティ・ソー（北欧神話を基にしたコミックに登場するスーパーヒーロー）におれたちが親密な仲だという印象を与えようとしたのはどうしてだ？」

助手席からはっと硬直するような気配が伝わってきた。

「マイティ・ソー？」聞きまちがえたとでも思ったのか、グウェンはその言葉を繰り返した。

「失礼」ジャドソンはギアを入れ替えた。「あの髪を見てつい」

グウェンはにっこり笑った。「たしかにウェスリーには独特のスタイルがあるから」笑みが消えた。「あなたとわたしがロマンティックな間柄だとほのめかしたつもりなんかさらさらないんだけど。そんなふうに見えた？」

ジャドソンはハンドルを握る手に力をこめた。「ああ、見えた」

「ほんと？」

「男の直感と呼んでくれ」

「そんな印象を与えようなんて思ってもいなかった、ほんとに。ただ彼に知らせておきたかったの、わたしには――」

「後ろ楯がいる？」

「そうそう、後ろ楯」見るからにうれしそうだった。「まさにそれよ」

「どうして？」

「ウェスリーは自分の番組のこととなると、ちょっと取りつかれたみたいになるの。こっちの調査に首を突っこまれると面倒だから」

「首を突っこんでくると思ってるのか？」

「そうよ。『真夜中』のエピソードのネタになりそうだと思ったら即行でね。超常現象を研究していた女性の不可解な死を調査する、これ以上おあつらえ向きのネタがあると思う？」

「あいつの番組はそんなに人気があるのか？」

「ケーブルテレビの視聴率は悪くなかったけど、ここだけの話、かなり苦戦してると思う。だって幽霊の話なんてそんなにざらにあるものじゃないでしょ。しばらくやってると、どうしても似たような話ばかりになってくる。イヴリンとわたしもできるだけのことはしたけど、常に新しい切り口を提供し続けるのは至難の業よ」

「幽霊なんてものが存在しないとしたら、なおさらだ」

「そんなのは些細な問題。大きな声じゃ言えないけど、イヴリンとわたしがエピソードにぴったりのロケ地を見つけておもしろい台本を書くという作業を成功させてきたのは、純粋に殺人事件に焦点をあててきたから。もちろん、わたしたちがこだわったのは大昔の事件――歴史に残る謎めいた事件よ」

「関係者全員がとっくにあの世へ行ってるような事件か」

「そう。死者の身内から訴えられるのだけはごめんだから。とにかく、事件とロケ地が決まったら、あとはその話にふさわしい幽霊をでっちあげるだけ。それなら簡単」

「そうしないと、なにか証拠が見つかったら、警察に行くべきかどうか悩むはめになる?」

グウェンは横目で一瞬こちらを見てから、まっすぐフロントガラスの向こうに目を向けた。「たいていは警察に行ってもどうにもならない。一介の心理カウンセラーの言うことなんか、だれもまともに聞いちゃくれないわ」

「ああ、だろうな。それでも、現実に起こった未解決事件のほうがいいのか?」

「そうよ」グウェンの顔が明るくなった。「興味をそそられるパズルみたいなものだとわたしは思ってる。現にイヴリンとわたしは『真夜中』で大昔の殺人事件をいくつも解決したつもりだけど、むろん証明する手立てはなにもない」

「関係者は全員あの世だから」

「そういうこと」

「ウェスリーに言ってたことは本当なのか? イヴリンが最近取り組んでいたことに心あた

りはまったくないって」

「それはまちがいなく本当よ。自分のクライアントのことや『真夜中』の台本を仕上げるので手いっぱいだったから。イヴリンからしばらく音沙汰がなかったけど、そういうことはよくあった。彼女は彼女で自分の調査に没頭しているんだろうぐらいに思ってた。調査に夢中になると、ほかのことはなにも考えられなくなってしまうの」

「きみが言ってるのは『真夜中』のための調査ってことか？」

「いいえ。あの仕事は請求書の支払いのためにやってただけ。本当に情熱を傾けていたのは超常現象の本格的な調査よ。滝のそばの古いロッジに設備を整えて研究所にしたの。ほとんどの時間をあそこで過ごしていた」

「最後の連絡はいつだった？」

「夜中になんだか意味ありげなメールが届いて、とてつもなく重要なことをたまたま発見したと書かれていたの。その件で直接話したいって、電話じゃなくて」グウェンは横の窓から川を眺めた。「でも、わたしがそのメールを読んだのはけさで、すぐに電話したけど、そのときはもう手遅れだった」

グウェンの声にかすかな震えを聞き取った。

「きみにはどうしようもなかった」ジャドソンは静かに言った。

「わかってる」両手を膝のあいだにはさんで、グウェンは窓の外の川をひたすら見ていた。

「わかってるわ」

もしもああしていたらと、くよくよ考え続けて事態が好転することはまずない。それを忘れてはならない。解決策は現在に気持ちを集中させること、それは経験から学んでいる。

「いまわかっていることに集中しよう」ジャドソンは言った。「きみはこう考えている。もしもイヴリン・バリンジャーが殺されたのだとしたら、それは彼女が死ぬ直前に取り組んでいたことと関連があるのかもしれない」

「そう」グウェンがこちらに顔を向けた。「イヴリンのコンピューターがなくなったことをウェスリーに話したとき聞いてたのね。携帯電話もなくなってたの」

「なんらかの説明が必要な状況だというのは同感だ。きみはソーを――ウェスリー・ランカスターを――信用してないんだな？」

グウェンは顔をしかめた。「別にそういうわけじゃない。ただ、ウェスリーを相手にするときは心しておく必要があるの。彼には常に思惑があって、自分のほしいものを手に入れるためなら、やるべきことはやるし、言うべきことは言う。ウェスリーを相手にするとき肝心なのは、彼の世界のなかでなにより重要なのは『真夜中』の将来、それを忘れないこと。どんなことでもそのレンズを通して見るの、そうすれば彼とうまくやっていける。男女に関係なく、ほかのキャリア志向の人たちと比べて特別ひどいわけじゃない。実際、あれよりひどい人はいくらでもいる」

「あの男を信用しない特別な理由でもあるのか？」

グウェンはすぐに返事をしなかった。

「わかりやすい答えを選ぶしかなさそうね。つまり女の直感」

「直感は尊重するが、おれは事実を好む。まちがっていたら訂正してくれ。さっきの印象からすると、きみとウェスリーは過去に仕事仲間以上のかかわりがあったんじゃないか」

「二年前、ここウィルビーで出会ったとき、わたしをベッドに連れこもうとした」

胃がぎゅっと縮んだ。「きみと寝たいと思う男はだれも信用しないのか？」

「その男が結婚してることをうっかり言い忘れたときだけ。そういうのって頭にくる」

ジャドソンは息を吐きだし、ハンドルを握り締めていた手をゆるめた。

「なるほど。わかるよ。で、結婚しているとわかったのは、その前か、それともあと？」

冷たい視線が返ってきた。「あなたにはなんの関係もないことだと思うけど」

「たしかに。でも、おれはプロの心理調査員なんでね。気になる性分なんだ」相手がきみだとどくに、と内心で付け加えた。「ごめん。きみの言うとおりだ。おれには関係ない。話を先へ――」

「前よ」

「え？」

「ウェスリーが結婚してるとわかったのは、肉体的な関係に進む前」怒ったような声で言った。

「いまも結婚している？」

「いいえ。離婚したってイヴリンが何カ月か前に言ってた」

「ウェスリーが二年前このウィルビーにいたというのは、死亡事件が続けて起こったとき?」

「ええ。彼はここにいた」

「今回またしても死亡事件が起こって、ウェスリーはまたしてもここにいる」

「すごい偶然よね、わたしもそう思う。着いたわ。あれがウィルビー雑貨店。前に車をとめて。間に合ったみたい。よかった、バディが五時半前に店を閉めてなくて」

6

ウィルビー雑貨店の店主バディ・プールは、カウンターにもたれて、金縁の読書用眼鏡の上からグウェンをじっと見た。

「なるほど、あんたがイヴリンの猫を引き取ったのか。そりゃあ立派な心がけだが、いまのうちに言っといたほうがよさそうだな、あのマックスは高級品に慣れてる。最高級のキャットフード、天然もののサーモンに上等なマグロの缶詰だ。イヴリンはあの猫にいつも最高のものを買ってやってた――人間さまが食べるのと同じブランドの。言っとくが、うちの犬たちだってあの猫ほどぜいたくなものは食わしてないよ」

「わたしと暮らすのなら、そのグルメ嗜好《しこう》は改めてもらわないと」グウェンは言った。「バディ、ジャドソン・コパースミスを紹介するわ。わたしの友人」

「会えてうれしいよ」バディは言って、大きな手を突きだした。「ウィルビーへようこそ。こんな残念な状況でこの町へ来るはめになって気の毒だったな」

ジャドソンはカウンター越しに握手を交わした。「ジャドソンと呼んでくれ」

「いいとも。グウェンが友だちといっしょだってのは聞いてたよ。あんたたち、ホテルに泊まってるんだって？」

「そうなの。トリシャが親切にもマックスをホテルの部屋で飼わせてくれてるんだけど、猫トイレとキャットフードは自分で用意しなくちゃ。あなたの知りあいで、かわいい猫を飼ってくれそうな人はいない？」

「いないな。なにしろおれは犬派だから。ロットワイラーを二頭飼ってるんだが、あいつらがマックスを見たら、たぶん噛んでいいおもちゃだと思うだろうよ」

ウィルビー雑貨店は、グウェンが前回ここへ来た二年前とほとんど変わっていなかった。店の左側には食料品の通路と青果物のコーナーがある。右側の棚とテーブルには地元の職人による手工芸品が飾られている。

バディ・プールもちっとも変わらない、とグウェンは思った。がっしりしたたくましい男で、白髪まじりのもじゃもじゃのあごひげをたくわえ、髪の生えぎわは後退しつつある。格子縞《こうしじま》のシャツに、赤いサスペンダーで吊ったズボン。

「イヴリンのことはほんとに残念だった」バディが言った。深々と吐息をもらし、首を振った。「みんなこれからさみしくなるよ。イヴリンはもうすっかりウィルビーの住民だったから」グウェンを見た。「遺体を発見したんだってな」

「早耳ね」

「この町じゃみんなそうさ。よりにもよってあんたが見つけるとはな、気の毒に。友だちだったのは知ってるよ」

「ありがとう。キャットフードのことだけど、とりあえずその高級品をもらっておくわ。マックスはもう充分動揺してるだろうから。猫がなじみのない場所に連れていかれたらどうなるか知ってるでしょ」

「猫ってのは新しい環境にはなかなか慣れないらしいな。その点、犬はちがう。飼い主がそばにいさえすりゃ、ご機嫌だ」ばたばたとカウンターの端をまわってきた。「天然もののサーモンを買うといい。それと新鮮な卵。イヴリンはいつも猫に卵を食べさせてた。ホテルの部屋に冷蔵庫はあるかい？　なかったら、卵はトリシャに厨房で預かってもらうといい」

「ミニバー用の冷蔵庫がある。卵の半パックくらいはいるでしょ」

「缶切りもいるな」ジャドソンが言った。「それに猫トイレ」

「三番通路だ」バディはサーモンを二缶と卵を手にして、カウンターへ引き返した。

町の住民ではなくあきらかに夏の観光客とわかるふたり連れが、ぶらりと店にはいってきた。ドアの開閉がわずかな空気の流れを引き起こし、もうすっかり耳になじんだ小さく震えるような音楽をあたりに響かせた。物悲しい音色がグウェンのうなじをぞくりとさせた。これから先、ウィンド・チャイムの音を耳にするたびに、カーペットに横たわったイヴリンの遺体のイメージが亡霊のように脳裏をよぎることになるのだろう。

ジャドソンが天井から吊るされた水晶のウィンド・チャイムのささやかな展示をじっと見ていた。

「こういうものはたくさん売ってるのかな」とバディに訊いた。

「ああ、そうだよ」バディは答えて、サーモンの缶をカウンターに置いた。「ルイーズ・フラーって地元の女性が作ってるんだ。観光客に大人気でね。ここらじゃほとんどの人間が玄関ポーチか室内のどこかにルイーズのちょっとした楽器を吊るしてる。ウィルビーにはウィンド・チャイムを作る職人がほかにも何人かいるが、ルイーズのみたいなのを作る人はほかにいないね。音が独特なんだ。クラフト・フェアでもばんばん売れてる」

「いまもあちこちのクラフト・フェアをまわってるの？」グウェンは訊いた。

「ああ、まわってるとも」バディは年代物のキャッシュ・レジスターに金額を打ちこんだ。「年に五、六回は参加するようにしてる。この町の職人や芸術家は、おれがフェアから持ち帰る現金収入をあてにしてるから。留守のあいだ、うちの犬たちは花屋のニコールが面倒をみてくれてるんだ。ニコール・ハドソンは覚えてるかい、グウェン」

「覚えてるわ」

バディが顔をしかめた。「すまん。二年前に滝であんなことがあって、あんたとニコールがもめたことをすっかり忘れてた」咳払いをして、キャッシュ・レジスターから顔をあげた。「これで全部かな」

「ああ」ジャドソンが財布を取りだし、カウンターに現金を置いた。

「待って」グウェンは口をはさんだ。「わたしが買うつもりだったのに」

「あとで精算するから」

バディが現金をしまって釣り銭を返す。眼鏡の上からグウェンを見た。「とやかく言うつもりはないが、みんなの話じゃ、イヴリンがあんなことになったせいでオクスリーがあんたに厳しいことを言ったらしいな」

「こう言ってまちがいないと思う。オクスリー署長はわたしができるだけ早くこの町を離れることを望んでる。そして、そう思ってるのは署長だけじゃない。でも、イヴリンの自宅と古い研究所をどうするか決めるのにしばらく時間がかかりそう」

バディのもじゃもじゃの眉毛が何度か上下した。「おまけにイヴリンに仕事を頼んでたテレビのやつまでまたこの町に来てると聞いたよ。なんでここらをうろついてるんだろうな」

「番組のネタでもさがしてるんでしょ」グウェンはわざとあいまいに答えた。「その人は少し前に帰ったわ」猫トイレとキャットフードと卵のはいった袋を手に持った。「お世話さま、バディ」

「いやいや」バディはため息をついた。「イヴリンのことはほんとに残念だったな。これからさみしくなるよ」

「わたしもよ」グウェンは答えた。

7

イヴリンの小さな家は、通りの突きあたりで樹木に埋もれていた。窓は暗く、グウェンがけさ訪れたときもちょうどこんなふうだった。またしてもうなじの毛が逆立つのを感じた。身体に震えが走る。

ジャドソンがドライブウェイにゆっくりと車をとめた。しばらく無言ですわったまま家を眺めている。あたりのエネルギーが変化した。指輪の石がわずかに熱を帯びた。

「あなたもなにか感じてるのね？」グウェンは訊いた。

ジャドソンは説明を求めなかった。

「家が影に覆われているようだ。このなかでよくないことが起こったのははっきりわかる」

「わたしも、けさここへ着いてすぐにわかったわ、ドアを開けるまでもなく」

「ああ、おれにもそういうことがよくある」間をおいた。「といっても、かなり凶悪なことがからんでいるときだけだ」

「わたしも同じ」グウェンは家から目を離さなかった。「でも、少なくともあなたの業界では、なにか建設的なことをするんでしょ。被害者のために正義を見いだすとか」

「幻滅させて悪いが、おれのやっている——やっていたコンサルティング業務の大半は、情報機関のための仕事だ。目的は正義じゃなかった」

「なにが目的だったの？」

「情報。情報収集が得意なんだ」

グウェンは振り向き、懸念のこもる鋭い目でジャドソンを見返した。「でも、その仕事に心から満足してるわけじゃないんでしょう？」

ジャドソンは口ごもった。「ときどき、母親の言うとおりだったと思うことがある。FBIにはいればよかったと」

「そうすれば悪党どもをつかまえられる？　でも、あなたは上から命令されたりチームで働いたりするのを好まない。FBIにいても居心地はよくなかったでしょうね」

「そうだな」ふと考えて、顔をしかめた。「サムから聞いたのか？　おれが単独で仕事をするのを好むって」

「いいえ」

いらだちが顔に表れた。「そういう人格の特徴もオーラから読めるのか？」

「この情報はあなたのオーラから読んだわけじゃない」グウェンはシートベルトをはずして車のドアを開けた。「五分もいっしょにいれば、あなたの性格のそういう一面はいやでもわかる、ほんとよ」

グウェンは車から飛び降り、必要以上にやや力をこめてドアを閉めた。

ジャドソンは運転席のドアを勢いよく開けて外に出た。ふたりで階段をあがり、ポーチの先にある玄関ドアの前に立った。

グウェンがトートバッグから鍵を取りだすのをジャドソンは見守った。ドアが開くと、先に玄関ホールへ足を踏み入れた。周囲でエネルギーが冷たく執拗《しつよう》にささやく。ジャドソンが能力を高めたのがグウェンにはわかった。

「電気はまだ使えるわ」グウェンがジャドソンのあとから玄関ホールにはいってスイッチを押すと、狭い空間が明かりに照らされた。「暗がりで仕事をする必要はないものね」

「どっちだ?」

「廊下の先の右」

ジャドソンは廊下を歩いていった。「イヴリンの研究は結局どうなった?」

「研究グループのメンバーのふたりめが遺体で発見されたあと、イヴリンが中止した。なにか恐ろしいことが起こっているのを察知して、自分の調査とかかわりがあると感じたの」

「あとで二年前に亡くなった三人のことを聞かせてくれ。とくに、きみが遺体を発見したいきさつを」

そのうち訊かれることはわかってたはずよ、とグウェンは自分に言いきかせた。心の準備はできている。

「あなたのことだから詳細を知りたがると思ってた」

ジャドソンが肩越しに振り返った。「イヴリンの遺体を見つけた場所を教えてくれ」

「ええ、でもその前に、この写真を見て」トートバッグから一枚の写真を取りだして手渡した。「けさ床に落ちてたの、イヴリンのすぐそばに。どう考えたらいいのかわからないけど、なにか意味がありそうな気がして」

ジャドソンが写真をじっくり眺める。「きみが写っているのはわかる。ほかの人たちは?」

「イヴリンの調査研究に参加してたメンバーの集合写真。書斎の掲示板にピンでとめてあった。それがはずれて床に落ちていたことがなんだかひっかかるの」

「イヴリンが写っていない」

「彼女が写真を撮ったから。このなかの三人はもう死んでる。左にいるブロンドがメアリー・ヘンダースン、その隣に立ってるのがベン・シュウォーツ、そしてザンダー・テイラー。テイラーは前列にいる黒っぽい髪のハンサムな男」

「きみは連続殺人犯の隣に立っている」

グウェンは身を震わせた。「思いださせないで。ザンダーの狙いは、この写真の並び順にわたしたちを仕留めることだった。彼にとってはすべてがゲーム。わたしを三番めの標的にしなくちゃならないことで彼はぼやいてた。わたしがゲームの正しい順序を狂わせたと言って」

ジャドソンの目が熱を帯びた。指輪も。「きみに直接そう言ったのか?」

「滝に身を投げる少し前にね。ええ」

「わかった、話の続きはまたあとで。現場を見てみよう」

グウェンは能力を低く抑えていた。鏡のなかの亡霊が見えないように。ドアの枠の向こうに手をまわし、壁のスイッチを探りあてて押した。

書斎の惨状を目の当たりにして、身体に衝撃が走った。机の引き出しと戸棚の扉は開けっ放し。本はすべて棚からたたき落とされている。ファイル類はスチールのキャビネットから引き抜かれて床に落ちている。

「なんなの、これ」あっけにとられてつぶやいた。

「けさここへ来たときは、こうなってなかったということか?」

「そうよ。わたしが立ち去ったあとでだれかがこの部屋を捜索したのね」

すでに緊張でぴりぴりしていた。書斎の光景に対する驚愕《きようがく》反応が能力に火をつけてしまったのだ。無意識の反応だった。自制する暇もなく鏡をのぞきこんでいた。

鏡のなかに亡霊が現れた。

「ねえ、グウェン、この事件がどんどん複雑になっていくことはわかってたはずでしょう?」亡霊が言った。「だからこそ、あなたはみずから心理調査員を雇ってここへ連れてきた。なかなか興味深い人のようね。能力もずば抜けて高い。彼が有能であることを心から祈るわ」

「わたしもよ」グウェンは小さくつぶやいた。

「なにか言ったか?」ジャドソンが訊いた。

「なんでもない」鏡から目をそらして感覚を抑え、そちらを向いた。「ひとりごと。ときどきやってしまうの。悪い癖」荒らされた室内を手で示した。「これ、どういうこと?」

「推測で言わせてもらうなら、状況から見て、なにかをさがしている人物が、イヴリンの書斎にそれがあると期待して捜索した、というふうに見える」

「それ以外ないでしょ」グウェンは顔をしかめた。「殺人犯が、イヴリンのコンピューターで目当てのものが見つからなくて、もう一度調べにもどってきたのかもしれない」

「そうは思わないな」ジャドソンは慎重に書斎のなかを歩き、ふと足をとめて机の表面に指先を走らせた。「これをやったのは別の人間のような気がする。だからといって、そのふたりめと殺人犯とのあいだに関係がないとは言いきれないが」

「ふたりめがいたと考える根拠はなに?」

「この空間には、かなりの切迫感と大きな怒りが感じられる。捜索したのがだれにしろ、そいつは相当追いつめられた状態で家探しをはじめ、しまいには爆発寸前の怒りをかかえていたようだ」

グウェンは感心した。「そんなことまで感知できるの?」

「ああ。今回の事件のように、さまざまな感情が大量の強いエネルギーを伴って発散されている場合は。これがおれの仕事なんだよ、グウェン」

「わかった、その線で考えてみましょう。ふたりめの侵入者がいたとすれば、狙いはコンピューターか携帯電話のなかの情報だったのかもしれない。その場合、犯人は目当てのものを見つけられなかった、殺人犯に先を越されてしまったから」

「そう考えるのが妥当だな」ジャドソンは床に身をかがめ、カーペットに散らばるフォルダーをざっとあらためた。「三十年前のファイルもある」

「言ったでしょ、イヴリンは超常現象の研究に一生を捧げてきたの。それでも結局、主流派の科学に対してなにひとつ証明することはできなかった」

ジャドソンはフォルダーを何冊か開いて、中身を調べた。「調査の大部分は夢を対象にしていたようだな」

「ええ、ほとんどはそうだった。そのおかげでイヴリンと親しくつきあうようになったの。出会ったのは、わたしがサマーライト・アカデミーのハイスクールにいたとき。イヴリンはあの学校のカウンセラーで、わたしの超能力に関して唯一の、本当の意味での理解者だった。オーラが見えることと明晰夢《めいせきむ》を見る能力はつながってるの」

「なるほど」

あの夜シアトルで、失礼にもジャドソンの悪夢を解決してあげると提案して話がこじれたことを思いだし、グウェンは赤面した。

「気にしないで」あわてて言った。「ややこしい話だから。ほんとに」

「だろうね」ジャドソンはトラを思わせる動作でのっそりと立ちあがった。「サマーライト・アカデミーを卒業したあともイヴリンとは連絡をとりあっていた？」

「ええ」ジャドソンが部屋のなかを動きまわるのを見守った。「で？　あなたの意見は？　イヴリンはたまたま強盗にはいられてショックのあまり自然死したの？　それとも殺されたの？」

　ジャドソンは、グウェンがイヴリンの遺体を見つけた場所の近くで足をとめた。あたりのエネルギーが熱くなった。

「イヴリンは殺された」と静かに答えた。「疑念の余地はない」

　答えは予想どおりだ、とグウェンは思った。けさ自分もそれと同じ結論に達していた。それでも、ジャドソンが確信を持って言いきったので、安堵のため息をついた。

「超自然的な方法で？」グウェンは訊いた。

「そうだ」

「やっぱり、前回と同じね」両手がこぶしになった。「わたしの読みがはずれてることを祈ってたんだけど」

　ジャドソンはなにも言わなかった。その代わり、もう一度部屋のなかをすばやくまわって、机のそばでまた足をとめた。

「なに？　腑《ふ》に落ちないことでもあるみたいね」

　ジャドソンがこちらを見返した。「イヴリンはここで、いまおれが立っている場所で死んだ。でも、これはほぼまちがいないと思うが、彼女が死んだ瞬間、殺人犯はすぐ近くにはいなかった。あそこに、ドアのそばに立っていたんだ」

「そんなばかな、たしかなの？」

ジャドソンは礼儀正しくいらだちをぐっと抑えた顔を向けた。「犯罪現場を分析するのがおれの専門なんだ、グウェン」

「ええ、わかってる。ごめんなさい、ただ——いいえ、なんでもない。あなたがこの話をどこへもっていこうとしてるかわかったような気がする」

「経験から言って、他人のオーラを封じこめて心臓をとめるには人並みはずれた高い能力が必要になる」ジャドソンは言った。「おれの会った超能力者でそこまでの破壊力を生みだせる者はごくかぎられているし、ましてやその能力を集中させて凶器として使える者となると、もっと少ない。ごくまれにそうした状況があったとしても、殺人犯はまず例外なく、被害者と実際に接触する必要があるはずだ。もちろん例外は常にあるが」

寒気が走った。「ええ、わかってる。あなたが考えているのは、イヴリンを殺したのがだれにしろ、そいつはなんらかの超常的な武器を使ったということね？」

「そう考えないと、このシナリオの説明がつかない。サムとその部下の研究員たちが発見したことだが、超常武器を使うには、ある程度の至近距離にいる必要がある。正確に威力を発揮できる距離は六メートル以内らしい」

グウェンは長々と息を吸いこみ、意識してゆっくりと吐きだした。「コパースミス社の研究所では、そういった分野の研究もしているそうね」

「超常武器に関しては別の制限もある。ある種の能力を持つ者でなければ作動させられない。水晶をベースにした技術を使った場合は、武器を使う予定の個人の波長に周波数を合わせる必要もある。問題はそれだけじゃない。武器として加工できる天然の水晶は非常に希少だということだ。サムは実験室の条件下で水晶を育てようとしているが、まだ完全に成功したとは言えない」

グウェンは両腕で自分の身体を抱いた。「でも、そういう武器は現に存在するわ」

ジャドソンが部屋の端からこちらを見た。「個人的になにか経験があるような口ぶりだな」

「二年前、ザンダー・テイラーは、メアリーとベンを殺すために超常武器を使った」

ジャドソンは眉をひそめた。「確信があるのか？」

「ええ。わたしに対してもそれを使おうとしたから。イヴリンも同じ方法で殺されたように見える。ザンダー・テイラーが墓からよみがえってきたみたい。あのおぞましいカメラを持って」

「カメラって？」

「あいつの恐ろしい装置よ、小型カメラにそっくりな。ただ相手に向けてシャッターを切るだけ」

ジャドソンはひとしきりグウェンを見つめた。

「きみはどうやって逃げた？」

「わたしたちは研究所にいた。あそこには大量のエネルギーがある。ザンダーがそのカメラを使おうとしたとき、なにかとんでもないことが起こったの。その装置が爆発したような感じだった」

　ジャドソンが疑わしげな顔を向けてきた。「爆発したような？」

「うまく説明できない。わかってるのは、ザンダーがいきなり叫びだしたことだけ。滝のほうへ走っていって、そのまま身を投げたの」

「それで全部か？」

「だいたいね」

「きみは嘘をつくのがうまいな」ジャドソンは言って、にやりと笑った。「女性のそういうところが好きなんだ」

8

「いつからひとりごとを言うようになったんだ？」ジャドソンは訊いた。ウェイターがワインのグラスをふたつテーブルに置いて立ち去るまで、その質問を口にするのは控えていた。レストランの名前は〈ウィルビー・カフェ〉。大西洋岸北西部地方の代表的なメニューを売りにしており、サーモンやアメリカイチョウガニのクラブケーキからステーキにいたるまで、ほぼあらゆる料理を網羅している。この店の特筆すべき長所は、ジャドソンの見たところ、その便利な立地にある。なにしろ〈河畔ホテル〉から徒歩で来られるのだ。

自分の質問がグウェンの意表をついたのがわかった。それが狙いだった。てっきりザンダー・テイラーとカメラ風の武器のことをあれこれ訊かれると彼女は思っていたはずだ。結局はその話題にたどりつくことになるだろうが、ジャドソンはむしろまわり道することを好んだ。相手が予期していない質問を投げかけたほうが正直な答えを引きだせることが多い。グウェンとある程度の時間をともに過ごしたいまは、もうわかっていた。彼女は秘密を明かさないことが身についてしまっている。

秘密を明かさない、という点において、自分たちにはかなり共通点があると思った。

グウェンは口元へ運びかけたワイングラスを途中でとめて、考えこむようにひとしきりこちらを見ている。時間稼ぎをされることはいっこうにかまわない。その気になれば、ここにすわって永久にでも彼女の目をのぞきこんでいられる。まだ感覚が少しばかり鋭敏になっていることを自覚した。グウェンといると自分を完全に抑えることができないようだ。彼女のなにかが、こちらの神経を常に刺激し、感覚だけでなく血まで熱くさせる。

質問に答える気があるのかどうか、しばらく確信がなかった。プライバシーを守る権利はたしかにあるが、それより彼女のことがもっと知りたかった。それに、ひとりごとの件は昔からの癖というわけではなさそうだ。

グウェンはさらにしばらく考えこんだ。それからようやくワインをひと口飲んで、グラスをテーブルの同じ場所にきちんともどした。

「きょうのは、ひとりごとじゃなくて」と口を開いた。「白日夢を見ていて、鏡のなかのイヴリンの亡霊に話しかけていたの」

グウェンはじっと見返し、こちらの反応を待っている。

「へえ」ジャドソンは可能性のある筋書きをあれこれ考えた。「その亡霊は、きみの直感が生みだした、いわば夢幻状態で見る映像ということかな」

グウェンの緊張が解けたのがはっきりわかった。目の曇りが晴れて、笑みが浮かんだ。

「そう。亡霊が見えているときは、まさにそういう現象が起こっているの。でも、それを人に説明するのはかなりむずかしい。幻覚が見える、と言ってるようなものだから」

「言われてみれば、まさにそんなふうに聞こえる」

「たしかに、一理あるわ」グウェンはまた警戒するような目で見返した。「あまり怖がってないみたいね。亡霊のことを話すと、たいていの人はわたしをおかしな目で見るわ。叔母には、幻覚のことはだれにも話さないようにと言われた。無視することを覚えなさいって。でもその叔母さんが亡くなって、わたしは里親に預けられることになった。そして、カウンセラーを信用して秘密を打ち明けるという過ちを犯した。この子は深刻な心の病をかかえている、というのがみんなの出した結論。そして気がついたらサマーライト・アカデミーに入れられていた。卒業するころには、だれにも秘密を明かさないことが身についていた、しっかりとね」

「亡霊の幻覚は、いつからはじまった？」

「十二歳ごろ。十代のうちにそれがどんどん強くなった」

「ちょうど同じころだな、サムとエマとおれが能力に目覚めはじめたのと」

「思いがけない場所で亡霊が見えるの、なにか反射するものの表面に。はじめて見えたのは、古いアンティークショップにあった鏡のなかだった。ずっとしたわ。なぜか本物の幽霊じゃないことはわかってたけど、よく考えたら、ますます不安になった」

「自分の頭がおかしいんじゃないかと思って？」

「そう、とっさにね。まわりの人もみんなそう思っていたし。でもイヴリンが助けてくれたおかげで、その幻覚が、じつは目覚めているときに起こる明晰夢だということが理解できた。いまは自分から意識して明晰夢にはいりこむこともできる。でも、犯罪現場によどんでいるエネルギーが、亡霊の出てくる夢の引き金になってるような気がするの」

「明晰夢を見る人というのは、夢を見ているときにそれが夢だと自覚している人のことだろう？　自分の見ている夢をコントロールできる人」

「そう」グウェンはもうひとロワインを飲んだ。「それほどめずらしい経験でもない。たまに明晰夢を見るという人はたくさんいる。でもわたしの場合は、その能力が霊的な直感やオーラを透視する能力に通じているの。だからこう思うことにした。殺人のあった現場で亡霊が見えるのは、わたしが持ってる超自然的感受性の単なる副作用にすぎないって」

「そういう亡霊がいつも殺人現場に現れることはどうしてわかった？」

「最初に何度か経験したあと、自分が亡霊を見た場所をまとめて調べてみたの。ほとんどの場合、近隣で殺人か不審死があったという記録が残っていた。わたしの直感が、そこにある霊的な名残を感知して、亡霊を見るという形で解釈していたわけ」

「暴力によってその場によどむエネルギーは強力なものだ。それを感知する人は多い。超能力をまったく持たない人たちでもそうだ。どこかの部屋や場所に足を踏み入れたら、なんとなくいやな気配を感じた、という経験はだれにでもあるだろう」

「わかるわ。でもわたしの場合は、その反応がちょっとばかり極端なの」

「サマーライト・アカデミーというのはそんなにひどいところだったのか？」

「当時は本当につらかったけど、振り返ってみると、わたしにとってはあれが最善の経験だったかもしれない。最初はひとりぼっちで怖くて、でもすぐにアビーと、もうひとりの超能力者ニック・ソーヤーと出会ったの。わたしたち三人は強い絆《きずな》で結ばれた。理由はわからない。ただそうなったの。卒業するまでずっといっしょだったし、いまでも親密よ。わたしたちは家族なの。サマーライト・アカデミーでもうひとつよかったのは、イヴリンに出会ったこと。わたしが自分の能力と折り合いをつける手助けをしてくれた人よ」

「でも、きみはもっぱらその能力を使って心理カウンセラーの仕事をしている」

「できればクライアントは生きてる人のほうがいい」グラスの縁の向こうでグウェンはにやりと笑った。「そのほうがお金になるし」

ジャドソンはあきれて思わず笑い声をあげた。「明るい面を見ようというわけだ」

グウェンの笑みが消えて鼻にしわが寄った。「でも、生きてるクライアントを相手にするのは大きなストレスでもある。相手のオーラをじっくり観察して、そこからさまざまな印象を拾い集めることができても、背景の事情がわからなければ、なんの役にも立たない。事情を把握するにはクライアントの協力が欠かせない。でも素直に話してもらえるとはかぎらない」

ジャドソンは眉を吊りあげた。「ひょっとして、いま話してるのはおれのことかな」

「そうよ」

「おれは、きみのクライアントじゃないんだが」精いっぱい穏やかに、慎重に言った。

「たしかに」とグウェンも同意した。「でも、そうならないともかぎらないわ。いまスケジュールが空いてるの」

「絶対にありえない」

「いいわ。好きにして」ワインを飲み干して、グラスを下に置いた。「あなたの夢は、あなたの問題だから」

「同感だ」

「少なくともあなたは、お金を払ってドリーム・セラピーを受けておきながらわたしのアドバイスに従わないクライアントとはちがうわね」

ジャドソンはにやりと笑った。「そういうことがよくあるのか?」

「ええ、もう、しょっちゅう。クライアントはセッションを予約して、事情を説明するために四十分かけて自分の夢の話をする。わたしはそれを分析し、クライアントを催眠状態にして、彼らの夢の情景を作り変えることでそこに含まれる未解決の問題を掘り起こす手助けをする。それからいっしょにその問題について話し合い、わたしがアドバイスを与える。クライアントは帰り、ひと月後にまたやってきて、同じ問題について愚痴を言うの」

「きみのアドバイスに従わなかったから?」

「それがものすごいストレスなのよ」グウェンは首を振った。「たしかにありがたいことだとは思うわ、おかげでリピーターが多いんだから——」

言葉が途切れたのは、ジャドソンがげらげら笑ったからだ。グウェンはじっと見返した。

好奇心と当惑に目を大きく見開いて。

ジャドソンのほうも、自分の笑い声に、グウェン以上に驚いていた。こんなふうに笑ったのはずいぶんひさしぶりだ。近くのテーブルの客が数人、こちらを振り向いた。

ようやくにやにや笑いに落ち着くと、ジャドソンはパンに手を伸ばした。

グウェンが目を細めた。「なにがそんなにおかしいの」

「きみが。心理カウンセラーのくせに、客が自分のアドバイスに金を払っておきながらそのアドバイスを無視するのはどうしてだろうと悩んでいる」口いっぱいにパンをほおばりながら、ジャドソンは言った。「ばか正直だな。でも、考えてみたらこんなおいしい話はないぞ」

「はあ？」

「人間というのは四六時中アドバイスを求めるんだ。アドバイスがほしくて友だちのところへ行く。ジムでよく知りもしない相手に相談する。金を払って、医者や、精神科医や、セラピストや、超能力者にアドバイスを求める。ところが、実際にそのアドバイスに従うやつなんかめったにいない。それがたまたま自分でもやるつもりだったことなら別だが」

「ずいぶん洞察力に富んだご意見ですこと」鼻にしわを寄せた。「だとしても、あなたがしたように、わたしの助けはいらないとはっきり拒絶されるのとはわけがちがう。高い料金を払ってもらって夢分析をしているのに、そのアドバイスを無視されるのはまったく次元のちがう話でしょう。どんなにがっくりくるかわかる？」

「もちろん、おれもコンサルタントだから。この仕事は金になるが、コンサルタントのアドバイスに従うやつなんかほとんどいない」

グウェンは知的な眉をひそめた。「知らなかった」

「明るい面を見よう——とりあえずお互いアドバイスに対する報酬はもらっているわけだ」

「それはたしかね」

ウェイターが焼いたサーモンをふたりの前に置いて立ち去った。

グウェンがサーモンをしばらく観察してから顔をあげた。

「イヴリンを殺した犯人を見つけられると思う？」

「もちろん」

「自信たっぷりの口ぶりね」

ジャドソンは肩をすくめた。「この事件はいたって単純に見える。情報を整理するのに少々時間がかかりそうだが、要は手がかりを追えばいいんだ。手がかりならたっぷりある」

「二年前にもあなたがいてくれたらね。ザンダー・テイラーがイヴリンの調査研究のメンバーを狙っていたとき。そしたら、あいつがベンとメアリーを殺すのを阻止できたかもしれない」

「コンサルティング業を通じて学んだことがひとつある。過去を振り返るな。現在起こっている事態を解明するのに役立つ情報が過去にあるのでないかぎり」

「いいルールだわ」グウェンはフォークを手に取った。「でも、わたしが自分の業務から学んだのは、過去はかならず現在に影響を及ぼすということ」

「そうだな」ジャドソンも認めた。「おれ自身、その問題には何度かぶつかったことがある」

ふたりはしばらく無言で食べた。なるべくグウェンのほうを見ないようにしたが、どうしても目が離せなかった。こうしていっしょに過ごしながら、彼女の繊細な女らしいエネルギーを浴びるのは心地よかった。これこそ、あの島からもどって以来、自分が必要としていたものだと思った。グウェンドリン・フレイザーは、ジャドソンが待ち望んでいた救いだ。

「訊かないほうがいい」グウェンがさらりと言って、突き刺したトマトを口に運んだ。

ジャドソンは動きをとめ、指輪が突然わずかに熱を帯びたことをぼんやりと意識した。

「なにを訊かないほうがいいんだ?」ジャドソンは尋ねた。海中の洞窟から脱出したときと同じくらい用心深くなっていることを意識しながら。

「自分のオーラがどんなふうに見えているか、気になるんでしょう」トマトをもぐもぐ食べて飲みこんだ。「その話はしないほうがいいと警告したかっただけ」

いずれにしてもこの問題に対処するはめになることはわかっていた。黙って見過ごすようなグウェンではない。

「こっちに選択の余地はないとわかっているんだな。そう言われたら、訊くしかない」

「それを恐れていたのよ。怖がらないと約束してくれる?」

「おれは超能力者だ。超常的なことも通常として受けとめる」フォークで魚をひと口分すくった。「怖がるわけないだろう」

「わたしがオーラを読み取ると、相手がそういう反応を示すことがたまにあるの、超常的な現実を受け入れている人でさえも」

「おれのオーラにはなにが見える？」

グウェンはためらった。目のなかに迷いが見て取れる。

「わかったわ。でも、わたしの目に見える映像のなかには、いろんな形のまぎらわしい象徴や暗喩《あんゆ》が含まれることを忘れないで。オーラを読む能力を発揮したら、わたしは基本的にトランス状態、夢想状態にはいる。そうした夢は、普通の夢に劣らず解釈がむずかしいの、事情がわからないかぎり」

グウェンはそこで言葉を切り、励ますような笑みを向けてきた。

「事情はなしだ」ジャドソンは言った。「ヒントや手がかりがひとつもない状態でどこまでできるか、お手並み拝見といこう」

笑みが消えた。

「そう言われるんじゃないかと思ってた。わたしに見えるものが実際になにかの役に立つとは思ってないんでしょう」

「きみにオーラが見えることは疑ってないし、犯罪現場によどんでいるような重苦しいエネルギーをきみが感知できることも確信している。でも、おれの夢を読むのは？　無理だな。そんなことはだれにもできないと思う」

しばらく沈黙があり、グウェンがわずかに感覚を高めると、美しい瞳がきらりと光った。そのエネルギーが周囲の空気を震わせる。近くのテーブルの男性ふたりが一瞬そわそわとあたりを見まわし、また食事にもどった。口の両端が引き結ばれる。「あなたのオーラは、ひと月前にシアトルで会ったときと変わっていないようね。あなたは落ち着いている。でも、夢の力がだんだん大きくなりつつあるのがわかる。悪夢とはちがう——厳密には——だけど、その夢と関連して緊迫感が高まっている。それにあなたはきちんと睡眠をとっていない。でも、それとは別のなにかが起こっていて、それがなにかは、詳しい事情がわからないと見きわめられない」

ジャドソンは感情をいっさい表に出さずに、あえてゆっくりとフォークを下に置いた。

「きみにできるのはせいぜいそんなものか？　その程度の分析ならそこらの占い師でも水晶玉から引きだしてみせるだろう。だれだってときには悪夢のひとつやふたつ見るさ」

「わかってるわ」とグウェン。

気の抜けたような冷ややかな声になっていた。ジャドソンはたったいま蝶を踏みつけてしまったような気持ちになった。

「あやまるよ。きみをそこらの占い師といっしょにしたりして」

「心理カウンセラーが世間からどう見られているかはわかってる。ほとんどの人は、よくてエンターテイナー、ひどいときは詐欺師だと思ってるわ」

「きみの能力が本物なのはわかってるよ、グウェン。あんなこと言うべきじゃなかった。ほんとに悪かった」

グウェンは肩の力を抜いた。「気にしないで。それより、あなたのオーラになにが見えたか、最後まで聞きたくない？」

「聞きたい」

「これ以上言えることはあまりないの。ただ、あなたの夢を流れる空気のなかに、解釈がむずかしい熱い放射エネルギーがある。超常エネルギーなのはたしか。でも、そのウルトライトはあなたの指輪にときどき見えるエネルギーと同じ色をしている。その琥珀色の水晶にかかわるようなことがあなたの身に起こったんじゃない？　爆発に巻きこまれたとか？　ひょっとして火事？」

グウェンが口にする漠然とした分析がどんな内容だろうと、心の準備はできている——どんなことにも準備はできているつもりだった。彼女が実際に夢のなかをのぞきこめる可能性を除けば。グウェンが真実に近いことを言いあてる方法はひとつしかない。

「この前の案件で起こったことを、おれはサムに話した。サムがアビーに話して、アビーがきみに話した。個人的なことを内輪にとどめておくのはもう無理ってことか」

「サムやアビーを責める必要はないわ。ふたりともあなたの夢のことなんかひとことも口にしてないから。この前の案件で起こったことに関して言うなら、別に秘密じゃない。あなたが危うく死にかけたことも、海中の洞窟から泳いで脱出しなければならなかったことも。それであなたの夢のなかの緊迫感のいくらかは説明がつく。でも、それとは別になにかが起こっているの。あなたは同じ夢の情景を何度も繰り返し訪れている。わたしの読みでは、あなたはなにかをさがしている」

暗い悪寒がささやくように身体を駆け抜けた。「で、きみならそれを見つける手助けができるって?」

グウェンが微笑むと、その目に切ない悔恨の色が満ちあふれた。大切にしてきたものを失ってしまい、それをようやく自分に認めたような。

「悪い夢を修復するのがわたしの仕事よ、忘れた?」と静かに言った。

「セラピーには興味がない。自分の夢くらい自分でどうにかできる」

「でしょうね」グウェンはふうっと息を吐きだし、お得意の冷静で礼儀正しくよそよそしい幕を周囲に張りめぐらした。「わたしの交友関係がごく狭い範囲にかぎられている理由がこれでわかるでしょ」

「どういうことかな」

「わたしに夢をこっそりのぞき見されたような気がするんでしょう? プライバシーを侵害されたような気分」

否定しようとしたが、そんなことをしても無駄だろうと判断した。「その考えは一瞬よぎった、たしかに」

「これで少しは慰めになるなら言うけど、わたしには実際にあなたの夢が見えるわけじゃない」

だんだん腹が立ってきた――グウェンにではなく、自分に。手っ取り早くオーラを読んでみろとけしかけたのはこっちだ。その結果が気に入らなかったとしても自業自得だろう。

「それがわかってほっとしたよ」

「わたしに向かってうなる必要はないわ」

「うなったりしてない」

「うなり声が聞こえたらちゃんとわかるのよ。大事なのは、深刻な夢はオーラに影響するということ。その夢がたびたび繰り返されたり、夢を見る人が高い超能力の持ち主である場合はとくに。わたしが読み取るのは、その人のオーラのなかにあるドリームライト・エネルギー。わたしの直感がそのエネルギーを解釈するの。常に正しい解釈ができるとはかぎらないし、事情がいっさいわからない状態で正確な分析をするのは無理。でもたいてい、自分に見えるものだけで、正しい質問をはじめることはできる。あなたの案件に関して、いまわたしがいる場所がそこよ」

「おれはきみの案件じゃないし、心理カウンセラーに夢分析をしてもらうためにここにいるんじゃない。ここにいるのは、殺人事件を解決するため。クライアントはきみだ、おれじゃない」

グウェンの瞳のなかで怒りの火がともり、鈍い光を放った。次の瞬間、また陰りがもどってきて彼女の秘密を覆い隠した。

「そうよね」嫌みなほどばか丁寧な口調だった。「あなたはわたしのクライアントじゃない」鼻先でぴしゃりとドアを閉められたような気がした。これも自業自得というやつだ。

9

ふたりのあいだに流れる氷河のような冷たい空気は、だれでもない、わたしのせいだ、とグウェンは思った。ジャドソンに本当のことを言うなんて軽率にもほどがある。彼のドリームライト・エネルギーのなかに見えたものを口に出して説明したとき、それが賭けであることを自覚していた。ジャドソン本人の超能力と超常現象に対する理解度を考え合わせれば、グウェンの能力も認めてくれるだろうと期待したのだ。ところが、賭けは負けに終わった。そのうえ、力にならせてほしいと説得を試みることで負けを倍にするという愚を犯した。

男性を読みちがえたのはこれがはじめてではないけれど、今回はいつもよりはるかに大きな痛手を負ったような気がする。これ以上関係が進展しないうちに事実がはっきりしたのは不幸中の幸いだった、と思うことにした。

とはいっても、ジャドソン・コパースミスとのあいだには唯一、クライアントと雇われ調査員という関係しかない。そのことは常に心にとめておかなくては。

〝弱みを見せてはだめ〟と自分に言い聞かせた。これは、サマーライト・アカデミーにはいったばかりのころ、ニック・ソーヤーがアビーとグウェンに教えてくれたモットーだ。人生の指針となる揺るぎない言葉、当時もいまも。

グウェンとジャドソンは、ぴりぴりした緊張をはらむ沈黙のなかで夕食を終え、外に出た。夜気が心地よい。漆黒の空には星々と半月がきらめいているが、ウィルビーを照らす役には立たなかった。

「この町はどうしても好きになれない」気まずい沈黙を破ってグウェンは言った。

「無理もない、きみがここで経験したことを思えば」

「次はなにをする?」

「次にすることはいくらでもある。あしたは古いロッジを見てみたい。きみが研究メンバーふたりの遺体を発見した場所、ザンダーがきみを襲って、そのあと滝に身を投げた場所を」

「わかった」

ふたりはほとんど車のとまっていない駐車場のなかを歩きだした。〈河畔ホテル〉の明かりが遠くに見える。

「好奇心から訊くけど、ザンダー・テイラーのオーラのなかにはなにが見えた?」ジャドソンが訊いた。

いまも真夜中によみがえっては頭に取りついて離れないその光景を、グウェンは思い起こした。「彼が人殺しだと教えてくれるようなものはなにもなかった、少なくとも自分が襲われるまでは。そのあとは、自分の見たもののいくらかは納得できたけど、気づいたときには手遅れだった。そこがわたしの能力の問題ね。何度も言ってるけど、事情がわからないと――」

「事情がわからないと、自分の見ているものを解釈できない。それはもうわかった。ザンダーのオーラのなかになにが見えたのか話してくれないか」

「そのとき見えたエネルギーを、わたしは薬物依存と結びつけて考えていた。といっても、オーラのなかにドラッグを暗示するものが見えたわけじゃないの。そのいやな感じのエネルギーのことをイヴリンに報告したけど、いま現在ドラッグをやっているのでないかぎり研究グループから追いだすつもりはないと言われた。超能力者の大半は、結局どこかの時点で、自分で治療を試みて薬物を使った実験をするものだから、って。霊感の強い人は往々にして、自分が正気を失いつつあると考える。超能力を心の病だと考えるような医者のところへ行って、みずから薬物治療を受けたりすることもある。いずれにしても、ドリーム・セラピーに関して言えば、ドラッグが問題の一因という場合も多いの」

「つまり薬物依存の暗示は深刻な赤信号にならなかったわけだ」

「ええ、その時点でザンダーがドラッグをやっているというはっきりした兆候もなかったからなおさら。あとになってようやくわかったの、彼が病みつきになっていたのは、ドラッグじゃない――殺しだった」

「筋金入りの異常者にとっては究極のゲームだな」

「ゲームというのは、ザンダーが自分の犯行をどう見ていたかを言い表すのにぴったりの言葉よ。ウィルビーへ来るまでにも大勢殺していたにちがいない、そうイヴリンもわたしも確信してた」

通りを走っていた一台のヴァンが、突然向きを変えて駐車場にはいってきた。ヘッドライトが夜を切り裂いた。車は猛スピードでまっすぐこちらへ向かってくる。

ジャドソンの反応は速かった。グウェンは腕をつかまれ、二台の車のあいだの安全地帯に引っぱりこまれた。

ヴァンは一メートルと離れていない場所で急停止した。〈ハドソン・フローラル・デザイン〉の文字がかろうじて読めた直後、運転席側のドアが勢いよく開いた。色あせた綿のシャツとジーンズにブーツをはいた女が飛びだしてきた。黒っぽい髪をポニーテイルにしている。ジャドソンには目もくれず、ひたすらグウェンをにらみつけていた。

「あんたがもどってきたって聞いてね」怒りと積年の恨みが女の周囲で渦巻いていた。「イヴリン・バリンジャーが死んだことも、あんたがあの家で遺体のそばにいるのをオクスリーが見つけたことも、聞いたわよ。また昔の悪い癖が出たようね」

「こんばんは、ニコール」

グウェンは低くなだめるような口調を保ち、無意識のうちに相手の怒りを少しでも鎮めようとした。だが効果はほとんどないとわかった。ジャドソンが不気味なほど静かになったことには気づいていた。グウェンの少し前に立ち、かばうように身体を楯にしている。わたしの身に差し迫った危険があるわけじゃない、と言いたかったが、本当にそうだという確信はなかった。最後に顔を合わせたのは二年前だ。あのとき、ニコールは激しく泣きじゃくりながら、かならず復讐してやると言っていた。

矛先がジャドソンに向けられた。「あんたが新しいボーイフレンドらしいわね。気をつけたほうがいいわよ。この女のまわりで人が次々に死んでるんだから」

「とにかく落ち着いて」ジャドソンは言った。

「二年前、この女はわたしの大事な人を殺したのよ、ほかにふたりもね。イヴリン・バリンジャーだってこの女が殺したに決まってる」いちだんと声を荒らげた。「ぐずぐずしてたら、あんたが次の犠牲者になるわよ。それから食べるものも気をつけるのね。この女は毒薬を使うの。そうすれば、いつだって心臓発作かただの事故みたいに見えるから」

「もう充分だ」ジャドソンが言った。今度の言葉には棘があった。

ジャドソンの指輪がわずかに熱を帯び、グウェンはぞっとするような不穏な気配を感じ取った。

ニコールがはっと息をのみ、あわてて後ろに飛びのいた。急いで振り返り、不安げな顔で駐車場を見まわす。背後からなにかが迫ってくるかもしれないと言わんばかりに。なにもないとわかって、わっと泣きだし、ふたたびグウェンに顔を向けた。

「よくものこのこもどってこられたもんね、なにもなかったような顔して」すすり泣きのあいまに吐きだした。「なんてずうずうしい女なの」グウェンの顔を思いきり引っぱたこうとして、片手を振りあげた。ジャドソンがわずかに動き、一撃を阻止するにはそれで充分だった。片方のたくましい肩でその衝撃を受けとめた。周囲の恐ろしいほどの熱気がさらに二度ほど上昇した。

ニコールがくるりと背を向けてヴァンのほうへ走りだした。運転席に乗りこみ、急いでドアを閉めた。車は急発進して駐車場を出ると、通りを疾走していった。

不穏なエネルギーは消え去った。

グヴェンはヴァンのテールランプが見えなくなるのを見届けた。そこでようやく、ひと息つくことを自分に許した。ジャドソンの力強い手がグヴェンの腕をつかみ、とめてある車のあいだから外へ引っぱりだした。

「いまのは?」と訊いた。なにごともなかったかのような、あまりにもさりげない口調だった。

「ニコール・ハドソン。この町で花屋をやってる」

「ヴァンに店の名前が書いてあるのが見えた。ザンダー・テイラーの恋人だったのか?」

「ええ。彼が死んだことでわたしを責めてるの。自殺だなんて絶対に信じないって。わたしが殺したと思ってる」

「そのようだ。この町でのきみの評判は相当なものだな」

「あなたには想像もつかないくらいね」

10

ジャドソンとグウェンがロビーにはいっていくと、フロントにいたライリー・ダンカンがやりかけの仕事から顔をあげた。グウェンを見て渋面を作った。

「同じフロアのお客さまから苦情が出てます、フレイザーさん。三〇五号室の女性があなたの猫に悩まされていると」

グウェンも顔をしかめた。「マックスがどうやって悩ませるっていうの?」

「だれかが廊下を通るたびに大声で鳴くそうです。たしかめたら、そのとおりでした。ドアのこちら側にいても鳴き声が聞こえる。三〇五号室の方はその鳴き声にぞっとすると。猫が好きじゃないんですよ。部屋から抜けだした猫につまずいて階段からころげ落ちるんじゃないかと怯《おび》えています」

「その人にはマックスを近づけないようにします」グウェンは約束した。「今夜わたしが帰ってきたとわかれば、もう鳴かなくなるはずよ。置き去りにされるんじゃないかと不安なんでしょう。仔猫のときからイヴリンに育てられて、彼女がもう永久にもどってこないことが理解できてないのよ」

「ホテルの部屋に閉じこめられていることも、たぶん気に入らないのでしょうね。なにしろ猫は家につく生き物だから。新しい環境にはなかなかなじまない」

「そうらしいわね。でも、あの家にひとりぼっちで置いてはおけないでしょう。餌をやる人がいないんだし」そこで咳払いをした。「あなたがあの子を引き取るというわけにはいかないわよね？」

「猫は苦手で」とライリー。「保健所にでも連れていくんですね」

そう言ってコンピューターの画面にもどった。

グウェンとジャドソンは階段をあがった。三階まで行くとミャーミャーの鳴き声がはじまった。声は廊下に響き渡っている。グウェンはあわてて鍵を取りだし、部屋へと急いだ。ドアを開けると、マックスが待ち構えていて隙間から飛びだしてきた。

「マックス、だめ」グウェンは呼びとめた。「もどりなさい」

ジャドソンがしゃがんで猫をすくいあげた。「こんなふうに飛びだしちゃだめだぞ、マックス。餌をくれるのはこの人だ。これ以上必要なさそうだけど。おまえ、ずいぶんがっしりしてるな。バーベルでも持ちあげてるのか？」

「メインクーンの血がまじってるってイヴリンが言ってた。というより、ほとんどメインクーンだわね」グウェンは明かりのスイッチを押した。

マックスは耳をぴくぴくさせたが、おとなしく部屋のなかに連れもどされた。ジャドソンが猫を床におろすと同時に、グウェンはドアを閉めて鍵をかけた。

「この猫、どうするんだ？」ジャドソンが訊いた。

「シアトルに連れて帰ることになると思う。こっちでもらい手が見つかればいいけど、それもむずかしそう。〝人なつこくて甘えんぼう〟っていうタイプじゃないから」

「こいつはなかなか手ごわそうだ」

「手ごわいわよ。でもイヴリンはこの子を愛してた。保健所に連れていくなんてできないし、あの家にもどして放したら、のら猫になってしまう。野生化した猫がうまく生きていけるとは思えない」

「となれば、きみが飼うしかなさそうだ」

「たぶんね」マックスを見やった。「もちろん、おまえがこのどっしりした頭のなかで、オレは生粋の自由猫なんだぜ、とか思ってるなら、じゃまはしないと約束するわ」

マックスは知らん顔だった。タイル張りのバスルームへ行って、空っぽのボウルの前にすわりこんだ。ドアの向こうからグウェンをにらんでいる。

「はいはい、わかりました」ミニバーを開けて卵を取りだした。マックスのボウルのなかに二個割り入れる。「デブ猫になって逃げられなくなっても、わたしのせいにしないでよ」

ジャドソンがミニバーのところへ行った。「寝る前に一杯やりながら話そうか」

「いいわね。ニコールとあんな形で会ったあとだし、一杯やりたい気分」

11

「最初からはじめてくれ」ジャドソンが言った。

グウェンは特大の袖椅子に腰を落ち着けて、暖炉のガスの炎を静かに見つめた。ちらつく炎がこぢんまりとした空間に暖かな光を投げかけていたが、身体の芯の寒けを振り払うことはできそうになかった。マックスはグウェンの隣でクッションに長々と身を横たえている。喉を鳴らすグルグルという低い音が心地よく腿《もも》に伝わってくる。

グウェンは話の取っかかりをさがした。

「ウィルビーへやってくるまでにザンダー・テイラーが何人殺したのかは知りようがないわ。だれかを殺したと証明する方法もない。彼が死んだあと、イヴリンとふたりでいろいろ調べたけど、行動を追跡するのは容易じゃなかった。ふたりともプロの調査員じゃないから。でもヒントがいくつか見つかって、パターンらしきものがわかったの」

「どうやって全体をつなぎ合わせた?」

「ザンダーはとても気さくな男だった——話好きでね。自分と同じ種類の人間、つまり本物の超能力者とつきあうのは楽しいってしょっちゅう言ってた。世間に偽物の超能力者がいかに多いかという話もね。ザンダーが……死んだあと、イヴリンとわたしは、彼の口から聞いたことのある地名を思いだせるかぎりリストにしてみたの。それから、それぞれの土地の職業別電話帳を調べた」

ジャドソンが感心したようにうなずいた。「霊感を使ったサービスの広告を出している人を調べて、地元の死亡広告のなかに一致する名前がないか照合しようとしたんだろう?」

グウェンは驚いてジャドソンを見返した。「そう、まさに。取りかかりとしてはそれくらいしか思いつかなくて。だって、本物の超能力を持つ私立探偵をネットで検索するわけにもいかないでしょう。ザンダーはひとつだけ正しかった――世の中にはペテン師がごまんといる」

ジャドソンの目につかのま楽しそうな光が宿った。「サムとおれとで、心理調査の広告を出すべきかな。まちがいなく本物だ」

グウェンはにやりと笑った。「問題は、あなたがコパースミス・コンサルティング社の名前で広告を出したら、それこそまちがいなく詐欺師やペテン師の広告に見えるってこと」

「じゃあ、自分が本物の心理調査員だってことをどうやって世間に納得させればいいんだ?きみの言うとおりだな。なかなかたいへんだ」

「ものすごく時間のかかる作業だったけど、結局イヴリンとわたしは一致する名前をいくつも見つけた――占い師や、手相見や、店を出してる超能力者、その全員が予期せぬ自然死を迎えていた――ザンダーが過去に何人も殺していることを納得するには充分だった。被害者さがしをやめたのは、それ以上続けてもたいして意味はなさそうだったから」

「きみを殺そうとしたとき、ザンダーは最後に自分の犯行のことを話したのか？」

「ええ、うきうきしてたわ。ウィルビーでようやく本物の超能力者を仕留められるから、偽物じゃなくて」

ジャドソンはブランデーをひと口飲んだ。「超能力のある連中を殺せば、それだけやりがいのあるゲームになるというわけか」

「本物の超能力者を殺すのはそう簡単にはいかないだろうと思っていたけど、やってみたら普通の人間を殺すのとたいして変わりなかったって、そう言ってた」

「殺人者は仲間内にいるかもしれないと疑いだしたのはいつから？」

「最初の犠牲者が出た直後」グウェンはマックスの毛むくじゃらの脇腹に手を置いていた。あの恐ろしい最初の日の記憶が洪水となって押し寄せる。「ロッジでメアリーの遺体を見つけたの。建物の奥にある作業台のそばで倒れていた。どういうわけか心臓発作や動脈瘤《りゅう》のせいじゃないことはすぐにわかった。その姿勢には、逃げようとしたんじゃないかと思わせるふしがあった。少なくとも、亡霊はそんなふうに言ってた」

「現場でメアリーの亡霊を見たのか？」

「ええ、ミラー・エンジンの鏡のなかに」グウェンは答えた。またマックスをなではじめると、耳がぴくりと動いて喉を鳴らす音が大きくなった。

「ミラー・エンジンというのは？」

「イヴリンが作った世界にふたつとない実験装置。彼女の誇りであり、喜びでもあった。もともとはわたしのために作られたものよ。そのエンジンを使えば、わたしが能力を高めたときに生みだすエネルギーを測定してパターンを記録できると考えたの。メアリーが倒れていた場所のそばに鏡があって、そこに彼女の亡霊が見えた」

「ほかに気づいたことは？」

「役に立つようなことはなにも。わたしはオクスリー署長を信頼して、徹底的に捜査してもらうことにした。なんといってもメアリーはまだ三十代なかばで、慢性疾患の兆候もまったくなかったから。でも、結局オクスリーはなにも見つけられなかった。検死官は死因を心臓発作と判定した」

「その三週間後に、きみは同じ場所で第二の犠牲者を見つけたんだな？」

「ええ。ベンもミラー・エンジンのそばで死んでいた。メアリーのときと同じで、直感的に思ったわ、ベンもやられたとき逃げようとしていたんだって。なのに、当局は自然死と判断した。ベンの場合はまだいくらか信憑性《しんぴょう》があったの、重度の喘息《ぜんそく》とほかにもいくつか健康上の問題をかかえていたから。そのときになって、わたしは自分が厄介な立場にいることに気づいた。オクスリーの警官としての本能がうずいているのがわかった」

「ひと月も間をおかずに、ふたつの死体が、どちらも同じ場所で、同じ人物によって発見された。どんな警官だってそうなるだろう」

「わたしはイヴリンに話した。そのころには、だれかが彼女の研究対象を標的にしたのはまちがいないとふたりとも確信していた。イヴリンはすぐにプロジェクトを中止して、グループの全員に警告した。ほとんどのメンバーはあわてて町を離れた」

「でも、きみはウィルビーを離れなかった」

「ええ、研究所のなかになにか見落としてることがあるような気がしてならなかったの。だからもう一度調べにもどった。そこへザンダーが現われた。ロッジにはいってきた瞬間に、彼のオーラが見えた。感覚を高めていて、かなり興奮していた。ドリーム・エネルギーがひどく不健康だった。おかしい。それで彼が犯人だとわかったの。そしてわたしが見抜いたことを彼も知ってた」

「なにが起こった？」

「研究所にはわたしたちしかいなかった。ザンダーは話しはじめ、わたしを相手に自分のゲームを進めた。予定では、あの集合写真の並びどおり順番に仕留めるはずだった。わたしがその予定を狂わせて、獲物たちを怯えさせたと言われた。わたしたちのことをそう呼んだわ。〝獲物〟と。おまえが狩りのじゃまをしたから順番を無視して始末するはめになった、本当ならいちばん最後の予定だったのに、って」

ジャドソンの目が危険なほど熱を帯びていた。「続けて」

「ザンダーはジャケットの内ポケットから小型のデジタルカメラみたいなものを取りだして、わたしに向けた。それを使ってメアリーとベンと大勢の偽超能力者を殺したと言った。

次はおまえの番だ、って。そのカメラをわたしに向けて、ゆっくりと近づいてきた。背筋がぞっとしたわ。心臓がどくどく鳴りだした。息ができなかった。わたしは走りだした。彼は笑って、みんなやることは同じだなと言った。追いかけるのがいちばんの楽しみだって。どうせ殺されるなら、だめでもともとと思って、わたしはミラー・エンジンのなかへ逃げこんだ。ザンダーも追いかけてきた。そして突然、悲鳴をあげた」

「鏡のなかのなにかを見て？」

グウェンは大きく息を吐きだし、マックスの被毛のなかに指先を埋めた。ここは、慎重に、くれぐれも慎重に言葉を選ぶべき場面だった。

「さっきも言ったように、その日は大気中に大量のエネルギーが渦巻いていた。わたしは能力を高めていたし、ザンダーも同じだった。そこにカメラのエネルギーも加わった。鏡は超常的な効果を高めるように設計されているの。なにが起こったのか、正確なところはわからないけど、ザンダーは鏡のなかになにかを見たんだと思う——自分が殺した人たちの姿を見たのかもしれない」

ジャドソンの表情が険しくなった。「鏡に映る亡霊を見たのか？」

「ええ、そうだと思う。鏡に向かってこう叫んだの。〝ちくしょう、おまえらは死んだはずだ。なんでよみがえるんだ〟って。鏡に向かってその奇妙な武器を発射しはじめた。まぶしい閃光《せんこう》が走った。本物のカメラのフラッシュかストロボみたいだったけど、そこには超常エネルギーが含まれていた。はっきりと感じられたわ。そのエネルギーが鏡に反射して——直接ザンダーにはね返った。彼は悲鳴をあげた。背を向けて研究所のドアから飛びだしていった。大声でわめきながら滝のところまで走っていって、そのまま水に飛びこんだ。わたしは彼のあとを追った。ちょうど身を投げるところが見えた。あのときの彼の目は一生忘れない」

そこで話を中断した。しばらくはマックスの喉を鳴らす音だけが部屋のなかに響いた。

ジャドソンは無言で炎を見ていた。「ザンダーは自分の武器の反射エネルギーで殺されたと、そう思っているのか？」

「それが納得できる唯一の説明。わかっているのは、あの最後の瞬間、ザンダーが完全に正気を失ったということだけ」間をおいた。「わたし自身、ときどき悪夢を見ることがあるの。とくに毎年のこの時期になると」

ジャドソンが眉を吊りあげた。「きみは自分の悪夢をどうにもできないのか？」

「できたためしがないわ。強力な明晰夢を見る人間として、通常はある程度、夢を構築することができる。悪夢の情景をどうにかするためのコツは、出口を見つけること。だけど、ザンダー・テイラーの夢のなかではまだ脱出ルートが見つからない。だから、いまだに同じ夢を繰り返し見る。八月がいちばんひどいみたい」

「三人が死んだ月だから」

「そう」

グウェンは口を閉ざし、不安な気持ちで待った――一連のできごとをかなり編集して伝えたいまの話を、はたしてジャドソンが信じてくれるかどうか。話したのは本当のことよ、と自分に言いきかせた。全部を話していないだけで。

思いがけず、ジャドソンがふたりのあいだのわずかな空間に手を伸ばしてきた。温かく力強い手が、グウェンの手に重ねられた。

「きみの役に立つようなアドバイスは、おれにはできない。目の前で人が死んだら、それを忘れるのはむずかしい。そいつが死んで当然の悪党だろうと関係ない。暴力的な死は、不幸にしてそばに居合わせた者全員に相当な精神的苦痛を強いる。仕事でそういう例を目にするし、自分でも直接経験してきた。そのあとはだれもそれまでと同じではいられない。二年前にそんな事件があったのにきみが悪夢なんかいっさい見ないとしたら、それはむしろ、きみのなかの、人をまともな人間にしている部分に重大な欠陥があるということだ。精神的な代償なしに殺しができるのはモンスターだけだよ。そこが、モンスターがモンスターである所以《ゆえん》だな」

グウェンはジャドソンを見返した。「心理カウンセラーはわたしのはずなんだけど」

「ああ、だいじょうぶ、おれからの助言はこれで全部だ、これ以上言えることはなにもない。断っておくが、いま言ったことは、悪夢を見ている最中にはなんの助けにもならない。きみにできるのは、大事なのは結果だと自分に言い聞かせること。きみは自分の命だけでなく、ザンダーがこれから殺したかもしれない人たち全員の命も救った。その事実を肝に銘じて、前に進むことだ」

「その講義、あなたが自分に向かって言いきかせているんじゃないかって気がする」

「たしかに」

「あなたには効果がある？」

ジャドソンはなにも言わず、ただ見つめ返した。

「やっぱり」グウェンは言って、もう少しブランデーを飲んだ。「あなたも区切りをつける必要があるのね」

ジャドソンは聞き流した。「見つかった遺体はザンダー・テイラーにまちがいなかったのか？」

「ええ。イヴリンもわたしもザンダーをよく知っていたし、ニコールもそう。三人が身元確認をしたの」

「だれかが遺体を引き取りにきた？」

「いいえ。火葬の手配をしたのはニコールよ」

「武器はどうなった？」

「例のカメラ？」グウェンは首を振った。「どうなったかわからない。わたしもずっと気になって、夢のなかでたしかめようとしてる。次の日、イヴリンといっしょに研究所へさがしにいったけど、見つからなかった。きっとザンダーといっしょに川へ落ちたんだろうということになったけど、どうしてもそうは思えなくて」

「川に落ちてなくなったんじゃないと考える理由は？」

「夢のなかであのシーンを何度も再生しながら、能力を使って拡大してみたの。断言してもいい、ザンダーが研究所から飛びだして滝に向かったとき、手にはなにも持ってなかった。だから研究所のどこかで落としたんだと思う。コンクリートの床に落ちる音を聞いたような気もするけど、もしかしたら気のせいかもしれない。さっきも言ったように、次の日、イヴリンとふたりで隈なくさがしたけど、結局見つからなかった」

「そして今度は、イヴリン・バリンジャーが殺された。ふたりの被害者がそのカメラ風の武器で殺されたときと非常によく似た状況で」

「そう」

「研究所にもどったのは次の日だったと言ったね」ジャドソンが続けた。「ということは、だれかが研究所を捜索しようと思えば、丸ひと晩あったわけだ」

「だとすると、ほかにもあの武器のことを知ってる人がいたことになる。あれでなにができるかも。その人物は、ザンダーの遺体が川からあがったあと、どこであの武器をさがせばいいかわかっていたことになる」グウェンははっと息をのんだ。「ということは、その人は、ザンダーが水晶ベースの武器で人を殺していたことも、あの日わたしを殺すつもりだったことも、知っていた」

ジャドソンの指輪が邪悪なエネルギーを帯びてきらりと光ったが、本人は表情ひとつ変えなかった。「そうだ。要するに、共犯者がいて、そいつがゲームを続けることにしたのかもしれない、という話だ」

「だけど、この二年のあいだ、研究グループのほかのメンバーはだれも死んでいない。イヴリンとふたりであれから追跡調査したの」

ジャドソンの目は炎に注がれたままだった。「きみの話だと、メアリー・ヘンダースンとベン・シュウォーツは、ふたりともザンダー・テイラーの〝超能力者を仕留めろ〟ゲームの犠牲者で、やつは獲物が逃げるところを見るのが好きだった。きみも必死で逃げるだろうとやつは思っていた」

「そう。追跡するのがいちばんの楽しみだったの」

「きょう現場で感じたのは、イヴリン・バリンジャーを殺した犯人は彼女を空想ゲームの相手として見てはいなかったということだ。犯人はまちがいなく殺しを楽しんでいたが、犯行時はいたって冷静で、興奮してはいなかった。やつが殺人をゲームと考えているとしたら、興奮するはずなんだが」

「そこまで感じ取れるものなの？」

「おれの能力の本質はそういうことなんだ。殺人犯が人を殺したときに経験する感情を感じ取れる」

グウェンは身震いした。「殺人犯の心のなかを写真に撮るようなものね」

ジャドソンはグウェンを振り返った。「そうだ」

「それは、つらい能力ね。しょっちゅう悪い夢を見るのも無理ないわ」

ジャドソンの目がひとしきりグウェンを見つめ、翳《かげ》りを帯びた。結局、また炎のほうに向き直った。

「こういう能力があると、いい夢も、安定した長期的な関係も望めない」

それ自体が警告だと気づいて、グウェンはにっこり笑った。

「クラブへようこそ」

ジャドソンもにんまり笑った。「おれみたいなやつのためのクラブがあるのか?」

「わたしたちみたいなやつ、よ。わたしも夢に関しては厄介な問題をかかえていて、そのせいで安定した長期的な関係を結ぶのは至難の業。ほとんど不可能ね、わたしの場合は」

「そうなのか?」興味津々の顔になった。

「亡霊が見えるなんて話を聞かされたときの男の人の逃げ足の速さといったら、びっくりするわよ。実際、夜中に悲鳴をあげて逃げていった人も何人か知ってる」

ジャドソンの顔に茶化すような笑みが浮かび、白い歯がこぼれた。「興味深い話だ」

「冗談だと思ってるでしょ」

「ああ、でも言いたいことはわかるよ。長期的な関係で何度かつまずいたことがあるんだろう。よかったよ、おれだけじゃないとわかって」

いまのが冗談でないことをわざわざ話すまでもないか、とグウェンは思った。

「お互い、人間関係の問題は自分の能力のせい、ということにすればいいのよ」と代わりに言った。

ジャドソンはうなずいた。「サムは別として、うちのほかの家族はだれも理解してくれない。母と妹は、おれが深刻な問題をかかえていると思いこんでいる。ふたりに言わせると、おれは悪党を追いかけることに執着して、どうも自分の能力を使うことが病みつきになっているらしい。それが長期になると、物理的とは言わないまでも、精神的にダメージを受けるんじゃないかと心配しているんだ」

「そうね、その能力とうまくつきあう方法を見つけないと。だって、あなたは悪党を追いかけずにはいられないんだから」立ちどまって考えることもせずにグウェンは話し続けた。「その能力があなたを駆り立てている、わたしの能力が亡霊を見せるのと同じね。ふたりとも、自分が感知してしまうことを感知しないようにするなんてできないんだもの」

「そうだな。おれたちに選択の余地はなさそうだ」

「選択したいのかどうかもわからない。たしかにつらいと思うときもあるけど、わたしたちのどちらかが、たまたま犯罪現場にいるのにそこで悪いことが起こったのを感知しないなんて、そんなことは想像もつかない。墓地や戦場跡を歩いていて、自分の足の下に死者や死にかけてる人たちがいるのになにも感じないのと同じ。それって……罰当たりだわ、そう思わない?」

ジャドソンは驚いていた。目をわずかに細めて思案顔になる。「ああ、おれにとってはまさにそんな感じだ」

「お父さまは? 理解してくれてる?」

「父は自分にもまわりの人間にも、だれかれかまわずこう言ってるよ。ジャドソンの問題は、理想の女性にまだ出会ってないことだって。でも内心は心配してるんだ。父が母に出会ったような幸運がおれにないのは自分の責任だと思って」

「どうして?」

「問題がおれの能力にあることは明白だから、罪の意識を覚えるんだろう。父は自分を責めている」

「あなたの能力が父方から受け継がれたものだと思ってるから?」

「父から受け継がれたことを知っているから」唇の端がゆがんだ。「そう、それが事実なんだ。サムとエマの超能力もたぶん父に責任がある。でも、四十年前に超自然の放射能を大量に浴びてしまったのは、本人のせいじゃない」

「そんなことがあったの?」

「話せば長くなるが、結論からいうと、昔、父は採掘の仕事をしていたときに古い鉱山で爆発事故に巻きこまれた。その爆発で大量の超常エネルギーが放出されたことがわかっている。サムとエマとおれは、ウルトラライトが父のDNAを変化させ、のちに生まれた三人の子供全員に影響を与えたにちがいないと思っている」

「おもしろい仮説ね。わたしは自分の能力がどこから来たのか見当もつかない。両親のことはなにも知らないの。わたしが生まれてまもなくふたりとも亡くなったから。育ててくれた叔母は、自分の家系からの遺伝じゃないと断言した。たぶん父方からでしょうね。もっとも、ベス叔母さん本人も、いくつか問題をかかえていたけど」

長い沈黙があった。マックスがグルグルと喉を鳴らす。

「人間関係の問題に、きみはどう対処してきた?」しばらくして、ジャドソンが訊いてきた。

「たいていは、ただ避けてきた」

「問題を?」

「いいえ、人間関係を。そのほうが楽だから」グウェンは伸びをして、椅子にいっそう深く身を沈めた。「さてと、お互い長期的な関係を結ぶのに向かないタイプだと確認し合ったところで、そろそろ調査の話にもどりましょうか。さっき、イヴリンはおぞましい空想ゲームの犠牲になったとは思えないと言ったわね。それってどういうこと?」

「きわめて実際的な理由で殺された、ということだ」立ちあがって窓のほうへ行った。窓辺に立って夜を見つめている。「イヴリンのことはきみがいちばんよく知っていた。彼女の秘密を探るにはどこからはじめるのがいいか、心あたりは?」

「あるかも」

グウェンは椅子から立ちあがり、部屋の向こうにあるトートバッグのところへ写真を取りにいった。写真を持ってくると、イヴリンが裏に書いたメモをジャドソンに見せた。

「〝鏡よ、鏡〟」とジャドソンが読みあげた。

「イヴリンの重大な秘密が少なくともひとつ隠されている場所は、たぶんわかると思う」

12

翌朝、古いロッジは濃い霧に包まれていた。ジャドソンはSUVのエンジンを切って、その光景を眺めた。風雪を経た素朴な建物で、高さは二階分ある。建築様式からして一九〇〇年代初頭に建てられたものだろう。各階の窓はすべて金属のシャッターに覆われていた。

「窓を暗くしてあるのはどうしてだ？」ジャドソンは訊いた。

「自然光とスペクトルの可視光線は超常エネルギーに影響するから、検出と測定がむずかしくなるとイヴリンは考えていたの」

「そのとおりだ。サムと部下の研究員たちもそれと同じ結論に達していた。で、きみは晴れて、イヴリンの自宅と、火事になったらひとたまりもないこの古い建物の所有者となったわけだ」

「そう、固定資産税やら光熱費やらも含めて」グウェンはバッグをかきまわして紙切れを引っぱりだした。「研究所なんていらないし、このなかにある備品もわたしには無用の長物だけど、イヴリンにそんなことは言えない。ここにあるものはほとんど――超常現象の研究用に造られた道具や機械はひとつ残らず――イヴリンがみずから設計して製作した、世界にふたつとないものばかりよ」

「それをきみにどうしてほしいと思っていたんだろう」

「貴重な道具や実験装置のちゃんとした引き取り手をわたしが見つけてくれると思っていたんでしょう。超常現象を本格的に研究している人は決して多くないけど、いないわけじゃない」

ジャドソンはにやりと笑った。「コパースミス社とか」

グウェンの顔がぱっと明るくなった。「サムと彼の部下の研究員たちは、イヴリンの発明した装置に興味を持ってくれると思う？」

「おれの予想ではまずまちがいなく、サムと部下の研究員なら、このロッジのなかにあるものを観察する機会があれば飛びつくと思う。ここの装置を全部引き取るという保証はできないが」

「わかってる。でも、超常現象のちゃんとした研究者たちが自分の発明品に本気で興味を持ってくれていると知ったら、イヴリンはすごく喜んだはずよ。残念ながら、本人はコパースミス社の研究所が存在することも知らなかったけど」

「そして、コパースミス社もイヴリンの研究にはまったく気づいていなかった」ジャドソンはシートベルトをはずした。「もったいない話だ。たびたび思うことだが、おれたち本物の能力を有する人間は、仲間を見つけて情報交換ができる方法をさがすべきだな。いまのままだと全員が暗闇で仕事をしてるようなものだ」

「イヴリンもよくそう言ってた」

「この研究所にはしょっちゅう来ていたのか？」

「しょっちゅうどころか」グウェンはにっこり笑った。「ここは彼女の人生そのものだった。全財産を注ぎこんだと言っても過言ではないわ。警報装置は最新式よ、みずから設計して製作したものを守るためにね」

「超常現象を研究するための高性能な道具やモニター装置はネットで買えるというものじゃない。本当だ、サムと研究員たちは実際にやってみた」ジャドソンはドアを開けて外に出た。「じゃあ、見てみるとしよう」

グウェンも飛び降り、車の前をまわってそばへやってきた。固い決意を秘めたそのまなざしを見て、イヴリンの研究所にもどることは、グウェンにとって生やさしいことではないのだとわかった。ここで友人ふたりの遺体を見つけ、そのうえ自分も危うく殺されかけたのだ。

「最後にここへ来たのは？」ジャドソンは訊いた。

「ザンダーに襲われた次の日」

「イヴリンといっしょに武器をさがしにきたときか」

「そう」

グウェンが階段をのぼって重厚な鋼鉄のドアまで行った。ジャドソンもあとに続き、隣に立った。電子錠のキーパッドの数字が赤く光っている。正方形の小型のパネル上に書かれたメーカーのロゴに見覚えがあった。

「驚いたな」ジャドソンは言った。「イヴリンは警備のために大枚をはたいている。このシステムを設置するにはひと財産かかったはずだ」

「言ったでしょ、このなかには、イヴリンにとってものすごく大事なものがあるの」

グウェンがコードを打ちこんだ。パネル上の赤い光が緑に変わる。

「ほかにもここへはいれる人はいるのか?」

「いいえ、殺人事件のあと、イヴリンはコードを変えた。彼女がいなくなったいま、それを知ってる人はわたし以外にいないはず」

グウェンの手のなかの紙切れをちらりと見た。「イヴリンがどこかに書きとめていたかもしれない、きみがやってるように。あるいはコンピューターのなかに保存していたかもしれない」

「そうね、ありうる。研究には細心の注意を払っていたけど、それ以外のことにはわりと無頓着だったから。これは暗記できるようなコードじゃない。だからわたしもメモしたの」顔をしかめた。「あの夜イヴリンが殺されたとき、犯人はこのコードをさがしていたんだと思う?」

「その可能性はある。だが、それだけのために殺すのはちょっとやりすぎのような気がする。このドアを開けるコードを解読するか、どこかの窓をこじ開けるほうが早い。あの金属のシャッターは、日差しとそこらにいる泥棒をよけるためのもので、頑丈な装甲板というわけじゃない」

「たしかに」

グウェンがドアを開けた。ジャドソンがのぞきこむと、そこは洞窟のように音が反響する空間で、暗い影と超常エネルギー特有の熱気に満ちていた。

ロッジの内部では、超自然の重苦しい空気が渦巻きながらわき返っていて、その雰囲気は、サムの水晶の保管庫やコパースミス社の研究施設のなかを流れる空気とよく似ていた。閉ざされた空間に大量の超常的な人工物や水晶、超常エネルギーを秘めた物体がおさめられると、その場の大気はまちがいなく電気を帯びる。

だが、超常エネルギーの陰に、なにか別のもの――暴力と死の毒気が、ありありと感じられる。

「きみの言ったとおりだ」ジャドソンは言った。「ここで死んだ人たちは自然死じゃない」

「わたしもいまだにそれを感じるわ」

グウェンが壁のパネル上の光るスイッチを押した。低い位置にあるひも状のフロア・ライトがともり、ふたりの足元のごく狭い範囲だけが照らされた。それ以外の場所は依然として深い闇に沈んでいる。

ジャドソンはドアを閉め、わずかな日の光を締めだした。「天井に蛍光灯はついてないのか?」

「ええ。作業机にはそれぞれ電気スタンドがあるけど、研究所のほとんどの場所にはこういうストリップ・ライトがついてる。全部、自動センサーで点灯するの。人が通過したあとは勝手に消える」

「イヴリンは可視光線にかなり神経質になっていたようだ」

「光と名のつくものはすべて障害になるとわかったの。たぶんイヴリンの能力と関係があるんだと思う。白色エネルギーには人一倍敏感だった」

グウェンはコンクリートの床を歩いていった。次のストリップ・ライトが点灯し、床の少し先までを照らす。

「ミラー・エンジンはこの奥よ」誘導しながらグウェンが言った。「建物の裏側の壁一面を使って作られてるの」

ジャドソンはもうひとつの視覚を高め、グウェンの後ろから作業台やキャビネット、展示ケースの並ぶ迷路を通過しながら、ますます魅了されていった。広々とした通路には、ふしぎな道具や機械類に加えて、サムがまちがいなく興味を示しそうな水晶や原石の膨大なコレクションもある。

徐々に能力を高めながら、エネルギーを注入された大気のなかに心を解放していった。空中には大量の超常エネルギーが溶けこんでいるが、ジャドソンの感覚に訴えてくるのは邪悪な暴力の気配だった。

洞窟に閉じこめられる悪夢からすでに回復したとはいえ、グウェンの指摘は正しい――この能力があるかぎり、悪党を追わずにはいられないのだ。いままで出会ったなかでただひとりグウェンだけが、ジャドソンのその部分をわかってくれた――わかったうえで、拒絶もしなければ、ことさらに惹きつけられることもない。ジャドソンの本質を、ただ理解し、受け入れてくれた。

そして、ゆうべ本人が明言したところによれば、ジャドソンに劣らず、グウェンもだれかと永続的な関係を結ぶことを望んでいない。論理的に見ても理性的に見ても、ジャドソンにとってはまさに完璧な女性、理想の女性だった。

これで、セラピーを受けろとしつこく言うのをやめてくれさえすれば。

グウェンがつと足をとめた。「あれがミラー・エンジンの入口よ」

研究所の奥へと近づくにつれてエネルギーのレベルが高まっていくのはすでに感じていた。大気のなかで超常エネルギーがぴしぴしとはじけ、うなじや腕の毛を逆立てている。両のてのひらがちくちくする。

「なんだか知らないが、ものすごい威力だな」ジャドソンは言った。「圧倒される」

「このエンジンはイヴリンが発明した最高傑作よ」グウェンは作業台をまわりこんだ。「ほかの小規模な実験と同じで、もとは単なる空想だったと本人は言ってた。最初の試作品はせいぜいシャワー室ほどの大きさだった。でも結果が思いのほかよかったので、鏡の表面積をどんどん広げていった。そして最終的に、あなたがいま見てるこの大きさにまで拡張したの」

エンジンの外側にあたる暗い鏡張りの壁は、吹き抜けの天井までの半分ほどを占めている。壁の高さは四・五メートルとジャドソンは見積もった。分厚いガラスの隅々にまでエネルギーが吹きこまれている。反射面の奥でウルトライトの閃光がまたたいた。入口からなかをのぞきこむと、鏡張りの通路が見えた。

「イヴリンは内部を単純な迷路の形にしたの」グウェンが説明する。「内部の鏡の表面積を最大限にするために。その結果、曲がり角や短い通路や回廊がたくさんできて、歩くと楽しい道になった」

「こんなものは見たことがないな、たぶんサムも。これを見たら、砂場にはいった子供みたいになりそうだ。エンジンを作るというアイデアをイヴリンはどこから思いついたんだろう。自分の研究から？」

「ミラー・エンジンの構想について書かれた古い日誌を図書館で見つけたそうよ。ヴィクトリア朝時代のウェルチという超常現象の研究者が、十八世紀の終わりにこれと似たような装置を作ろうとしたけど、設計に重大な欠陥があったの」

ジャドソンはおそるおそる手を伸ばし、そばの鏡板に触れてみた。超常エネルギーの鋭い衝撃が感覚を突き抜けた。あわてて指先を引っこめる。

「ウェルチの設計の欠陥というのは？」手を軽く振りながら訊いた。

「ウェルチは頭がおかしかった。強力なエネルギーを鏡のなかにとらえるもっとも効果的な方法は、人を殺すことだという結論に達したの。自分の屋敷内に造った鏡の間に餌食となる人を入れて殺す計画を立てた。死によって放出されるエネルギーを鏡の燃料として取りこもうと考えたわけ」

「そんなばかな。冗談だろう?」

「いいえ、ほんと。イヴリンがウェルチの記述を見せてくれた。彼は手がかりをつかんではいたけど、本物のミラー・エンジンに燃料を注ぐ方法についての結論はまちがってるって、そう言ってた」

「それを聞いてほっとした」ジャドソンは不安を募らせながら、鏡張りの廊下を観察した。「ウェルチの試作エンジンはどうなった?」

「はっきりとはわからないけど、イヴリンが調べたかぎりでは、鏡の間が造られた屋敷が爆発炎上して破壊されたようね。エンジンが過熱して吹き飛んだというのがイヴリンの仮説」

「ミラー・エンジンの歴史と、鏡に燃料を注ぐウェルチの仮説のことを知っていた人間は、きみとイヴリン以外に何人いた?」

「イヴリンがその話をした相手はたぶんわたしだけだと思う。その試作エンジンの話を『真夜中』のエピソードに取り入れたらどうかと話し合ったわ。でもイヴリンは、テレビ番組で超常現象の歴史を断片的に切り取って扱うのに反対だった。いまの時代の頭のおかしな人たちがそれを真に受けるかもしれないから」

「それは正解だったな。視聴者のなかにはいかれた連中もかならずいる。ザンダー・テイラーはこの研究所のなかで人をふたり殺し、きみを殺そうとした。やつがウェルチの研究のことを知らなかったのはたしかか？」

「そうとしか思えない。あの日のザンダーは饒舌《じょうぜつ》で、自分がそれまでに殺した超能力者たちのことを得意げにしゃべってた。でも、鏡の間のことやウェルチの研究のことはひとことも口にしなかった。イヴリンとわたしの見るかぎり、科学にも超常現象の歴史にも興味なんかなさそうだった。超自然的な方法で殺人をやり遂げるのが趣味だったというだけ」

「そして、自分の妄想を現実にしてくれる得体の知れない武器をたまたま手に入れた。そのカメラをいつどうやって見つけたか、話してくれたか？」

「いいえ。わかっているのは、この研究所にあったものじゃないとイヴリンが断言してたことだけ。でも、ひょっとしたら最近になってその出所を探りあてたのかもしれない」表情が険しくなった。「エンジンのなかに隠された秘密というのはそのことかも」

「迷路のなかの明かりはどうなっている？」

「ストリップ・ライトが何本かあるけど、どういうわけかこの内部には照明がいらないの。鏡が放出する大量のエネルギーのおかげで、わずかな能力しかない大多数の人にも明るさが感じられるんだと思う。その代わりここにはものすごい威力があるわ。へたをすると方向感覚が失われるくらい」

グウェンが入口からはいっていく。ジャドソンもあとに続いた。心の準備はできているつもりだったが、鏡の超常エネルギーは暴風に荒れ狂う波のような勢いで激しく渦巻きながら押し寄せ、ジャドソンの感覚を燃え立たせた。

「すごいな。アドレナリンがどっと噴きだしてくる」

グウェンが肩越しにちらりと振り返った。「このままここにいてだいじょうぶ?」

「ああ、もちろん」

納得したように目が輝いた。「絶叫マシーンに乗ってるみたいでしょ」

「そうとも言える」

「おもしろいことに、みんなが同じ影響を受けるわけじゃないの。イヴリンの研究に参加したほかのメンバーはひどく動揺した。真っ暗な路地や地下の坑道へはいっていくようなぞっとする感覚を覚えるって」

グウェンが角を曲がり、迷路の奥へと姿を消した。ジャドソンも追いついた。エンジンの中枢に近づくにつれて、鏡の持つエネルギーが強くなってくる。

近くにある鏡の奥をのぞきこむと、自分自身の鏡像が、真っ暗な無限の空間に吸いこまれるように際限なく続いている。

「死によって放出されるエネルギーで鏡に燃料を注ぐことはできない。イヴリンはそういう結論に達したとさっき言ってたな。彼女はなにを燃料にしたんだ?」

「水晶」グウェンが次の角を曲がる。「でも、その原石はたびたびチューニングしなくてはならなかった。幸い、それができる人をこの町で見つけたの。ルイーズ・フラーよ」

「例のウィンド・チャイムを作ってる女性?」

「そう」グウェンが肩越しに振り向いた。「イヴリンが言ってたけど、ルイーズには水晶に対する超自然的な親和性があるんですって」

「サムが絶対会いたがるだろうな」

「幸運を祈るわ。ルイーズは人嫌いでね。相当な変わり者。変人で、隠遁《いんとん》生活を送ってる。地元の人たちは〝ウィルビーの魔女〟と呼んでるの。でも、彼女の作るウィンド・チャイムは最高よ。もっとも、ルイーズの協力があってさえ、イヴリンはミラー・エンジンを継続して動かすのにかなり苦労してて、プロジェクトをはじめたころはせいぜい二時間くらいだった」

「この鏡には大量の超常エネルギーが含まれていて、それがきょうはかなり強い。チューニングされたばかりなのか？」

「もうその必要はないの。二年ほど前、イヴリンはネットで晶洞石《ジオード》（内側に水晶などの結晶が晶出した、中心に空洞のある鉱石）を購入した。届いた石を割って開いたら、なかに水晶が詰まっていた。調べてみたら、ミラー・エンジン全体を動かせるほど強力な石だった。しかもその水晶はチューニングする必要すらないの」

ぞっとするような確信がジャドソンの感覚を凍らせた。

「その晶洞石はいまどこに？」厳しい声で訊いた。

「まだここにあると思う」グウェンが次の短い廊下を進んでいった。「イヴリンの財産のなかでいちばん価値のあるものよ。鋼鉄製の金庫に入れてエンジンの中枢部に保管されてる。イヴリンがわたしに見つけさせたかったものがなんであれ、あの金庫のなかに晶洞石といっしょに隠してあるといいのだけど」

「妙な隠し場所だな」

「イヴリンという人を知っていたら、そうは思わないでしょうね。エンジンの奥まではいってあの箱を見つけられる人はまずいないと確信していたのよ。さあ、行きましょ」

グウェンのあとについて次の角を曲がると、四方を鏡の壁に囲まれた狭い正方形の空間があった。真ん中に小さな鋼鉄製の箱がある。ふたは締まっていた。

グウェンが留め金をはずして、ふたを持ちあげた。超常エネルギーが、くすぶる山火事の不気味な煙のようにふわりと立ちのぼる。

「まさか」ジャドソンは箱に近づき、なかにあるふたつに割られた晶洞石の片割れを見おろした。「信じられない」

箱のなかにはほかにもなにかはいっていた――折りたたまれた地図だ。

地図には目もくれず、ジャドソンの視線は晶洞石に釘付けになった。

「鏡の動力になっているのは、この石か?」

「そうよ。すごくふしぎでしょう？　内部はこんなに美しくて、水晶の持つ力が感じられる。イヴリンも言ってた、こんな石は見たこともないって」

「おれはあるよ」ジャドソンは静かに言った。

さえない灰色の晶洞石の外側には、内部の秘密をうかがわせるものなどなにもない。見た目はただの石ころだ。だが、石の内部では、光る水晶が超自然的な虹の色に輝き、可視光と不可視光からなるスペクトル全体に不気味な影を投げかけていた。エネルギーの流れが不穏な波となって立ちのぼる。ジャドソンの指輪が反応して熱を帯びた。

「それは興味深いわね」グウェンが地図を手に取った。「こういう晶洞石をどこで見たの?」

「レガシー島にあるサムの研究室の金庫のなか」手を差しあげて、指輪についている琥珀《こはく》色の石を見せた。「この水晶も、そこにあるような晶洞石から採取された。ふたつの晶洞石はまちがいなく同じ場所で採掘されたものだ。フェニックス鉱山で」

「フェニックス鉱山?」

「話せば長くなるが、結論から言うと、この晶洞石はうちの一家のものなんだ」

グウェンが顔をしかめた。「ちょっと待って、これはイヴリンが大金を払って買った石で、いまはわたしのものよ」

「心配しなくていい、コパースミス家がきみの言い値で買い取る」

「売るつもりはない、と言ったら?」その声にはあきらかに警戒心がこもっていた。

「きみはこの申し出を拒絶できない——すべきじゃない——と思う。この晶洞石は危険だ、グウェン。信じてくれ、これを居間の棚に飾ったりするわけにはいかないんだ」

「どう危険なの?」グウェンは訊いた。不信感と募る疑念を隠そうともせずに。

「問題はそこなんだ」ジャドソンは手を伸ばして金庫のふたを閉め、超常エネルギーの流れを断ち切った。「その質問に明快に答えられる者はだれもいない。だが、これだけははっきり言える。イヴリンがこの鏡の間で実験を行なったとき、この研究所とたまたま現場に居合わせた全員が吹き飛ばされなかったのは、まさに奇跡だ」

「大げさに言わないで。イヴリンは細心の注意を払っていたわ」

「自分がなにを扱っているのか、わかっていたとはとても思えない。この晶洞石はサムの金庫に入れてしっかり保管しておくべきだ。さっきも言ったように、それに見合う対価はきちんと払わせてもらう」

グウェンは背筋を伸ばし、冷ややかな目でにらみつけてきた。「その提案は少し検討させていただくわ」

強要されることが気に入らないのはあきらかだった。こちらの態度に腹を立てる権利は当然ある。なにしろ彼女が受け継いだ遺産の所有権を取りあげようとしているのだ。

「ごめん、悪かった」ジャドソンは言った。「きみには初耳の情報ばかりでショックを受けているのはわかる。あとでなにもかもきちんと説明するから。とにかくいまはこの金庫を持ちだそう。ただでさえこの小部屋には超常エネルギーが充満している。ここにある鏡の超常レベルがこれ以上あがったら、建物ごと燃えてしまいかねない。いままで爆発が起こらなかったのがふしぎなくらいだ」

「わかった」

納得したようには見えないが、とりあえずそれ以上の反論はしてこなかった。直感の新たな潮がジャドソンを先へと運んだ。

「ほかにも考えなければならないことがある。この晶洞石は、一部の人間にとっては相当な値打ちがあるんだ。いや、金には換算できない。これを手に入れるためなら人殺しも辞さない連中が存在する、まちがいなく」

グウェンがじっと見返してきた。「イヴリンはこの石のために殺されたかもしれないってこと？」

「まさにそういうことだ」

「だから写真の裏にメモを残して、わたしをここへ来させたのかもしれない。だれかが晶洞石を狙っている、それをわたしにはっきりわからせるために。この地図もきっと重要なものにちがいないわ」手のなかの折りたたまれた地図を見た。「でなければ、ミラー・エンジンのなかに隠したりするはずがない。この部屋には、実験に影響を及ぼしかねないものは絶対に置かないようにいつもすごく気をつけていたの」

「ここから出よう」ジャドソンは言った。命令口調で。

グウェンは問いかけるような視線を向けただけで、反論はしなかった。なにも言わず、鏡の迷路を引き返しはじめた。

同じ経路をたどって暗い研究所のなかを歩いていくと、コンクリートの床の区画に次々と明かりがともっては消えた。

建物の正面までもどると、グウェンは重たい鋼鉄のドアを開けて外に足を踏みだそうとした。

ジャドソンの感覚が最大級の警戒信号を発した。川の向こう岸の土手にある林のなかに小さく光るものをとらえたのか、あるいは単なる偶然だったかもしれない。理由はなんであれ、脳の論理的思考をつかさどる側が理にかなった説明の長いリストを提供する暇もなく、身体が反応していた。

グウェンの上腕をつかんで戸口から引き離した。

ライフルの弾丸が金属のドアの枠にめりこむビシッという硬い音がした。銃声は森のなかにいつまでもこだまして、滝の轟音《ごうおん》が響きわたるなかでさえはっきりと聞き取れた。

13

「どこかのハンターがわたしを鹿と見まちがえて撃っただけとは考えにくいわね」グウェンは言った。

話すのは容易ではなかった。仰向けで床に寝ころがり、上からジャドソンにのしかかられて身動きがとれない状態だったから。ジャドソンは重く、全身が筋肉でできているのがはっきりとわかる。

「そうだな」ジャドソンが身体をころがしてグウェンの上から降りた。「ここは最悪のシナリオに備えるべきだろう。だれかがおれたちの片方もしくは両方を殺そうとした。ドアから離れるんだ。当たればラッキーと思って、またやみくもに撃ってくるかもしれない」

どんな状況であれ、人から指図されておとなしく従うグウェンではないが、ここはジャドソンに任せたほうがよさそうだ。そもそも自分はこの手のことに詳しいわけではない。

グウェンは身を起こし、這《は》うようにして半開きのドアからすばやく離れ、研究所の奥へ移動した。床のストリップ・ライトが投げかける薄明かりのなか、ジャドソンが暗がりで姿勢を変えるのを見守った。足首のホルスターから拳銃を抜くのが見えて、身体に小さなショックが走った。いまこの瞬間まで、銃を携帯しているかもしれないとは考えもしなかった。

ジャドソンが床に身を伏せて立て続けに三発撃った。拳銃の角度からして、直接川の向こう岸の林を狙ったのではなく、轟く滝に向けて撃ったのがわかった。警告射撃だ。林のなかの敵は反撃してこなかった。まもなく遠くでエンジンの音が響きわたり、車が猛スピードで走りだしてすぐに遠ざかっていった。

「まさかおれが銃を持ってるとは思ってなかったんだな」ジャドソンが言った。

無意識のうちにとめていた息を、グウェンはゆっくりと吐きだした。「わたしもよ」

「きみが雇ったのはセキュリティ・コンサルタントだ。銃を持っていると考えるのが普通だろう」

「そうよね」グウェンは認めた。「なんとなくあなたもお兄さんも仕事では超常テクノロジーを使うものだと思いこんでた」

「一家のなかではサムがテクノロジー好きなんだ。道具を使うのを好む。でもたいていの場合、護身のためには超常テクノロジーより従来の拳銃を使うほうがはるかに簡単なんだ。敵が遠くから撃ってきたときはとくに。この前も言ったように、超常武器は至近距離でないと効果がない」

「なるほど。それはそうと、いまの事件で新たな疑問がいくつか浮かぶのはたしかね。だれかが単にわたしを殺そうとしたとは思えない」

「敵の狙いは別にあったのかもしれない」

「なにか思いつく?」

「弾丸は高い位置にあたった。きみを脅して追い払うためかもしれない、殺すためではなくて」

「そうね、そう考えると少しは慰められる。で、これからどうするの?」

「きみは裏口から外に出る。おれは車を取りにいって建物の裏にまわり、きみを拾う」

「表のドアから出てだいじょうぶ?」

「やつはもういない」

「まちがいない?」

「ああ、絶対に」

「それでもわたしには裏口から出ろというの?」

「頼むから言うとおりにしてくれ、いいな」

「いいわ。でも約束して、表のドアから出るときはくれぐれも気をつけるって」

グウェンの心配そうな声に、ジャドソンはいくぶん驚いたような顔になった。その顔にかすかな笑みらしきものが浮かんだ。ジャドソンは金庫を手に持ち、ドアに向かった。

「気をつけるよ」

グウェンは研究所の裏の戸口で緊張しながら耳をすまし、SUVの大きなエンジンの音が聞こえるのを待ちわびた。もう銃声が聞こえてこないとわかっても、まだ完全に安心はできなかった。

まもなくジャドソンが建物の角を曲がって現われ、急ブレーキで車をとめると、助手席に身を乗りだしてドアを開けた。グウェンは研究所のドアに鍵をかけ、地図を片手に握りしめたまま前の座席に飛び乗った。

「この件はオクスリーに知らせる?」シートベルトを締めながら訊いた。

「ああ」ジャドソンは川沿いの道路へと車を向けた。「署長がわざわざ調べるかどうか見ものだな。形ばかりの捜査をしたところで、たしかな証拠が見つかるとも思えない。だが大事なのは、きみがだれかに撃たれそうになったといううわさが町じゅうに広まることだ」

「それっていいことなの?」

「敵にプレッシャーを与えられる。二度めの攻撃は躊躇《ちゅうちょ》するはずだ。いくら田舎町とはいえ、狩猟中の事故が二回続いたらどんな警官でも無視できないことは、敵もわかっているだろうから。それで時間を稼いでいるあいだに犯人を見つける」

「どうやって見つけるつもり?」車がまちがった方向へ曲がるのに気づいて話を中断した。「どこへ行くの? ウィルビーは反対方向だけど」

「いちばん近い橋はこっちだ。向こう岸へ行って、犯人が発砲した場所を突きとめられるかどうかたしかめたい」

グウェンはちらりとジャドソンを見た。「現場に超常エネルギーの残骸が見つかれば、そこから容疑者を特定できるということ？」

「その可能性はある。運に恵まれないともかぎらない」

百メートルほど先で、ジャドソンは狭い橋を渡った。向こう岸の道路は森のなかを走る砂利道だった。

ロッジのちょうど対岸にあたる場所で車をとめて、ジャドソンが外に出た。

そのまま森のなかへ歩きだすのを見て、グウェンも車から降り、あとを追った。風が強かった。日が暮れるころには次の夏の嵐がやってくるだろう。

ジャドソンの横に並んだとき、彼を取り巻く大気のなかのエネルギーを感じ取った。

「どう？」と訊いた。

「引き金を引いたときに立っていたのは、この場所だ」ロッジの正面側をじっと見つめた。

「彼は自分がなにをしているかわかっていた。ドアの枠を狙って、ちゃんとそこに当てた」

「どうしてわかるの？」

「彼は……射撃に満足した。でも撃ち返されたので驚いた。思ったとおりだ。おれが銃を持っているとは予想していなかった」

「犯人が男だという確信はあるの？」

「ない。総称として男性名詞を使っているだけだ、イヴリンの自宅でもそうした」

「じゃあ、女性がかかわっていた可能性もある？」

「まあ、あるだろうな」意味ありげな口調だった。

「犯人がどんな気持ちで撃ったのか、そのときの感情についてわかることはある?」

「怒り。恐れ。あせり」向きを変えて車のほうへ歩きだした。「撃ってきたのはニコール・ハドソンじゃないか、そう考えてるんだろう」

「ゆうべの言葉を聞いたでしょ。ザンダーが死んだのはわたしのせいだと思ってる」

「彼女が犯人だとしたら、きみを殺す気はなかった。言えるのはそれくらいだな。もっと情報が必要だ」

グウェンはにやりと笑った。「言いたいことはわかるわ。それを〝事情〟というのよ」

14

「ハンターだな」オクスリー署長は、ライフルが鋼鉄のドアの枠につけた傷跡をじっくりと眺めた。「毎年、都会の連中がぞろぞろやってくる。たいていは納屋のだだっ広い壁に弾丸を当てることもできないような連中だ。舞いあがって、動くものならなんでも撃っちまう」

「またかって感じだな」ジャドソンが言った。

グウェンは最初、オクスリーが自分たちをあまり待たせなかったことに驚いた。ジャドソンの通報を受けてすぐさまロッジへ出向いてきたところをみると、事件の現場にまたしてもグウェンが居合わせたという一報がはいったら急行できるように待ち構えていたのだろうか。次の悪いニュースが起こるのを期待しているみたい、とグウェンは思った。〝チフスのメアリー〟のウィルビー版にされるかと思うとうんざりした。

黒いサングラスに日差しを反射させながら、オクスリーがジャドソンのほうを向いた。

「こういうことは毎シーズン起こるもんだ。怪我人がなくて幸いだったよ」

「ほんと、わたしたちも同感」グウェンは言った。

オクスリーのがっしりしたあごに力がはいった。「だれかがわざとあんたを狙って撃ったと思ってるのか?」

「その可能性もちらっと考えたわ、たしかに」

「ほほう、なんのためにそんなことをするんだ?」やけに穏やかな声で訊いた。

「さあね」グウェンは答えた。「その質問の答えを見つけるのがあなたがたの仕事だと思うけど」

オクスリーはひとしきりグウェンを凝視したが、サングラスの陰で目の表情までは読めなかった。「二年前、あんたがこの町で敵をつくったことは秘密でもなんでもない」

「ニコール・ハドソンのことね」

「ここだけの話だが、ニコールはまともとは言えない」

「そのようね」

オクスリーはうめいた。「これはたしかな話として知ってるんだが、ニコールは親父さんの古い狩猟ライフルをまだ持ってる」

「素敵。情緒不安定な女性が銃を持ってるなんて。彼女がそれを使う気になったとは考えられない?」

オクスリーは太い首の後ろをこすった。「本人と話してみよう」

「おれたちはこれを狩猟中の事故とは考えていない」ジャドソンが静かに言った。「とにかくこの事件を報告しておきたかったんだ、事態が悪化しないように」

「事態が悪化する？」オクスリーが不吉な口調で繰り返した。

「二年前に悪化したようにか？」

「そうだ」

「あんたは何者なんだ、コパースミスさん。そしてフレイザーさんとのここでの関係は？」

「友人だ。グウェンがイヴリン・バリンジャーの件を処理する手伝いをしている」

「友人ねえ。あんたとフレイザーさんは友人以上の仲だと聞いてるが、まあそれはこっちがとやかく言うことじゃない。だが、あんたに警告しておくよ、せいぜい気をつけることだ。グウェン・フレイザーの友人には、ここウィルビーで死ぬという悪い癖があるんでね」帽子をかぶり直し、すたすたとパトカーに向かって歩きだした。「またなにか事件が起こったら連絡してくれ」

「かならず」グウェンは言った。「あなたが職務をまっとうしようと待ち構えてるのがわかってうれしいわ、署長」

運転席に身体を押しこむ前に、オクスリーはふと足をとめた。「事態の悪化を食いとめたいか？　ならこの町を離れることだ。あんたがいなくなれば、元どおりの平和な町にもどる予感がするよ。この前もそうだったようにな」

15

「フェニックスの晶洞石を、ひとつ見つけただと?」エリアス・コパースミスが電話の向こうで吠《ほ》えた。「どこかのさびれたリゾート・ロッジのなかに、眠っていただと?」

顔をしかめながら、ジャドソンは受話器を耳から離した。

ジャドソンの父親は、希土類元素《レアアース》と貴重な鉱石をもとに企業帝国を築いた男だ。エリアスの興味は地球上のあらゆる地域に向けられている。コパースミス社の社長にして最高経営責任者として、ヨーロッパの国際都市や各大陸の不毛な土地にある採掘現場で大がかりな取引を行なっている。その人脈はウォール街やワシントンDCから地球の果てにまでおよぶ。

レアアースに関して戦略的に重要だと判断すれば、エリアスは受話器を取って応答し、政府関係者や投資信託組合の理事、さまざまなハイテク企業のオーナーなどの話にすぐさま熱心に耳を傾けることもある。海外の競合相手の動向を知りたい者にとっては頼りになる男だった。実際は、電話に出ることなどめったにない。もっぱら先方がエリアスに連絡をとろうとして、自分の貴重な時間とアシスタントの貴重な時間を無駄にすることが多い。

東海岸の銀行家からシリコンヴァレーのエンジニアまで、どんな相手とも堂々と渡り合えるエリアスだが、そもそもはアメリカ西部の砂漠地帯で硬石の探鉱者として身を起こした。おそらくは生涯〝昔気質《かたぎ》の西部の男〟であり続けるだろう。それは口調にも表われていた。興奮すると、ゆっくりとした話し方に拍車がかかる。いまエリアスは興奮していた。

「その晶洞石は、このウィルビーにある個人の研究所のなかに本当に眠っていたんだ」ジャドソンはベッドの足元の長椅子に置いてある鋼鉄製の金庫に目をやった。「前の持ち主がその石を割って開いた。彼女はそれを動力にして研究所のある装置を動かしていた。ホット・ミラーでできた超常エネルギー反射エンジンを」

グウェンの部屋に通じるドアは開け放してあった。マックスがドアの向こうからやってきて大きなベッドにジャンプし、どさりと着地した。警戒するようにしばらく金庫を見ていたが、すぐに飽きたようだった。

「たしかにフェニックス鉱山の石なのか？」エリアスが訊いた。

「出所を確実に突きとめる方法はないんだ。なにしろ石だから。原産地を示す小さいスタンプが押してあるわけじゃない。でも、この石にはまちがいなく、サムの金庫にはいっている石と同じ超常エネルギーがある。それに、これがフェニックス鉱山の石だと確信させてくれる理由がもうひとつある」

「なんだ」

「この石に含まれるエネルギーに覚えがある。この水晶のなかに、おれの指輪の水晶とまったく同じものがいくつかあるんだ」

「ばかな——」と言いかけてエリアスは考えこんだ。「とにかく、出所がどこだろうと、一刻も早くコパー・ビーチへ運んで金庫におさめる必要がある」

「同感だ。でも、だれかにウィルビーまで取りにきてもらわないと。おれはいま町を離れられない。イヴリン・バリンジャーを殺した犯人を見つけるまでここを離れないとクライアントが言い張ってるんでね」

「そのクライアントというのは、ひょっとしてアビーの親友ふたりのうちの片方か?」

「そう、グウェン・フレイザーだ」

「死んだ女性がどうやってその石を手に入れたか、彼女に心あたりはないのか?」

「二年前にネットで購入したと言っている」

「くだらんインターネットか」エリアスがうなるように言った。「あれこそ完璧な闇取引だな。だれがなにを売ろうとおかまいなしで、痕跡はいっさい残らない。あの石をホット・ミラーの動力に使っていたとは信じがたい。研究所どころか、へたをすれば町ごと吹っ飛ぶ、そうならなかったのが奇跡だ」

「グウェンが言うには、イヴリン・バリンジャーはこの石の威力を知っていた。だからこそ鋼鉄製の金庫に保管していたんだ。もっとも、この石をエンジンの動力に使おうと決めたとき、自分がどんな火遊びをしているか理解してなかったのはたしかだ」

「あの石にいったいどれほどの火災を引き起こす力があるのか、それはだれにもわからない。だからこそ、とてつもなく危険な石なのだ」エリアスはつぶやくように言って、間をおいた。「ふん、そういうことか」

「なんだい？」

「わたしはおまえとちがって名探偵ではないが、ジャドソン、あの石はまちがいなく殺人の立派な動機になると思うぞ」

「それは考えたよ」

「バレットなら手段は選ばないだろう、フェニックス鉱山の石が手にはいるとなれば」

ジャドソンはうめきたくなるのを抑えた。こうなるような気はしていた。父とヘリコン・ストーン社のハンク・バレット社長との長きにわたる反目は、すでに一族のあいだのみならず、広く鉱山業界内でも伝説と化していた。反目の起源は封印されている。母親のウィロウなら発端を知っているはずだとジャドソンはにらんでいるが、母は父の秘密を守り続けている。

「バレットが殺しまでやるとは思えないけど」ジャドソンは辛抱強く言った。

「あいつならやるとも」ぴしゃりと言い返された。「もっとも、そういう汚れ仕事は息子にやらせるだろうがな。ギデオン・バレットはあの父親とそっくりだし、知ってのとおり、相当な能力の持ち主だ、おまえやサムやエマに劣らず」

「ひとつだけはっきり言えることがある。イヴリン・バリンジャーがこの石のために殺されたとすれば、犯人はまだ目的を達成していない。石はここに、ホテルのおれの部屋にあるんだ。石のはいった金庫がいまおれの目の前にある」

「その石から絶対に目を離すな。あすの朝そちらへ行く」

16

嵐がやってきたのは、ちょうどふたりが夕食を終えようとしたときだった。レストランまでの短い距離を車で行くとジャドソンが言い張ってくれたことに、グウェンは感謝した。天候よりもむしろ安全を考えての措置だとわかってはいる。例の金庫――いまはテーブルの下、ジャドソンの足元にある――は車で持ち運びするほうが楽だった。とはいえ、オレゴンの山間部では天候が悪化するのが速い。へたをすれば、ずぶ濡れで歩いて帰るはめになっていただろう。

「ひどいことになりそうだ」勘定書きを持ってもどってきた若いウェイターが言った。「あしたにはまた次の嵐が来るらしいですよ」

ジャドソンがクレジットカードの伝票にサインをして腰をあげた。グウェンがジャケットをはおるのに手を貸し、それから金庫を持ちあげた。

ふたりで出口へ向かいながら、グウェンはちらりとジャドソンを見た。

「お父さまがその石をそれほど重要なものと考えているなんて、まだ信じられない。じきじきに足を運んで取りにくるなんて」

「大人になってからの父の人生は、もっぱらフェニックス鉱山の石にまつわるうわさを片っ端から追跡することに費やされてきたんだ。本来ならこういうときは兄貴かおれを派遣するんだが、あいにくふたりとも別件で手がふさがっている。だから父がみずから任務を遂行しようというわけだ」

「こう言ってはなんだけど、お父さまは少しばかり支配欲が強い感じね」

「ああ、そのとおり」ジャドソンは苦笑した。「母に言わせると、その気質は一家に共通している。だからサムもおれも独立して仕事をはじめたんだ」

「どちらもお父さまの下では働けないということ？」

「そうだ。でも、おれたちは妥協点を見いだした。サムもおれもコパースミス社のコンサルティング業務を請け負う。サムは研究所を受け持つ。おれは会社のセキュリティを担当する」

「妹さんはどうなの、エマは」

「妹は、俗にいう自由人かな。要するに、仕事が長続きしないんだ。腰を落ち着けてキャリアを築くということができない。本人いわく、いまは人生経験を積んでいるところだそうだ。母に言わせると、あいつには自分さがしの時間が必要なんだと。父は、エマもそろそろ大人になってもいいころだと考えている」

雨の夜のなかに出ると、ジャドソンがSUVの助手席のドアを開けてくれた。グウェンは座席に飛び乗った。ジャドソンが車の前をまわりこみ、雨を防ぐために上着の襟を立てた。降りしきる雨で黒っぽい髪が頭皮に張りついている。

後部座席のドアを開けて金庫を床に置いてから、ジャドソンは運転席のドアを開けた。車に乗りこむとき、嵐の激しいエネルギーがいっしょに吹きこんできた。グウェンの感覚が反応してかき乱された。

真っ暗な車内という密室にこうしてふたりきりでいるのも悪くない、とグウェンは思った。楽しいとか心地よいというだけではない。わくわくするし、どきどきするし、それに、そう、ちょっとばかり危険な気分だった。

シアトルではじめて会ったあの夜、ふたりのあいだにわき起こった激しい濃密なエネルギーは、いっしょに過ごす時間の経過とともにますます強く、ますます予測不能になってきた──少なくともグウェンの側は。目に見えない超常エネルギーを帯びた綱の上を、安全ネットもなしに渡っているようだった。

「お父さまの仮説には一理あると思う？　競合相手のハンク・バレットがこの石のためにイヴリンを殺したのかもしれないって」

「それはどうだか」ジャドソンはエンジンをかけて駐車場をあとにした。「バレットは父と長年熾烈な競争を繰り広げてきたし、ことビジネスに関してはどこまでも非情になれる男で、その点に疑問の余地はない。でも石のために、たとえこの晶洞石ほど価値のある石だとしても、か弱い七十二歳の女性を殺すとはどうしても思えない」

「つまり、いくらなんでも人殺しまではしないってこと?」

「断定はできないが、バレットと父にはまちがいなく共通点がいくつかある。その父に関しておれの知っていることから判断すると、こう言って差し支えないと思う。バレットは狙ったものを手に入れるためなら手段を選ばない。とはいえ、狙いがこの晶洞石のようなものだとしたら、もっと巧妙な作戦を使ったはずだ」

「たとえば?」

「おそらくこの石を手に入れるために息子のギデオンを送りこんでいただろう。そしてこの晶洞石を狙っていたのがギデオン・バレットだとしたら、おそらく成功していた。その石がいま金庫にはいって後ろの座席にある。すなわちこの件にバレットはかかわっていないということだな」

グウェンは激しい雨が車のフロントガラスをたたいて模様を描くのを見ていた。「ギデオン・バレットのことはどの程度知ってるの?」

「よくは知らないが、高い能力の持ち主なのはたしかだろう。サムが少し前に接近遭遇した。サムが言うには、そのときの経験からひとつはっきりわかったのは、ギデオンのPECテクノロジーに関する知識は相当なものらしいということだ」

「それなに?」

「超常エネルギーを放射する水晶のこと、発光ダイオードや液晶ディスプレー——いわゆるLEDやLCDの超常版」

「もう勘弁して、コパースミス社のほかにも超心理物理学や超常テクノロジーをいじくりまわしてる会社があるの？」グウェンは身を震わせた。「考えるとぞっとする」

「こう考えると、もっとぞっとするぞ」ハンドルを握るジャドソンの手に力がこもった。「超常テクノロジーをいじくりまわして武器を作っている連中がいて、そのなかには成功をおさめたやつもいるんだ。ザンダー・テイラーが大勢の超能力者やきみの友人たちを殺すのに使った例のカメラも、だれかが作ったものだ、それを忘れないように」

「たしかに――そっちのほうが、考えるとぞっとする。あのカメラは、ザンダーが地下室でこそこそやってて偶然できたおかしな発明品のようなものだと思ってた」

「そうだったらいいんだが。それなら殺人犯を見つけた時点で事件は解決したことになる。やり残した仕事はない」そこで間をおいた。「おれは仕事をやり残すのが嫌いなんだ」

グウェンはこれまでの人生で遭遇してきた亡霊たちのことを考えた。「わたしも。でもひとつ言わせて。こういうことがあるとつい考えてしまう。世界じゅうに超常武器はいったいいくつ出まわっているんだろうって」

「いいニュースは、コパースミス社がこれまでに集めた情報を総合すると、ＰＥＣテクノロジーの実用化にはまだまだ多くの高いハードルがあるということだ」

「この前も言ってた距離の問題ね」

「そうだ。高い能力をもってしても、六メートル以上離れて超常放射エネルギーの焦点を定めるのはむずかしい。仮に人を殺せるほど強い超常エネルギー光線があるとしても、かなり狭い範囲に正確に焦点を合わせなければならない。となると、現実には一度にひとりしか倒せない。しかも超常武器は壊れやすく不安定だ。ちょっとしたことで自爆の振動パターンを誘発する」

グウェンは眉を吊りあげた。「水晶を使った武器についての考察はもう充分済んでるみたいね」

「そうだ。この問題はしばらく前からずっと頭にあった」

「前回の案件以来ずっと？」

「ああ」

「島でそういう武器に遭遇したの？」グウェンは慎重に探りを入れた。

「話せば長くなる」

「要するに、話したくないということね」

「今夜は。ほかにもっとやるべきことがある」

「いいわ、言いたいことはわかるような気がする。じゃあ、代わりにフェニックス鉱山のことを話してくれない？」

ホテルの駐車場に車を入れて、ジャドソンはエンジンを切った。そのまましばらく無言ですわっていた。それから意を決したようだった。

「きみにも話を聞く権利はある。もうこの件にどっぷり浸かっているんだから」

「まさにそんな気分よ」

「父はこれまで鉱山業ひと筋に生きてきた。水晶や鉱石に対して、いわゆる〝親和性〟があるんだ」

「三人の子供たちと同じように、水晶に関するなんらかの能力があるの？」

「多少はあるが、おれたち三人の能力にはとうていおよばない。本人は超能力があるとはこれっぽっちも思っていない。自分の感受性を、昔ながらの鉱山業者の直感と呼んでいる。四十年前、父はこう考えた。レアアースはハイテク産業に不可欠なものだから、これからはどんどんその価値があがるはずだと」

「先見の明があったわね」

「父は仲間の鉱山業者、クイン・ノックスとレイ・ウィリスと共同で会社を興した。三人とも水晶と鉱石に対して鋭い勘を持っていた。全員がほとんど文無しだったが、それでもなけなしの金をかき集めて、古い廃坑、フェニックス鉱山の採掘権を買った。その鉱山を開いて、この金庫にはいっているような晶洞石の山を発見したんだ。すぐにいくつかの石を割ってみたら、とてつもない大物を掘りあてたことがわかった。ただ、自分たちがなにを手に入れたのかはまだわかっていなかった」

「なんだったの？」

「問題はそこなんだ。答えはいまだにわかっていない。ひとつだけはっきり言えそうなのは、その晶洞石の内部にある水晶は超自然的な力を生みだすことができるということだ。ところが、現代のテクノロジーはまだその種のエネルギーを使いこなせるほど進歩していない」

「後ろの座席にあるような石がたっぷり詰まった鉱山が存在するということ？」

「フェニックス鉱山にまだどんなものが眠っているか、だれも実際のところはわからない。状況が複雑になってしまって」

「複雑ってどんなふうに？」

「鉱山技師だったレイ・ウィリスが、父とノックスの予想を超える超能力を持っていて、それがわかったときにはもう手遅れだった。ウィリスはいくつかの実験から、そこの水晶には計り知れない可能性があるという結論に達した。そこで、仲間であるほかのふたりを排除してフェニックス鉱山を独占しようと企んだ。鉱山のなかで爆発を起こしたんだ。父とノックスはあの日、あやうく命を落とすところだった」

「なんてこと、ウィリスはふたりを殺そうとしたの？」

「ああ、でも死んだのはウィリスのほうだった。あの日なにがあったのか、正確なことはわからないが、父は晶洞石のはいった袋をひとつ持って命からがら鉱山から脱出した。コパー・ビーチのサムの金庫に保管してあるのがそのときの石だ。それから何年もたって、父とノックスは、ウィリスが仲間ふたりを殺そうとする前から晶洞石をくすねて隠していたことを知った。その石が結局どうなったのかはだれにもわからない」

「イヴリンの晶洞石の出所は、ウィリスが隠していたその石の山かもしれない？」

「ああ、それがいちばん妥当な解釈だと思う」

「その鉱山はどうなったの？」

「爆発事故のあと、父とノックスは相談してフェニックス鉱山の秘密を封印することに決めた。少なくとも当面は。あの石はあまりにも危険だし、現代の科学はまだあの石に秘められたエネルギーを扱える段階にはない、というのがふたりの結論だった。それでも、父はあの鉱山に関する記録まで完全に破壊することは望まなかった。エネルギー資源の問題を考えたとき、世界が壁にぶちあたるのは時間の問題だとわかっていたからだ。遅かれ早かれ文明には新たな燃料が必要になるはずだと」

「つまり、あなたの一家はフェニックス鉱山の秘密を監視する責任を背負うことにしたわけね」

「ああ、結局そういうことになる」

「ノックスはその後どうしたの？」

「死んだ」

「ちょっと確認させて」グウェンは慎重に言った。「フェニックス・ストーンのことと、超常エネルギーを秘めた水晶が大量に眠っている廃坑が砂漠のどこかに存在することを知っているのは、あなたの一族だけ、ということ？」

「あの水晶の存在を知っているのがうちの一族だけならいいんだが。それなら、コパースミス一家にとって人生ははるかに単純なものになる。ノックスは死んだが、計り知れないほど価値のある石が埋蔵しているらしい失われた鉱山があるといううわさは、いまもしぶとく生き続けている。ハンク・バレットあたりはフェニックス鉱山の歴史を知っているんじゃないかと父はにらんでいる」

「でも、ほら、お父さまはハンク・バレットに対して少し被害妄想になってるから」

「たしかにそうだ。でもことわざにあるだろう——被害妄想者にも敵はいる」

「フェニックス鉱山の歴史って、知ってはいけない秘密みたいね」

「そのとおり」

「その鉱山と石のこと、アビーは知ってるの？」

「ああ」ハンドルに片手をかけたまま、ジャドソンは座席からこちらに顔を向けた。「そして、いまはきみも知っている」

17

ネヴァダ州を半分ほど通過したところで、鏡のなかの亡霊に呼びとめられた。

「スタート地点にもどってやり直して」亡霊が言った。「あなたは大事なものを見落としてるわ」

「この旅をはじめるのはあしたにすればよかったかも。疲れてくたくた。ものすごく長い一日だったから」

「あなたに教えておいてあげる」亡霊が言った。「わたしにとってはもっと長い一日だったわ。しかもあしたはもっと長い一日になりそう。死人でいるのって恐ろしく退屈なものなのよ、鏡のなかに閉じこめられていると」

「そうよね、ごめんなさい。オレゴンにもどってもう一度やり直してみる。なんだか気持ちがあせってしまって」

「ええ、わかるわ。でも、この旅をはじめる前に、見落としたものを見つけなければね」

「やってみるわ」

「わたしが地図の裏に書いたいくつかの名前を忘れないように。どれも重要な意味があるのよ、丸をつけた町の名前と同じように」

「ええ」

「パターンを見つけるために最後にふたりで突き合わせをしたときのことを思いだして」

「覚えてるわ」

「それから、どうか急いで、グウェン。この鏡から一刻も早く出たいの」

「グウェン、目を覚ませ」

ジャドソンの声が、トランス夢の繊細な糸を断ち切った。グウェンは、闇の世界と覚醒した世界のはざまを流れる川の急流にのみこまれて方向感覚を失い、岸から遠いところへ運ばれていった。

目を開けたときに見えたのは、琥珀色の光を放つ目のくらむような炎と、そのなかに浮かびあがるジャドソンのシルエットだった。

稲光を伴う嵐のなかからジャドソンを連れだそうと、グウェンは腕を伸ばした。

「ジャドソン」と小声で呼びかけた。「いっしょに来て」

ジャドソンの手がグウェンの手を包みこんだ。とても温かい手だった。その熱は超常エネルギー本来のものだと直感でわかった。ジャドソンの目を見ればわかる。それとも、これは自分の体温があがっているから?

「いっしょに来て」ともう一度言った。「ここを離れなくちゃ」

「落ち着くんだ。心配いらない。きみは安全だ」

「危険にさらされているのはあなたのほうよ」

「いまはだいじょうぶだ。今夜は」ジャドソンがベッドの端に腰かけ、グウェンの腕に手を置いた。「きみはまだ夢を見ている。そろそろ目を覚ますんだ」

ベッドの上のグウェンの隣に、重いものがどさりと落ちる音がした。マックスが大きな声でミャーオと鳴いた。

自分が夢のなかの不気味な暗い川をまだ泳いでいるのがわかった。いつのまにかおかしな流れにつかまってしまうのはこれがはじめてではない。ここへ落ちこむたびに、川を渡りきってみずからのトランス夢から抜けだす。

ここは目に見えない深みのある危険な場所、恐ろしい場所なので、いつも脇目もふらずに泳ぎきった。この危ない川を渡るたびに、心のどこかでこう考える。急がないと、安全な向こう岸へたどりつく前に滝にのまれて、エネルギーの煮えたぎる大釜に落ちてしまい、一生そこから出られなくなるのではないかと。

でも、川を渡りきる実践はもう充分に積んでいる。

落ち着いて一度深呼吸をし、能力を高め、危険な流れから身体を引きあげた。それから能力を抑え、現実の世界が自分のまわりにしっくりとおさまるのに身を任せた。

最初に衝撃を受けたのは、自分がひとりきりではないことだった。ジャドソンがいた。境のドアを閉め忘れたのだ。

グウェンには、深い夢のなかへはいりこむときのルールがひとつあった。ひとりきりで絶対にじゃまがはいらないと確信できるときでなければ、決して夢にはいりこまない。亡霊と話す習慣もそうだが、みずからの意思で見る明晰夢も人を狼狽《ろうばい》させる、そのことはとうの昔に学んでいた。

グウェンは身を起こしてベッドの枕に寄りかかった。ナイトガウンの上にホテルの備え付けのタオル地のバスローブ、スリッパという恰好だった。

マックスがまたミャーと鳴いて、肩に頭をこすりつけてきた。無意識のうちにグウェンは手を伸ばして猫をなでた。

ジャドソンのほうを見た。感覚を抑えたので、もう超常エネルギーのまぶしい光に包まれているようには見えなかった。暗い影のなかで、さっきまで着ていたクルーネックのTシャツとカーキ色のズボンをまだ身につけているのがわかった。

「ああ、どうしよう。ごめんなさい。ドアをロックすればよかった。脅かすつもりはなかったの」

ジャドソンは握った手を放さなかった。「ただの夢だよ」

「いいえ、ただの夢じゃない。いまのはトランス夢よ、普通の夢だったようなふりなんかしなくていい。わたしの夢の見方を知ったら、だれだって怖がるはずよ。言ったでしょう、恋愛関係となると、この能力が大きな障害になるって」

「ああ、言った、たしかに。男たちは悲鳴をあげてきみのベッドから逃げだした。いいかい、おれならこう言うよ。そいつはじつに興味深い、って」

「まあ、悲鳴はちょっと大げさかもしれない。でも、ひどく気まずい別れも何度か経験した。恋人がほしくて、自分が普通の人のふりをしてたころは」

「きみがどんな道を歩んできたかはわかっている。言っただろう、おれもこの能力のせいで恋愛関係がうまくいかない」

自分の手を包みこむジャドソンの力強い手の感触を、グウェンはひどく意識した。彼の目はまだ燃えている。

夢から覚めたのはわかっているのに、なじみのある、夢を見ているような空気があたりに漂っていた。泡立つエネルギーが周囲に渦巻き、グウェンの感覚を茶化したり煽《あお》ったりする。身体の奥から熱い液体がわいてくる。

これは綱渡りよ、と自分を戒めた。安全ネットなしの。

「そのトランス夢のなかでは、いつも声を出して亡霊と話をするのか？」ジャドソンが訊いた。

案じるような声ではなかった。興味津々といった口調だ。

この成り行きに退屈したマックスが床に飛び降り、尻尾を高くあげてぶらぶらと隣の部屋へ行った。

「いつもというわけじゃない。でも今回は、もう一度イヴリンと話をしていたの。意識して夢のなかへはいったのは、彼女がこの地図でわたしに伝えようとしてることをちゃんと理解できているかどうかたしかめたかったから。これには重要な意味があるはずよ。でなきゃ、わざわざミラー・エンジンのなかに隠したりしない。それに、わたしに見つけさせるために写真の裏にメッセージを残したりしない」

ジャドソンがグウェンの脚の上に広げてある地図に目を向けた。「夢でなにかひらめいた？」

「具体的なことはなにも」手で髪をかきあげて耳の後ろにゆったりとかけながら、自分が見た幻影から事実を抜きだそうと格闘した。「夢のなかで、わたしは旅に出た。丸で囲まれた町を順番に歩いてまわっていた。イヴリンの亡霊が、地図に書きこまれた名前と丸で囲んである六つの町が重要だと言った。その一方でスタート地点にもどれとも言ったわ」

「ウィルビーにもどれって？」

「そこなのよ——意味がよくわからないのは。イヴリンが印をつけたのは、彼女がネットで調べていた超常現象の起きた現場、つまり『真夜中』のエピソード候補として確認するつもりだった場所だろうと思って、だから夢のなかにはいりこんだ。その場所のどれかが、このウィルビーで起こっていることの手がかりになるんじゃないかと思って」ネヴァダ州のリノに指を突きつけた。「ここまで行ったとき、イヴリンが現われて、スタート地点にもどれと言った」

「ウィルビーに」

「だと思う、どう考えても」いらだちのあまり手が握りこぶしになった。「自分の能力が歯がゆくてたまらないときがある」

「きょうはいろいろあったから。きみには休養が必要だ」

「たぶんね」枕に身体をもどした。「あなたもそうよ。起こしちゃってごめんなさい」

「眠ってはいなかった。少なくともぐっすりとは」

グウェンは小さく鼻を鳴らした。「だと思ったわ、あなたのオーラのなかで超常エネルギーが大騒ぎしてるもの」

ジャドソンが警戒した。「セラピー云々《うんぬん》の話はやめてくれ。そんな気分じゃない」

「はいはい、わかってます、あれだけはっきり言われたから。でも念のために言っておくけど、万一、夜ぐっすり眠るためにだれかの助けがほしいと思ったら、そう言って。わたしは町で唯一の心理カウンセラーで、しかもたまたまドリーム・セラピーの専門家。あなたはコパースミス家の人間だから、セラピー料金が払えないはずはない」

「心にとめておこう。じゃあ次は、ベッドのパートナーに関するおれたちの共通の問題について」

グウェンは硬直した。「それがどうかした?」

「そっちの問題をセラピーで解決する可能性についてなら、喜んで議論しよう」

ふいに呼吸が乱れた。また鼓動が徐々に速くなったが、それは、夢のなかで川を渡るときにかならずやってくるアドレナリンと不安の襲撃によるものではなかった。このなじみのないはじめての昂揚《こうよう》感は、歓迎すべき襲撃だった。リスクを伴うのはたしかだが、この瞬間、落下の可能性について心配する理由はひとつもなかった。

安全ネットはなし。

「わたしが亡霊と話をしても気にならないって、本当に断言できる?」

「騒ぐほどのことでもない」

「頭がおかしくなる一歩手前かも、って思わない?」

「頭のおかしい連中に会ったことがある。そういう連中も知っている。断言してもいい、きみはその定義にあてはまらない」

「どうしてそう言いきれる?」

ジャドソンはわざとらしくゆっくりと微笑んだ。「おれは超能力者だ、忘れたのか?」

「そう、そうよね、たしかに」グウェンもにっこり笑った。「忘れるところだった」

ジャドソンがグウェンを抱き寄せ、考え直すための時間を与えてくれた。でも考え直すつもりはさらさらなかった。

ジャドソンが唇を重ねてきたとき、確信の波が一気に押し寄せて身体を貫いた。それは、夢という闇の世界への悲惨な旅を終えて表の世界の岸へ泳ぎ着いたときに感じるのと同じ確信だった。これは信頼できるもの。これは現実。

少なくとも今夜は。

ジャドソンの肩に指を食いこませて、温かな皮膚の下の岩のように硬い筋肉を見つけた。低くかすれたうめき声の反応が、この世でもっとも自然な言語となって男性の飢えと欲求を伝えてきた。キスがさらに激しくなった。グウェンは彼のために唇を開いた。

ジャドソンが彼女をベッドに押し倒し、身体を重ねてきた。ぞくぞくするような興奮が意識のなかを駆け抜けた。グウェンは彼の腿に足をからめた。ズボンのざらついた布地が肌をこする。片手をTシャツの下に差しこむと、背中がすでに汗ばんでいた。

彼が能力を高めたのは知っていた。超感覚に意識を集中するためではない。感覚を全開にすることで、ふたりが生みだす情熱という生のエネルギーを存分に味わおうとしているだけだ。グウェンもまったく同じことをしていた。

「ジャドソン」彼の身体の下で身をくねらせ、髪に指をからめた。「ああ、ジャドソン」

グウェンの荒々しいキスを挑戦と受け取ったのか、ジャドソンもお返しに同じくらい激しい情熱をこめて抱きしめてきた。どちらもこうなることを長いあいだ待ちわびて、ついにそのときが訪れ、互いにこの機を逃すものかと心を決めた、そんな感じだった。

官能の波にのまれて、ふたりはベッドをころげまわった。わくわくするようなひととき、グウェンは上になって自分のパワーに酔いしれた。次の瞬間にはジャドソンに組み敷かれ、身体に加えられる荒々しくも甘い行為をじっくり味わっていた。

ジャドソンが重ねていた唇を引き離し、グウェンの両の手首をつかんで頭の両側に押しつけた。息が荒くなっている。スペクトル全体から放射される熱く暗いエネルギーが彼を包んでいた。暗闇のなかで指輪が燃え立った。

グウェンのローブとナイトガウンが脱がされ、キスが身体の上から下へとおりていった。

腿の内側に歯があたるのを感じて、グウェンは息をあえがせ、指にからめた髪をねじった。

ジャドソンは両手と舌を使って彼女をとろけさせ、懇願させた。そこでようやく中断して、ベッドの端に身を起こした。なにかがこすれるような音がした。足首のホルスターと拳銃をベッドサイドのテーブルに置く、くぐもったカチャリという音が聞こえた。

ジャドソンが立ちあがり、Tシャツとズボンとブリーフを脱いだ。もどってきた彼を迎えるために、グウェンは両脚のあいだに場所を空け、しっかりと包みこんだ。

彼がなかにはいってきた。ずしりと重いものが深々と押し入ってくるときの身震いするような衝撃にグウェンは圧倒された。けれど、ひと息つくと同時に、身体は早くも順応し、中心部は彼をぎゅっと締めつけていた。グウェンは彼を虜《とりこ》にしながら、セラピーでこの問題を解決すると言った約束を果たすよう要求した。

彼のゆっくりとした腰の動きに、やがてグウェンはもどかしさのあまり気が狂いそうになり、突き刺すような甘い緊迫感にもうそれ以上耐えられなくなった。

解放感が大きな波となって全身に打ち寄せた。あまりにも強烈な、目のくらむような体験——これまでに体験したどんなものともちがう。思わず口が開いて驚きと感嘆の叫びがもれた。ジャドソンが自分の口でその悲鳴を封じながら、同時に腰を揺らし続けた。

ジャドソンのクライマックスがふたりの身体に同時に電気を走らせた。

断言してもいい、時を超越した歓喜のその一瞬、グウェンにはふたりのオーラが共鳴したように思えた。感動は一気に心ざわめく信じがたいような親密さになった。つかのま、ふたりでお互いの魂をのぞきこんでいたような感じだった。

あなたがだれだか知ってるわ、ジャドソン・コパースミス、とグウェンは胸の内でつぶやいた。ずっとあなたを待っていたのよ。

18

ウィンド・チャイムが激しくぶつかり合って大きな音を立て、警報を鳴らした。けれども、ルイーズ・フラーにはわかっていた。これしきの音色で悪魔がこの家にはいるのを思いとどまらせることはできないと。悪魔は意のままに出入りする。最後にここへ来てからもう何カ月もたっていた。悪魔が立ち去るたびに、無駄とは知りつつ、どうかもう二度と来ませんようにと祈った。でも、あいつはこうしてもどってきた。そこにいるのが気配でわかる。

ルイーズは真っ暗な地下室の真ん中で立ちどまり、手にした懐中電灯の光線を階段の上に向けた。悪魔が廊下を歩いてくる足音がする。

少し前に明かりが消えてしまった。配電盤を調べようと地下へ降りてきたものの、それが悪魔の策略だったことがいまわかった。ひとつだけわからないのは、どうして今夜わざわざ自分をこの暗闇へおびき寄せたのかということだ。

もう何年も前から、ルイーズは悪魔に支配されてきた。いまや奴隷で、そのことはお互いにわかっている。悪魔は、身を守ろうとするルイーズのはかない試みを笑い飛ばした。最後にはいつも悪魔の言いなりになってしまった。今夜もきっとそうなるだろう。

わざわざ地下室へ来させたのはなぜ？

廊下の足音が徐々に近づいてくる。ウィンド・チャイムのけたたましい音がどんどん大きくなる。その音色は、死にもの狂いで、切迫していて、不気味だった。もう望みはない。階段の上に悪魔が姿を現わし、廊下を照らす非常灯のわずかな明かりを背景に、黒いシルエットが浮かびあがった。

「やあ、ルイーズ」悪魔が言った。「はっきり言って、おまえの作るチャイムにはもうがまんならない。これ以上作らないほうが身のためだ」

悪魔が片手をあげた。胸のなかで心臓が凍りついたみたいに、ルイーズは恐ろしい寒気を覚えた。

悪魔が自分を地下へ追いやった理由が、いまわかった。ここには逃げ道もなければ、隠れる場所もない。袋のねずみだ。

いつかは悪魔に殺される、それは最初からわかっていた。今夜がその日。解放されることを心のどこかで歓迎する気持ちもある。これでようやく苦しみが終わる。

けれど、なじみのない奇妙な怒りが、心の奥底からわきあがってきた。

自分は報いを受けるのだ。もうひとりの魔女は町にいて、彼女は力のある男をいっしょに連れてきた。早晩あのふたりがやってきて、イヴリンとほかの人たちの身に起こったことについて質問したがるだろう。

もうひとりの魔女がやってくるころ、自分はもうこの世にいないとわかっていたが、それは別にかまわない。グウェンドリン・フレイザーは亡霊と話せるのだから。

19

ジャドソンは片腕を頭の下で折り曲げ、もう一方の腕をグウェンのやわらかいなめらかな身体にまわして、影になった天井をじっと見ていた。グウェンが身体をすり寄せて、肩に頭をのせてきた。ふたりの身体は愛を交わしたときの熱気とエネルギーの名残でまだ湿っぽい。あたりには生々しい香りが漂っている。気分がいい、最高の気分だ――これ以上望めないほどあらゆる意味で満足していた。

「ほんとに、あんなのはじめて」グウェンが言った。

困惑しきった――やけに真剣な――その口調に、ジャドソンは思わず噴きだし、ふたりともぎょっとした。グウェンが片肘をついて身を起こし、にらみつけてきた。

「ここはおもしろがるような場面かしら」

「いや、まったくそんなことはない」あわてて真顔にもどった。

「いいえ、あなたはおもしろがってる。見ればわかるわ」

ジャドソンは彼女のもつれた髪を指でとかした。絹のような手ざわりだった。影に沈む部屋のなかで、魔女を思わせる目が燃えていた。

「いや、まあ多少は」ジャドソンは素直に認めた。「でも、きみの叫び声を聞くのは悪くなかったよ」

「叫んでなんかいません」

ジャドソンは思いだしてにやにや笑った。

「叫んだよ。おれが口をふさがなかったら、ホテルの客を全員起こしてしまうところだった」

「あなた、礼儀に問題があるとだれかに言われたことない？」

「事実を言ってるだけですよ、マダム」

「あんなふうになるとは思ってなかった」グウェンは認めた。顔が赤らんだ。「いきなりで驚いたの。それだけ」

「おれは驚いてない。相性がいいのはわかっていた」

「ふーん」

かすかな不安が心に兆した。ジャドソンは咳払いをした。「きみにとってはそれほどよくなかったと言いたいのか？　だったら喜んでもう一度試そう」

「いえ、ちがうの、悪くなかったわ」

「悪くなかった？」ジャドソンは身を起こした。「その程度か？」

「初体験みたいなものだから」

「初体験？　超能力を持つ相手とははじめてってことか？」

「それもある。でもわたしが言ってるのは、ちょっとした家電の助けなしにクライマックスに達したのははじめてという意味」

安堵感と喜び、昂揚感が全身を駆けめぐった。笑いがこみあげ、ジャドソンは枕の上にどさりと寝ころがった。そしてグウェンを胸に抱き寄せた。

「一瞬、不安にさせられたよ、ドリーム・アイ。きみのお役に立ててなによりだ」

「そんな下世話な言い方しないで」ジャドソンの腕を軽くぶった。

「おっと。じゃあ、なんて言えばいい？」

「わからないけど、いまのじゃないことはたしかよ」

ジャドソンは両手で彼女の顔を包みこんだ。「こういうのはどうだ？　〝おれにとってはいままでで最高だったよ、今夜のことは死ぬまで忘れない〟」

疑わしげな顔になった。「それ、本心？」

「本心だ」

やわらかな口元がゆがんで笑みになった。「いいわ、本心じゃなかったとしても、〝お役に立ててなにより〟よりはずっといい」

「覚えておこう。それより、悲鳴をあげて夜中に飛びだしていくはめになった最初の男のことを聞かせてくれ」

ふいをつかれてグウェンは目をぱちくりさせた。「わたしの退屈な過去の体験を、ほんとに聞きたいの？」

「きみのことならなんでも知りたい」

「いいわ、あれは夜じゃなかったし、最初の相手はふたりいたの」

「なんだって？　ふたり？」

「わたしは十三歳で」グウェンは静かに語った。「サマーライト・アカデミーにはいったばかりだった。ひとりぼっちで心細かったわ、まだニックやアビーとはつながってなかったから。年上の男子ふたりに用具室の前でつかまって、なかに引っぱりこまれたの」

「くそったれどもが」怒りで全身が震えた。

「怖くて、頭にきて、もう必死だった。持てる力を全部使って抵抗したら、自分で思ってた以上の武器を持ってることがわかった」

「身を守るために能力を使ったんだな？」

「あれには、わたしたち三人ともショックを受けたわ。わたしの能力はまだ進化の途中だったし、使い方もまだ学習の途中だった。その悪党の片方が、化け物を見るような目でわたしを見ながらパニックを起こして悲鳴をあげるまで、自分にどんな力があるのか、本当にはわかってなかった。無意識のうちに相手をドリーム・トランス状態――目覚めたまま悪夢を見させる状態へ追いやっていたの」

「そんなことができるのか？」

「ええ。実際に接触する必要はあるけどね、もちろん。でも、わたしはこの能力を使って、セラピーのあいだじゅうクライアントを軽いトランス状態にするの。それがわたしの仕事のやり方。やろうと思えば、その経験をすごく……不快なものにすることもできる」

「学校で襲われたその日、なにがあったんだ?」

「ひとりめの悪党が半狂乱になった。その反応を見て、もうひとりも半狂乱になった。ふたりとも火傷《やけど》でもしたみたいに、わたしから手を離して走りだした。でもドアを開けたところでニックとぶつかった。なにかよからぬことが起こってるのを察して、ニックはようすを見にきたところだった」

「それがニック・ソーヤーか、きみが言っていた友人の」

「そう」にっこり笑った。「本人はこそ泥になるべくして生まれてきたんだと言ってる。普通の人が昼間に見える以上に夜目がきくの。それに断言してもいいけど、彼の手に負えない鍵はいままでひとつもなかったと思う。いつも言うの、アビーとわたしがいなかったら、いまごろ宝石泥棒としての道を歩んでいただろうって。そうならないようにアビーとわたしが説得して、ホット・ブック——超常的な由来を持つ古書の仕事をするようになった」

「ニックは、きみに危害を加えようとした変態どもになにをしたんだ?」

「用具室から出てきたひとりめをつかまえて壁にたたきつけたの、鼻が折れるくらい強く。ふたりめは体育館の階段から突き落とした。手首と肋骨が何本か折れた」

「その悪党どもは訴えたのか?」

「ええ、でも当局は相手にしなかった。ふたりとも柄の悪いことで有名だったし、ニックのほうが小柄で軽かったから。ともかく、その日からわたしはニックとアビーの仲間になったの。卒業するまでいつもいっしょだった。いまもわたしたちは家族よ」

われながら愚かだと思いつつ、内心でぱちぱち音を立てる嫉妬の炎を抑えることができなかった。

「ニックがハイスクール時代の恋人だったのか？」

グウェンは首を振った。「ニックはゲイよ。彼はわたしの兄貴になったの、ボーイフレンドじゃなくて。サマーライト・アカデミーを卒業してカレッジに行くまで、本物のデートなんて一度もしたことがなかった」

「ハイスクールのダンスパーティはなし？　卒業記念パーティもなし？　人目を避けてこっそりデートもなし？」

「なし、なし、なにもなし。だれもそんなことはしない、窓に鉄格子のはまっているような寄宿学校にいたらね」

「ひどいところだな」

グウェンは顔をしかめた。「サマーライト・アカデミーは普通のハイスクールとはちがう。この子は異常と判断されて送られてきた生徒ばかりよ。異常のレベルは人それぞれ。なかには本当に危険な子もいた。とてもデートをするような雰囲気じゃなかったわ、本当に。そもそも敷地の外に出ることも許されてなかったし」

「生徒はみんな超能力者だったのか？」

「いいえ、ただ情緒不安定なだけという子も多かった。でも、アビーとニックとわたしが超能力の一種と見なすようになった兆候を示す生徒も驚くほどたくさんいた。イヴリンが学校に来ることになったきっかけもそれだったの。サマーライト・アカデミーにはさまざまな能力を持つ生徒の比率が高いことをどこからか聞きつけたらしい。アビーとサムが調べて最近わかったんだけど、あの学校は、あきらかに超能力があると思われる子供をわざわざさがしていたの」

「サムもそんな話をしていたな」

「これだけは言える。学校の管理者たちは、大きな網を放り投げているうちに本物の異常者をたくさんかき集めてしまって、その一部はまちがいなく、とてつもない危険人物になってしまった」

「きみを襲ったふたりの悪党のように。そのふたりになにが起こったのか、きみは知っているのか？」

「いいえ。その事件のあと、ふたりともわたしたち三人を避けるようになった。サマーライト・アカデミーを卒業したあとは、アビーもニックもわたしも、元のクラスメイトと連絡をとりあうなんて絶対にごめんだった。それでも、あの学校でひとつだけものすごく役に立つことを教わったわ、それは認める」

「どんなこと？」

「普通の人のふりをする方法」

「でも、普通の人のふりをするのは容易じゃない、だれかと深くかかわるようになると――友人だろうが恋人だろうが」

「経験があるような口ぶりね」

「ある。でも、きみとちがっておれは、子供が三人とも普通じゃないことを事実として受け入れてくれる両親のもとで育った」そこでにやりと笑った。「父は受け入れた、と言うべきだな。母はいまだにおれたち三人が普通だというふりをしようとしているが、心の奥では本当のことを知っている」

「母親ならだれしも、自分が産んだ子なら本当のことを知ってるはずでしょう、本人が認めようと認めまいと」

「たぶん」ジャドソンも同意した。「なるほど、用具室で襲われた話は、きみが男に悲鳴をあげさせて夜中に飛びだしていかせる力が自分にあることを発見した経緯の説明にはなる。だが、それはきみが意識的に努力して身を守るためにしたことだ。恋人が悲鳴をあげてベッドから飛びだす理由の説明にはなっていない」

「意識的じゃない」グウェンはきっぱりと言った。「ほんとよ」

「無意識のうちに?」

グウェンは顔をしかめた。「問題はわたしのオーラ。眠っているとき、わたしは普通の人より激しい夢を見る。夢のオーラが、そのときたまたまわたしに接触している相手にも影響を及ぼしてしまうの。その人が眠って夢を見ているときだと、わたしのオーラが彼の夢をのみこんでしまう。その結果、相手が言うには、ぞっとするほど恐ろしい悪夢を見るらしい」

「そうか、それでひとつ疑問が解けた」ジャドソンは納得して言った。

グウェンが眉を吊りあげた。「わたしの恋愛について？」

「いや、ザンダー・テイラーが滝へ飛びこんだ経緯について。きみはやつを悪夢のなかへ送りこんだ、そうなんだろう？　それでやつは半狂乱になって走りだした」

グウェンは目を閉じた。「あなたにはそのうち気づかれると思ってたわ」

「当たりか」

グウェンは目を開け、ジャドソンをひたと見すえた。「わたしには人を悪夢へ追いこむ力がある。それでもあなたは本当に平気でいられる？　そこから逃れたい一心でみずから死を選ぶほど深刻な悪夢でも」

ジャドソンは彼女のむきだしの肩を軽くたたいた。「だれにだって悩みはあるさ」

「あなたの寛大さはすばらしいけど、わたしの場合はこの悩みのおかげで過去と現在の複数の殺人事件で第一容疑者にされてるのよ。しかも、ザンダー・テイラーの件ではわたしが有罪だと言ってる人もいる」

「あいつの死が世界にとって大きな損失というわけじゃない」

「もっとまじめに考えて」

「きみのことは本気で大まじめに考えてるよ、グウェンドリン・フレイザー」

グウェンの顔を包んだ手に力をこめて、唇を自分のほうへ引き寄せた。キスをすると、やがて彼女の身体がふたたびジャドソンを包みこんでくれた。

それから何時間もたったころ、だれかに軽く揺すられるのを感じて、ジャドソンは目覚めた。

「ジャドソン」グウェンの声がした。

「なんだい?」目を開けずに訊いた。

「ジャドソン、起きて」

グウェンの声ににじむ緊迫感で完全に目が覚めた。すみやかに上半身を起こし、脅威をさがすべく、もうひとつの視力を使って部屋のなかを観察した。危険をにおわせるものはなにも見えてこなかった。

「なにかあったのか?」

「なにも」グウェンは乱れたベッドの真ん中にひざまずいていた。興奮に目を輝かせている。「問題はそこよ、なにも起こらないこと」

ジャドソンは枕に身体をもどして寄りかかった。「どうも話の要点が見えていない気がする。なにも起こってないなら、なにかあったようなきみの態度はどういうことなんだ?」

「わたしたち、いつのまにか眠ってしまった」

「ああ。ぐっすりと。このところまともに寝てなかったから、身体が休養を欲していたんだ。最高のセックスはなにより効く。薬をのむよりずっといい、それはたしかだ」

「そうね、あなたには話の要点が見えてない。ジャドソン、わたしたちいつのまにか眠ってしまったの。仲よく並んで。わたしは夢を見ていて、あなたは身じろぎもしなかった」

「なるべく動かないように気をつけてる。もぞもぞすると相手が落ち着かないからね」

「茶化さないで。大人になってからこのかた、いっしょに寝た人で、わたしの夢のオーラの悪影響を受けなかったのはあなたがはじめてよ」

「ああ、それか」ジャドソンは両腕を頭上に伸ばした。「この組み合わせなら、おれが悲鳴をあげて夜中に飛びだすことはないと思っていたよ」

グウェンはかまわず続けた。「眠ってしまう前に隣の部屋へ帰ってもらうつもりだったのに、わたしったらつい眠ってしまった。あなたもそう」

「激しい運動をしたせいだろう」ジャドソンは解説した。

「あなたはぐっすり眠ってた」

「ああ、そうだった。じゃあそろそろ眠らせてもらっていいか」

「わたしに仮説があるの。ただの仮説よ、あくまでも、だけど筋は通ってる」

「その仮説とやらを拝聴しないことには眠らせてもらえないわけだな」

「ええ、そういうこと」見るからに興奮を抑えきれないようすだった。「あなた自身が高い能力を持ってるおかげで、わたしに対して一種の免疫があるんじゃないかと思うの」

ジャドソンは指を一本かざしてグウェンを黙らせた。「そこがきみのまちがってるところだ、ドリーム・アイ」

グウェンが顔をしかめた。「どういうこと?」

「きみに対して免疫があるなんてとんでもない。まるで逆だ」

ジャドソンはもう一度彼女を抱き寄せ、キスでおしゃべりを封じた。

20

しばらくしてジャドソンは、グウェンがベッドを抜けだす気配でふたたび目を覚ました。気を遣って静かに動いているのがわかる。トイレにでも行くのだろうと思ったが、ローブをはおってかがみこみ、床に落ちた地図を拾いあげるのを見て、そうではないとわかった。

ジャドソンは両肘をついて身を起こした。「だいじょうぶか?」

「えっ?」びっくりして振り向いた。「ええ、ごめんなさい。起こすつもりはなかったんだけど。少し前に目が覚めて、旅の夢をもう一度見てみたの。スタート地点に、このウィルビーにもどって、あるパターンを見つけたんだけど」テーブルへ移動して地図を広げた。「でも全部まちがってた」

グウェンのあせりが全身に伝わってきた。ジャドソンは上掛けを押しのけて起きあがり、ズボンに手を伸ばした。ジッパーを閉めながらテーブルのところまで行った。

「そのパターンのことと、どうまちがっていたのかも話してくれ」

「夢のなかへはいるときは、これはイヴリンが調査目的で訪問するつもりだった町と場所の地図だと思ってた。でも、それにしては印のついている町が多すぎる」

「印は六つしかついてない」

「ええ、でも四つか五つでも多すぎるくらい。だってウェスリーはすごく厳しい予算でやりくりしてるから。かなり有望な場所じゃないかぎり、事前調査のための飛行機代や宿泊費は出さないわ。『真夜中』の次回のエピソードのためにイヴリンが候補の町を六つも選ぶなんてとても考えられない。万一、複数の場所がからむ大きなプロジェクトを進めていたのなら、わたしにも、たぶんウェスリーにも話してくれていたはず」

ジャドソンはテーブルに両手をついて、六つの町をじっくり見た。「印のついている場所にはなにかつながりがあると考えているのか？　超常現象にまつわる重要な意味があるとか？」

「いいえ、それはなさそう。少なくとも、幽霊屋敷があるとか超自然的な竜巻が起こったとか、そんな伝説はないわ。夢のなかで、スタート地点にもどれとイヴリンは言った。それでひらめいたの。ザンダー・テイラーが滝へ飛びこんだあとイヴリンとわたしが調べて発見したのと同じようなパターンじゃないかって」

ジャドソンの感覚がざわついた。「きみたちふたりは、ザンダーが過去に人を殺した場所をいくつか突きとめることができた。そして、標的は超能力者を自称する人たちだったという結論に達した」地図を裏返して、そこに記された六つの名前を見た。「ネットで調べるから十五分待ってくれ」

十分後、ジャドソンは熟読していた新聞の死亡記事欄を閉じ、イヴリンが地図の裏に書いたリストの最後の名前を確認した。

「やっぱりそうだ」と報告した。「六つの町、六人の死、全員が自然死、全員がここ一年半のあいだに死亡。死亡者の名前は地図の裏に書かれている名前と一致した。でも、だれかが例のカメラを使ってまた殺しをはじめたのだとしたら、今回はひとつ大きなちがいがある」

「なに？」

「犠牲者のだれも、真偽はともかく、超能力を商売にしてはいない。死亡記事を見るかぎり、超能力を売りにして生計を立てていた者はひとりもいないんだ」

「どうしてパターンがちがうのかわからないけど、だれかがまた殺してるんだわ。ザンダー・テイラーと同じ方法で——超自然的な方法で」グウェンが指先をテーブルにこつこつ打ちつけた。「イヴリンはなんらかの方法で真相を探りあてた」

「殺人犯は自分が追われていると知って、だからイヴリンを殺したと？」

「ええ、わたしはそう思う」

ジャドソンはその点について考えた。「犯人はイヴリンのコンピューターと携帯電話を持ち去った。彼女の調査の痕跡から警察の目が自分に向くのを阻止するために」

「犯人はこの地図のことも隠し場所のことも知りえなかった。仮に知りえたとしても、地図を手に入れるためにミラー・エンジンのなかにはいることは不可能だった。前にも言ったとおり、あの機械のなかの超常エネルギーはだれにでも扱えるものじゃないから。それにしても腑《ふ》に落ちないわ。どうしてパターンが変わったのか」

「ザンダー・テイラーが死んだことはわかっている」ジャドソンは念を押した。「犯人がちがえば、パターンはちがう、獲物の種類もちがう。だとしても、この六人の犠牲者にはなにか共通点があるはずなんだ、絶対に。まずはその共通要素を見つけよう」

「犯人がだれにしろ、地元の、このウィルビーの住人にちがいない。ザンダーのことを知っていて、真似をしようとした。ひょっとして模倣犯じゃない？」

「かもしれない。犯人は地元民の可能性が高いことに加えて、もうひとつわかることがある」

地図から顔をあげたとき、グウェンの熱を帯びた目には理解の色があった。

「犯人にはあのカメラを扱えるだけの能力がある。わたしたちがさがす相手も超能力者ということね」

21

エリアス・コパースミスは、窓ガラスが濃く塗られた大型のつややかな黒いSUVに乗ってやってきた。グウェンはジャドソンと並んでロビーに立ち、その大型車がホテルの正面の空いた区画に滑るようにしてはいってくるのを見守った。

「お兄さんのサムも黒いSUVに乗ってなかった?」

「ああ。どうして?」ジャドソンはその質問をどこかうわの空で聞いていた。視線は車に向けられている。

「ちょっとした好奇心」グウェンは答えた。「あなたも黒いSUVに乗ってるから。たしか同じメーカーの」

「会社の割引制度がある」

というより、トラックの魂を持つ大型車に惹きつけられるものが、コパースミス家の男たちのDNAに組みこまれているのだろう、とグウェンは思った。ほかの金持ち男たちはぴかぴかの真っ赤なフェラーリやポルシェに乗っている。

ホテルのなかから車に乗っている人物は見えないが、助手席のドアが開いたとき、グウェンは少し意外に思った。車から降りてきたのは、古い西部劇で町の保安官役を演じられそうな、すらりとした銀髪の男性だった。

「あれが父だ」ジャドソンが言った。「やけに早いな。夜明け前にシアトルを出てきたにちがいない。運転席にいるのはだれだろう。出発前にコパースミス・セキュリティ社からだれか乗せてきたのかもしれない」

「お父さまは例の晶洞石のことで神経過敏になってるから、武装した護衛でも連れてきたんじゃない？」

「言っておくが、父と、ハンク・バレットに対する父の気持ちを考えたら、護衛に武装させるくらいじゃすまないだろう」

ジャドソンの足首に装着された拳銃のことを思いだした。銃を常時携帯することもコパースミス家の家風なのだろうか。

「ここでまちがいないと外まで知らせにいったほうがよさそうだ。すぐにもどる」

ジャドソンはロビー横切り、ガラスのドアを押し開けて外へ出ていった。

ロビーの窓から父と息子の再会の場面を見守りながら、グウェンは心をざわつかせるかすかな羨望の念を無理やり抑えこんだ。ジャドソンとエリアスは男同士のよくある大げさな抱擁を交わさなかった。それでも、父と息子のあいだにある強い絆は遠目にも察せられた。緊密に結びついた家族の力だ、とグウェンは思った。これほどすばらしいものはない。

そのとき、車の運転席のドアが開いた。プラチナブロンドを軍隊風に短く刈りこんだ、ほっそりと優雅な身体つきのハンサムな男が、ダンサーのように軽やかな身のこなしで車から降り立った。見るからにしゃれた最高級品の黒を全身にまとっている——黒いタートルネック、黒いズボン、黒いローファー。すべてがデザイナーズブランドの品だった。うれしさがこみあげた。自分にも家族がいる。ちがいは、血のつながった兄ではないというだけ。

「ニック！」グウェンは呼びかけた。「なんでここにいるの？」

ニック・ソーヤーが真っ白な歯を見せてにこっと笑い、両腕を広げた。グウェンはその腕のなかへ飛びこんだ。ニックは楽々と器用に受けとめ、そのまままくるくるとまわった。地面に降りると、グウェンはニックをしっかり抱擁した。

「心配でようすを見にきたんだよ」ニックが言った。「この前もうひとりの妹がコパースミス家の一員とかかわったときは、危うく命を落とすところだったからね。で、きみはだいじょうぶ？」

グウェンは笑った。「わたしはだいじょうぶ」

ジャドソンがニックの横に現われた。値踏みするような顔で見ている。

「きみがうわさのこそ泥か」

「それは古書ディーラーという意味なんだろうね」ニックの目つきが冷ややかになった。

「ああ」ジャドソンはおもしろがるような顔になった。「車のトランクに登山用具を隠し持っている古書ディーラー、という意味だ」

「だれにだって趣味はあるさ」とニック。「そうそう、車の後ろにスーツケースがはいってるよ。アビーがきみの服を荷造りしてくれたんだ、グウェン。ウィルビーに長期滞在するつもりじゃなかったことをアビーは知ってて、そろそろ足りないものが出てくるころだろうって」

胸の内に温かいものがこみあげてきて、グウェンは微笑んだ。「さすが姉妹ね、いつだってわたしのことをちゃんと気にかけてくれる。自分の結婚式の準備で忙しいっていうのに」

22

「だから、今回のことには、なんらかの形で、どの時点かで、ハンク・バレットが関与していると言ってるだろうが」エリアスは言った。「やつが息子を送りこんで汚れ仕事をさせた。それが唯一、納得のいく説明なのだ」

エリアスが立っているホテルの部屋の窓辺からは、こんもりと茂った樅《もみ》と松の林の向こうに、川がわずかに見えた。深い森のなかにいて心地よいと感じたことは一度もない。陽光をさえぎり視界を狭める木々に囲まれていると、どうにも落ち着かない。昔から、どこまでも広がる砂漠のほうを好んだ。そこなら近づいてくる者を見逃すことはない。

四人と、エリアスが見たこともないほど大きな猫が一匹、グウェンの狭い居間のなかで顔を突き合わせていた。猫は、古風な読書用の椅子に腰かけたグウェンの脇で長々と身体を伸ばしている。ジャドソンは暖炉にゆったりと寄りかかっている。ニックは別の袖椅子にだらしなくすわり、小テーブルの上の上品なひと口大のサンドイッチを黙々と口に運んでいた。

シアトルからは長距離のドライブだったが、エリアスは、食事休憩をとったら道端に置き去りの刑に処すと脅して、一度も休憩させなかった。

「そうじゃない、父さん」ジャドソンが言った。いらだちを懸命に抑えているのがありありとわかる。「それが納得のいく唯一の答えじゃない。いちばん可能性のありそうな答えですらない」

まったく、子供たちはどいつもこいつもまるでわかっていない、とエリアスは思った。窓枠にかけた手に思わず力がこもる。たしかに、ハンク・バレットの所有するヘリコン・ストーン社が最大の競合相手であることはみんな理解している。鉱山業界のなかで育ってきたから、強気の競合相手から非情な仕打ちを受けることも想定している。しかし、バレットの胸の内にある、コパースミス社に対する長年の個人的怨恨の深さを、完全に理解してはいない。子供たちは、バレットが面と向かって、エリアスが築きあげたすべてを、愛しく思うものすべてを破壊してやると宣言するのを聞かされたわけではないのだ。バレットの怨念はその息子のギデオンにしっかりと受け継がれていると警告したのに、ジャドソンもサムもエマも、本気にはしなかった。

もっとも、子供たちは過去のいきさつをすべて知っているわけではないのだ、とエリアスは自分に言いきかせた。ウィロウだけが知っており、妻は秘密を守ってくれている。

「バレットが関与していないと言いきる根拠はなんだ」エリアスは訊いた。

「おれの推論はもう言った」ジャドソンが淡々と答えた。「ギデオンがあの石を狙ったのなら、もっと巧妙な手を使っただろうし、その作戦はまちがいなく成功していたはずだ。ところが、石はこっちの手元にある」

　エリアスはうなった。

　ジャドソンのこうした冷静な揺るぎない表情には見覚えがある。三人の子供たちのだれもコパースミス社の指揮権を引き継ぐことに興味を示さないと妻に愚痴を言うたびに、こう言い返される。三人とも父親の先見の明と石や水晶に対する愛情ばかりでなく、チタニウムなみの意志の強さと、とことん頑固な性格も受け継いでいるのだと。あの子たちがあなたの下で仕事をしたら五分ともたないわ、とウィロウは決まっていう。まずはあなたが身を退《ひ》いて、それからあの子たちのだれかを後継者にするしかないわね、と。

　だが、身を退くわけにはいかない、とエリアスは考えた。いまはまだ。コパースミス社と自分の家族がもうハンク・バレットに脅かされる心配はないと確信できるまでは。もっと早い時期に、昔ながらの方法であの男を始末して砂漠に葬っておくべきだった。そうすれば遺体が発見されることもなく、きょうこんな問題で頭を悩ませずにすんだものを。

　とはいえ、きっぱりと片をつける解決策を実行するのは不可能だった。そんなことはウィロウが許さない。そもそも、実行に移すとして、銃撃戦のさなかに一度ならず命を救われ、お返しにこちらも命を救ってやった相手を、どうすればあっさり殺せるというのか。世の中には超えてはならぬ一線がある。どこかに基準があるはずだ。

「バレットが関与していないと断定するのはまだ早いぞ」エリアスは言い張った。

　だが、自分の推論は根拠に乏しく、それを自覚してもいた。ジャドソンの言うとおりだろう。ウィルビーは小さい町だ。ギデオン・バレットが石を狙ってここへ来たのなら、目当てのものを見つけて奪っていったはずだ。

グウェンが椅子にすわったまま口を開いた。

「バレットやヘリコン・ストーン社のことはジャドソンから聞いた話しか知りませんが、イヴリン・バリンジャーのこととウィルビーの町の事情ならよく知ってます。わたしもジャドソンと同感ですね。イヴリンがよそ者に殺されたとは思えない。これは地元の人間による個人的な事件です」

「ほほう」エリアスはグウェンに向き直った。妻から〝いらだちモード〟と呼ばれる状態にいることは自覚しているが、いらだちを抑えきれなかった。事態は深刻なのだ。「で、どうしてそんなことがわかるんだね、フレイザーさん。きみはプロの探偵なのかな？」

「いいえ。ですが、問題に対して常識を働かせることはできます」さらりと言い放った。

「古い怨念にとらわれた意見にわたしの思考が妨げられるのを黙って見ているより、常識を働かせるアプローチのほうがはるかに有益だと思いまして」

エリアスは両の眉を吊りあげた。そこまで言うか、と内心思った。新たな興味と多少の好奇心をもって、グウェンをよく観察した。家族以外で、この自分に意見する度胸のある人間などめったにいない。あなたは人を威圧する、とウィロウには言われている。けっこうなことではないか。威圧は役に立つ。

ところが、グウェン・フレイザーは威圧感などまったく感じていないようだ。どっしりとした読書用の椅子に腰かけたまま、脚を組み、まなざしから伝わる〝あなたなんかちっとも怖くない〟という無言のメッセージにふさわしい、冷静そのものの態度を見せている。

おもしろがっているような笑みが一瞬ジャドソンの口元をよぎるのに気づいた。グウェンが鉤爪《かぎづめ》を持っているとわかったことより、そちらのほうがはるかにエリアスを驚かせた。家族はみな知っていることだが、カリブ海の島での一件からもどって以来、ジャドソンはほとんど笑わなくなった。それどころか、家族全員を避けて、オレゴンの海岸沿いの小さな町に引きこもり、傷口をなめていたのだ。

裏切りと、死に瀕した体験から立ち直るには時間が必要だということは理解していた。洞窟内の爆発で目に見えないダメージを受けたこともまちがいない。ジャドソンを当分のあいだそっとしておくことで家族は合意したのだった。ところがいまは、グウェン・フレイザーとささやかな殺人事件の調査こそ、医者が勧めるべき治療法だったのではないかという気がしていた。

ニックがげらげら笑って、最後のサンドイッチに手を伸ばした。

「これでぼくの仲間だね」とグウェンに向かって言った。上品なサンドイッチを口に放りこむと、両手についたパンくずを払い落とした。「ぼくなんかシアトルからここまで来るあいだじゅう、このワイアット・アープから悪党バレット一家の話をずーっと聞かされてきたんだぞ。耳にタコができたよ」

ジャドソンがニックを見た。「ハンク・バレット親子への恨みつらみを数時間聞かされてうんざりしたって？　その話を生まれてこのかた延々と聞かされ続けている身にもなってみろ。おれたちが子供のころ、母は、夕食の席と家族旅行中はバレットの話題禁止令を出さなきゃならなかった」

「まじで？」ニックがさして関心もなさそうな口調で言う。「まあたしかに、親父さんから将来の商売敵のことで説教されながらじゃ、ディズニーランド旅行も台無しだよね、ほんと。とんだ災難」

だが、見るからに無関心な態度は、グウェンと交わした視線によって嘘だとわかった。目を合わせたのはほんの一瞬だったが、ふたりのあいだを行き交ったメッセージがエリアスにははっきりと読み取れた。このふたりの記憶のなかに、夕食の席を囲む家族の会話やディズニーランドへの休暇旅行があるのだとしても、それは楽しいものではなかったのだ。

「商売の話が出たところで」エリアスは口をはさんだ。「話題をもどそうじゃないか」ジャドソンに向かって眉を吊りあげた。「イヴリン・バリンジャーの自宅でわかったことを話してくれ」

「計画的な犯行のように思えた。殺しの目的は、証人の口封じ、つまり、被害者は犯人が知られたくないことを探りだしてしまったんだと思う」

「はん」エリアスは窓のほうへ顔をもどした。「無抵抗な女性を殺すのはバレットらしくない、それは認めよう。だが、あの水晶が殺人の立派な動機になりうることは事実だ」

「わかっている。でも、それだけじゃない。いまグウェンとふたりで可能性を調べているんだが、イヴリンの死は二年前にこのウィルビーで起こった事件とつながっているかもしれない」

〝グウェンとふたりで調べている〟

エリアスは息子の顔をしばらく凝視した。どうなっているのだ？　ジャドソンの仕事の流儀を表わすのに適切な言葉があるとすれば、〝一匹狼〟だ。その傾向は早い時期からおのずと現われた。三人の子供のうち、父親の会社をいちばん継ぎそうにないのがジャドソンだということは当初からはっきりしていた。よほどのことがないかぎり、仕事は単独でする。

それがいまや〝グウェンとふたりで可能性を調べている〟とは。

徐々にわかってきたのは、ウィルビーでなにが起こっているにしろ、そこにハンク・バレットが関与しているという仮説に固執するあまり、ついおろそかになっていたが、じつはジャドソンとグウェン・フレイザーのあいだの大気を震わせているエネルギーにこそもっと注意を向けるべきなのではないか、ということだった。

ふたつの部屋をつなぐ開いたドアにちらりと目をやる。そこに漂う親密な空気は一目瞭然だった。

なんとなんと、つまりそういうことか、とエリアスは納得した。男にいやな思い出を忘れさせるのに女性ほどふさわしいものはない。だが、ジャドソンがほかの女友だちとこうした親密な関係になったとき、エリアスがそれを察したことは一度もなかった。グウェンは、ジャドソンの人生を通り過ぎていったほかの女性たちとはちがう。ジャドソンの隠れた一面、気むずかしく激しい気質を理解しているばかりか、受け入れているようにも見える。

「バレット一家に少々こだわりすぎていたのかもしれんな」エリアスは譲歩した。金庫に目をやる。「水晶はここにある。大事なのはそのことだ」

「あなたにとってはそれがいちばん大事なものかもしれませんが」グウェンがばか丁寧な口調で言った。「わたしにはほかにもっと大事なことがあります。ジャドソンを雇ったのは友人を殺した犯人を見つけるためです。くだらない石を取り返すためではなく」

エリアスは相手を魅了するとっておきの笑み、世界各地で数百万ドルの契約をまとめるのに使う笑みを、グウェンに向けた。「いいかね、お嬢さん、そのくだらない石を手に入れたら、わたしはコパー・ビーチへもどるとしよう、このこそ泥といっしょに」

「古書ディーラーだよ」ニックが抑揚のない声で言う。

エリアスは取り合わず、グウェンに注目していた。とっておきの笑みに心を動かされたようすはない。「きみとジャドソンはウィルビーであちこち嗅ぎまわってどんな答えが出てくるか見るといい。それでどうだね?」

「それは願ってもないプランですわね」とグウェン。「で、具体的にはいつ出発なさるおつもり?」

グウェンが浮かべた甘ったるい笑みは、さながらりんごのキャラメルがけだった――しかも毒入りの。ジャドソンが必死に笑いをこらえているのがわかる。ジャドソンが笑うところなどひさしく見たことがなかった。

「すぐにも出発するとも」エリアスは答えた。鋼鉄製の金庫に目をやった。「その石を一刻も早くコパー・ビーチの金庫におさめたい」

ジャドソンが暖炉から身を起こした。「ふたりが出発する前にあとひとつ」ニックに顔を向けた。「ソーヤー、グウェンの言うように、きみは町でロック・クライミングをするのが得意なのか？」

エリアスが鼻を鳴らした。「町でロック・クライミングだと？　あの仕事にずいぶんとしゃれた名前をつけたものだ」

「得意だよ」ニックは謙遜してみせる気などさらさらなく、単なる事実という口調で言った。興味がわいてきたようだ。「グウェンとアビーに言わせると、そっち方面の才能があるらしいよ。なんで？」

「頼みたい仕事がある」ジャドソンが言った。「内容は、コンピューターを使った調査が少々、旅とちょっとしたクライミング、鍵もいくつか扱うかもしれない」

「まさにぼくの得意技の組み合わせだね」とニック。

グウェンが興奮に目を輝かせた。「すごい名案よ、ジャドソン」

会話の流れが読めていないことに気づいて、エリアスは顔をしかめた。「なんだね、その名案というのは」

ジャドソンがこちらを向いた。「この一年半のあいだにあちこちの町で六人が死んでいて、グウェンとおれは、それぞれの事件がどういう状況で起こったのか知りたいんだ。死んだ人たちのつながりを調べる必要がある。そういう調査は時間がかかるし、おれたちにそんな余裕はない。助手がいれば助かる」

「その死んだ人たちがなぜ重要なのだ?」

「わたしたちの読みが正しければ、その人たちはみんな超自然的な方法で殺された」とグウェン。「そこにパターンがあるのかどうか、同一犯の仕業だとはっきりわかるような証拠が出てくるかどうか、それが知りたいんです」

ニックはいまや興味津々だった。「その殺された人たちと、このウィルビーで起こったことがつながってるかもしれないと考えてるんだね?」

「わたしたちが考えてるのは」グウェンが慎重に答えた。「ザンダー・テイラーが滝に飛びこんだとき、例のカメラを持っていなかったこと。この一年半で少なくとも六人が、ザンダーの犠牲者が殺されたときとよく似た状況で死んでいるの」

「ぼくはなにをすればいい?」

「さしあたり、判明しているのは死んだ六人の名前だけだ」ジャドソンが答えた。「まずその六人が死んだ状況について調べてもらいたい。現場を確認する、近所の人から話を聞く、ネットで調べる。必要と思われることはなんでもやってくれ。グウェンが言ったように、パターンを見つけるんだ」

「わかってることを教えて。なにができるかやってみるよ」あたりを見まわした。「サンドイッチはもうないのかな?」

23

エリアスはジャドソンといっしょに車の前に立った。後ろの荷物室のドアは開いている。ニックとグウェンはそこで静かに話しこんでいる。こそ泥が水晶のはいった鋼鉄の金庫をしっかり固定した。

咳払いをしてから、エリアスはジャドソンに顔を向けた。「おまえの母さんが報告を待っている」

「おれは元気でやってると伝えてくれ」ジャドソンが答えた。視線はグウェンに向けられている。

「そうしよう」ウィロウがしつこく知りたがるはずの情報を引きだすにはどう言えばいいのか思案した。「で、おまえとグウェンだが」

ジャドソンの眉があがった。「おれとグウェンがなにか?」

顔がほてるのがわかった。この種の会話はどうにも苦手だ。エリアスに言わせれば、〝個人的〟とか〝私事《わたくしごと》〟といった言葉が作られたのには立派な理由がある。だがウィロウは心配していたるし、妻のためならどんなことでもしてやりたい。たとえ自分が気恥ずかしい思いをすることになろうとも。

「おまえたちは、えらく気が合うようだな」とさりげなく言ってみた。

「グウェンは……ちょっと変わってるんだ」

「ああ、そのようだ。わたしは気に入ったよ。鉤爪を持っている。鉤爪のある女性はいい」

「ああ、たしかに」ジャドソンの口角がわずかに持ちあがった。

「この前の島でのごたごたは――」

「あれがなにか？」

「ものごとはうまくいかないときもある、ジャドソン。それはいかんともしがたいことだ。取り返しのつかない状況なら、黙ってそこから立ち去るしかない」

ジャドソンの目が細くなった。笑みが消える。「わかってる、父さん」

「ああ、わたしにもよくわかる、信頼できると信じていた相手がたちの悪いガラガラヘビだったとわかったときの気持ちは。そういうこともあるのだ。さっさと忘れて前へ進むがいい」

ジャドソンの顔にまた笑みがもどりかけた。「父さんがハンク・バレットとのいざこざを水に流して前へ進んだように？」

「バレットの場合は話がちがう」

「へえ。どんなふうに？」

「最大の理由は、やつがまだ生きてぴんぴんしていることだ。だがおまえの場合は、ジョー・スポルディングは死んで完全に消えた」

「その点は同感だ」ジャドソンはそれきり口をつぐんだ。

どう進めてよいかわからないまま、エリアスは待った。父親としての叱咤《しった》激励もここまでか。

ジャドソンの視線がグウェンにもどった。「夜なかなか眠れないのは、スポルディングが悪党の一味に成り果てたことにどうして気づかなかったのかと悶々としているからじゃないんだ」

「そうか。それならいい」そこで間をおいた。「ならば、眠れないのはどういうわけだ?」

「なにか重要なことを見たはずなのに、それがなにかどうしても思いだせない、そういうふうに感じたことはないかな」

エリアスは思案した。「あまりないが、言いたいことはわかる。どうしても思いだせないそれを、おまえはどこで見たんだ?」

「最初に見たのは、島でなにもかもが悲惨なことになったあの日だった」

エリアスは思わず目を細めた。「最初に?」

「いまは夢のなかでそれを見ているような気がする」

「夢を解き明かすのがグウェンの専門だと聞いたが」

「おれが夢にはいりこむ許可を与えないと分析はできないとグウェンは言うんだ。催眠術をかけるようなやり方をするらしい」

エリアスはグウェンを凝視した。ニックとしゃべっている姿は生き生きとして、日差しのなかで輝いている。

「この女はとことん信用できると完全に確信できないかぎり、催眠術はかけさせたくないわけか」

「ああ。でも、いちばん厄介な問題はそこじゃない」

「いちばん厄介な問題はなんだ」

「グウェンがまるで治療者《ヒーラー》気取りでいること」

なるほど、そういうことだったのか、とエリアスは納得した。「看護が必要な男のように扱われるのがいやなんだな」

「ああ」

「わたしが思うに」エリアスは言った。「女性から敬意を払ってもらいたければ、こちらもその女性の才能と能力に敬意を払う必要があるんじゃないか」

「よけいなお世話だとは思うけど、きみとコパースミスの部屋のあいだにあるドアはどっちも鍵がかかってなくて、つい気になるんだよね」ニックが言った。「あれはつまり……安全上の措置?」

「そういうこと」グウェンはホテルの料理人に頼んで作ってもらったランチをニックに差し

だした。「それに、あなたの言うとおり、よけいなお世話。これ、途中で食べるランチとコーヒーね」

「悪いね」ニックは袋を受け取った。「助かるよ。あのワイアット・アープが途中でトイレ休憩させてくれたら御《おん》の字だ。レストランでの休憩なんて望めないのははっきりしてる。あの親父さん、このくだらない石にご執心だから」

「こっちも感謝してる、さっき渡したリストの名前を調べるのを手伝ってくれて」

「いやいや、お安いご用だよ。おもしろそうな仕事だし。いつもの仕事とちがって」

「ホット・ブック業界に飽きたなんて言わないでよ。そっちの仕事でさんざん稼いできたくせに」

意外なことに、ニックは肩をすくめた。「お金にはなるけど、正直ぼくはああいう本にもコレクターの変人たちにも、あんまり興味ないんだよね。アビーときみに説得されてあの業界にはいらなかったら、別の仕事についてたと思うんだ」

グウェンはにやりと笑った。「世界をまたにかける宝石泥棒?」

「だれにだってひとつは才能がある」

「あなたの才能の性質からして、アビーもわたしも本の業界がぴったりだと思ったの」

ニックもにやりと笑った。「きみたちはぼくのことを心配してくれただけ、兄貴が刑務所に入れられないように」

「それもある。気を悪くしないで——ここで会えてほんとにうれしかったんだから、ニック

――でも、いったい全体どうしてコパースミスさんにくっついてこんなところへ来るはめになったの？」

「アビーがぼくらを引き合わせたんだ。きのうコパー・ビーチへ行って行進を命じられたときに」

「行進を命じられた？」

「アビーから聞いてない？　ああ、たぶん言う暇がなかったんだね。教会の通路をいっしょに歩いてほしいって頼まれたんだ」

グウェンはにっこり笑った。「もちろんそうよね。当然。アビーの兄貴なんだもの」

「まあ、厳密に言うと、アビーにはお父さんがいるけどね」

「あのお父さんにいっしょに歩いてほしいと頼んだって、別の予定がはいったとかなんとか言われて、土壇場でキャンセルされるのが落ちよ。今回の離婚は泥沼になってるらしい。なんでも現ラドウェル夫人が無理難題をふっかけてて、次期ラドウェル夫人が業を煮やしているとか」

三人のなかでは、アビーだけが本物の家族と――いちおう世間的には――呼べるものに属している。でも化けの皮ははがれつつある、とグウェンは思った。アビーの父親のブランドン・C・ラドウェル博士は不誠実きわまりない男だった。〝二枚舌〟と言い換えてもいい。ラドウェルはベストセラーとなった『みずから選ぶ家族――現代の混合家族の創り方ガイド』の著者だ。ニックとグウェンの見たところ、百歩譲って好意的に言うなら、あの男はみずから唱えてきたことを実践している。目下、三度めの結婚からなんとか抜けだそうと奮闘中だった。舞台の袖には〝第四夫人〟が控えている。家族を創ったり壊したりする過程で、ラドウェルはアビーを義理の兄や異母妹ふたりとともに見捨てた。著作の裏表紙にあるきらびやかな家族写真とは裏腹に、アビーは法律上の家族のだれとも親しくはしていない。

グウェンが車の前のほうをちらりと見やると、ジャドソンと父親はまだ静かに話しこんでいた。「ひとつだけはっきり言えるのは、アビーは結婚して本物の家族の仲間になるってことね。コパースミス一家は彼女を温かく迎え入れてくれた。アビーもいまや家族の一員よ」

ニックがうなずいた。「ああ、みんなアビーのことを大事にしてくれるだろう」

「そして、あなたはタキシードでびしっと決める」

「そう」そこでウィンクをした。「でも、ほんとにうれしいニュースは、ウェディング・プランナーのジラールがものすごいイケメンだってこと」

グウェンはげらげら笑った。車の前のほうでジャドソンとエリアスが会話を中断してこちらを見た。グウェンの笑い声につられたのか、ジャドソンも笑顔になった。エリアスがまぶしそうに少し目を細め、ひとりでうなずいた。その場の光景に満足したかのように。それから鍵束を取りだし、ニックのほうへ投げてよこした。

「出発の時間だぞ、ぼうず」エリアスは言って、助手席のドアを開けた。「運転しろ。わたしは助手席《ショットガン》に乗る」

ニックがグウェンを見た。「なにが怖いって、あのショットガンの部分が冗談にならないってことさ」

グウェンはジャドソンと並んで、大型のSUVがホテルの駐車場から出ていくのを見送った。最後にもう一度ニックに手を振り、それからロビーにもどった。

「次なる予定は？」

「次は、イヴリンといちばん親しかった人たちに話を聞くとしよう。心あたりはあるか？」

「多くはないけど、リストの上位にくる人がひとりいる。ルイーズ・フラー。親しかったとは言えない。ルイーズはだれとも親しくつきあってないから。でも鏡の件では協力して仕事をしていたし、なんとなくお互いに理解し合っていたような気がする。この町でルイーズが本物の超能力者だと知っていたのはイヴリンだけだったと思う。ほかの人たちはみんな彼女をただの変わり者だと思ってる」

「そういうことなら、ルイーズ・フラーからはじめよう」

ジャドソンがガラスのドアを押し開けた。グウェンは横をすり抜けてロビーにはいった。

フロントデスクにいたライリー・ダンカンがグウェンを見た。

「オーナーが話したいと言ってます、フレイザーさん。あなたの猫のことで」

グウェンは足をとめた。「今度はなに？」

トリシャが事務室から出てきた。申しわけなさそうな顔で。

「言いにくいんだけどね、グウェン、客室係のサラが言うには、あなたの留守中に、マックスがカーテンと寝具を爪でぼろぼろにしてしまったそうなの」

「まあ、なんてこと、ちっとも知らなかった。もちろん損害はわたしの請求書につけておいてね。今度から部屋を空けるときはキャリーに入れておくから。マックスは気に入らないでしょうけど、家具を壊されでもしたら――」

トリシャがため息をつく。「それではすまないと思うのよ。猫がいるかぎりあの部屋にははいらないとサラが言ってるの。猫アレルギーですって。あなたが出かけるときは、マックスもいっしょに連れていってもらうしかないわ」

24

ウィンド・チャイムの薄気味悪い音色にグウェンの気持ちはざわめき、うなじがぞくりとした。車の開いたドアの横に立ち、ルイーズ・フラーの小さな家を眺めた。

迫りくる嵐に先立って、風がしだいに強くなっていた。吹きつける風が、ポーチの屋根から吊るされた水晶と金属でできたチャイムの列を激しく揺らす。亡霊を連想させるその調べは、スペクトルのあらゆる領域に響きわたった。グウェンは運転席から降り立ったジャドソンをちらりと見た。同じ振動を感じ取っているのがわかる。

後部座席では、キャリーのなかにうずくまったマックスが、尻尾を鞭《むち》のようにしならせてはっきりと不満を表明していた。

「ウィンド・チャイムの意味がなんとなくわかるよ」ジャドソンが言って、古めかしいヴィクトリア様式の家をじっくり観察した。「気味が悪いな」

「ルイーズには水晶とガラスのチューニングに関して超常的な感受性があるって、イヴリンがいつも言ってた」

車のドアを閉めようとすると、マックスが耳を寝かせて悲痛な叫び声をあげた。グウェンは前の座席のあいだの隙間から猫のようすをうかがった。

「キャリーに入れられていっしょに連れてこられるはめになったのは自分のせいでしょ」とマックスに言いきかせた。「客室係を怖がらせたんだから」

マックスは牙をむいた。

「いい子だから落ち着いて」グウェンは口調をやわらげた。「置き去りにするわけじゃないの。すぐにもどってくるから」

大気の流れが速くなり、ウィンド・チャイムが騒々しい音を立てた。マックスが今度は哀れっぽい声で鳴いた。キャリーのメッシュのドアを爪で引っかく。

「いっしょに連れていったほうがよさそう」グウェンは言った。「落ち着かないみたい」

「キャリーに押しこめられたのが気に入らないんだろう。無理もない」

グウェンは後部ドアを開けて、重たいキャリーを両手で引きずりだした。

「またいちだんと重くなったみたい」

ジャドソンが車の前をまわってきた。「こっちへ、おれが持つよ」

キャリーの取っ手をつかんだ。マックスは依然として不機嫌な顔だが、文句を言うのはやめた。

ふたりは玄関ドアに向かった。

「家のなかへはいる前に言っておくわ――ルイーズが入れてくれたらの話だけど、どうだかね――屋内のウィンド・チャイムは、ポーチの屋根に吊るしてあるものよりもっと怪しげよ。あれのおかげで、ルイーズを訪ねてくる人はまちがいなくみんな早々にひきあげる」

「ルイーズもイヴリンの研究対象だったのか?」

「いいえ。イヴリンは参加するよう頼んだけど、断られた。自分の作るウィンド・チャイムにしか興味がないの。話したくないと言われるかもしれない、覚悟しておいて」そこで言葉を切った。「一年前は、わたしのことを自分と同じ魔女だと言った」

ジャドソンの目が冷ややかになった。「それは褒め言葉じゃなさそうだな」

「なにが言いたかったのかよくわからない、正直なところ。そこがルイーズの問題ね。独自の世界に住んでいて、自分自身の水晶玉を通して現実を解釈しているというか。わたしを侮辱するつもりだったとは思えない。彼女なりの方法で、わたしに警告しようとしたみたい」

「きみが警戒しなきゃならない理由は言ったか?」

屋外のウィンド・チャイムの落ち着かない音と風を防ぐように、グウェンは少し肩をすぼめた。

「悪魔がどうとかって。説明を求めたけど、教えてくれなかった」

「この聞きこみは一筋縄ではいかなそうだ」

「すんなりとはいかないでしょうね、まちがいなく」

ふたりは玄関前の階段をのぼった。ジャドソンが足をとめて、音楽を奏でるチャイムのひとつをじっくり観察した。大きさと形の異なる細長い水晶を何本か組み合わせたかなり大きなものだった。一本ずつが銀色の金属にはめこまれている。

「これはすごいな」とジャドソン。「少なくとも音の一部はスペクトルの超常領域から出ている。全身の感覚で音が聞こえるよ」

「音楽の波長は通常と超常、両方の領域を行き来するというのがイヴリンの持論だった。だからこそ音楽は聴く人に感情レベルで多大な影響を及ぼす。はっきりとわかる超能力を持たない人も含めて、ほとんどの人は超自然レベルで音楽に反応しているの」

「そうだ、こういうチャイムをサムとアビーの結婚祝いにしたらどうだろう」

「ルイーズの作品を贈りたいなら、地元のお店で買うしかない。ルイーズは、本人がお土産用チャイムと呼ぶものを製作販売して生計を立てているの。でも、個人的に作るウィンド・チャイムはまた別。売り物じゃないの。そっちは護符と呼んでる」

ジャドソンは顔をしかめてグウェンをちらりと見た。「魔除けみたいなものか？　悪魔を撃退するのに使うような」

「そういう意味だと思うわ、ええ。悪魔のことをものすごく気にしてた。だからこうしてウィンド・チャイムで家を取り囲んでる」

ジャドソンはチャイムをつかもうとして手を伸ばした。「この水晶をはめこんである合金はなんだろう」

「わたしだったら手は触れないけど」グウェンは急いで言った。

だが遅かった。ジャドソンの指はすでにその金属片をつかんでいた。

マックスがシャーと威嚇した。

「うわ」金属のチャイムが真っ赤に焼けていたかのように、ジャドソンはあわてて手を離し、顔をしかめた。「きみの言う意味がわかったよ。電気の流れている電線に触れたらちょうどこんな感じだろう」チャイムをしげしげと眺め、直接手を触れないように気をつけた。

「でもいまの衝撃は超自然の感覚にまで届いた」

「わたしがためしたときも、やっぱりちょっとした衝撃があった」

急速に近づいてくる嵐のエネルギーをためこんだ大気のなかで、やかましい音を立てるチャイムの長い列を、ジャドソンは目で追った。「ここにあるものは全部、同じような効果があるのか？」

「わからない。最初にさわって以来、二度とためそうなんて思わなくなった。でも、ここにあるチャイムはどれも多少は超常エネルギーが含まれているような気がする。だから、家のなかにはいるときはくれぐれも気をつけて、屋内のものはもっと強いエネルギーを帯びているはずだから」

「どうしてそんなことができたんだろう」

「わたしも一度ルイーズに訊いてみた」グウェンは玄関ドアをノックした。「石の周波数のチューニングがどうとか、ほかにもなんだかむずかしいことをいろいろ言ってた」

「超常エネルギーを持つ水晶をチューニングする技術か、サムが興味津々だろうな。できれば、ぜひともルイーズに……おっと」

グウェンはジャドソンを振り返った。「どうしたの?」

ジャドソンは自分の指輪を見ている。金色がかった琥珀色の水晶がかすかな光を放っていた。

「指輪が」表情が険しくなった。「ここのチャイムに反応しているんだろう」

「もしくは、この音楽に対するあなたの超常レベルの反応を感知しているのか」

「かもしれない」

マックスがキャリーのドアに前足をかけて、小さく鳴いた。

グウェンは玄関ドアに向き直り、もう一度、今度は強めにノックした。応答はない。

ジャドソンが突然キャリーをポーチにおろした。

「ドアから離れろ、グウェン」と命じた。

グウェンは逆らわなかった。チャイムの風変わりなエネルギーの奥に渦巻く禍々《まがまが》しい気配を、このときすでに察知していた。チャイムの奏でる音楽が、家のなかからもれてくる凶暴なエネルギーを最初は覆い隠していたのだ。

「ああ、なんてこと」ノックをしようとしてあげた手を、グウェンは途中でとめた。そしてあとずさりした。「まただわ。こんなのありえない」

ジャドソンはもうドアの前にいた。いつのまにか手に拳銃が握られている。手品のように。

ジャドソンが網戸を開けてドアの取っ手をまわしてみた。あっさりまわった。すぐにおかしいとわかった。ルイーズはいつだってドアに鍵をかけていた。

ジャドソンがドアを開けると、吹きこんだ風が廊下のチャイムをかき鳴らした。スペクトルの奏でる音楽は行き場のない魂の嘆きのように響いた。

突然、家の奥でけたたましい音がした。続いて聞こえたのは、ばたばたと走る足音。

「あれはルイーズじゃない」グウェンは言った。「ひどい関節炎なんだもの。あんなに速く動けるはずがない」

「ここにいろ」

ジャドソンが廊下を走っていった。

マックスがうなり、爪と牙でキャリーのドアを攻撃しはじめた。フーフーシャーシャーのうなり声と攻撃がどんどん凶暴になる。

「やめて、マックス。お願いだから」

キャリーのドアが勢いよく開いた。マックスが飛びだす。猛然とポーチを抜けて家のなかへ走っていった。

グウェンが反応する暇もなく、家のなかのどこかで聞き覚えのある声の悲鳴があがった。

「放して、放してったら」ニコール・ハドソンが叫んだ。「お願い、だれにも言わないって誓うから――」

「落ち着け」ジャドソンの声が廊下の向こうから響いてきた。「なにも乱暴なことをしようというんじゃない」

意外にも、ニコールはその言葉に従った。少なくともヒステリックに叫ぶのをやめて静かになり、今度は怯《おび》えたようにしゃくりあげた。

「お願いだから、乱暴はやめて」めそめそ泣きながら言った。「オクスリー署長には絶対言わないから」

「なにを言わないんだ?」ジャドソンが訊いた。

「地下室で見たこと」ニコールが小さな声で答える。「お願い」

「きみがだれにも言わないと言ってることがなんなのか見にいこう」ジャドソンが言って、それから声を張りあげた。「はいってきていいぞ、グウェン」

グウェンはゆっくりと玄関からはいった。手探りで廊下の明かりのスイッチを見つけた。押しても、なにも起こらない。

ジャドソンは廊下の突きあたりにいるようだ。拳銃はもう見あたらない。ニコールの腕をぎゅっとつかんでいた。

「廊下の奥のスイッチもためしてみた」ジャドソンが言った。「電源が落ちている。だれかが配電盤をいじったようだ」

「わたしじゃない」ニコールがぐずぐずと言った。

「どうなってるの?」グウェンは訊いたが、もうわかっていた。

「遺体はどこだ」ジャドソンがニコールに訊いた。

「階段の下よ、地下」ニコールが答えて、訴えるような顔をジャドソンに向けた。「だれかがルイーズを殺したのよ」

「どうして殺されたとわかるの？」グウェンは静かに問いかけた。「血があったの？」

「知らない。下には降りてないから」

「それなのにルイーズが死んだってわかるの？」

「たぶん死んでる。ほかの人たちと同じ死に方よ」恐怖を押し隠した表情でグウェンを見つめ、それから急いで顔をそむけた。「ほかの人たちのときと同じ。心臓発作を起こしたか、階段を踏みはずして転落したか、そんなことだろうってみんな思うはず。殺されたなんて、だれも絶対に証明できない」

「とにかく見てみよう」とジャドソン。

「お願い、下には行きたくない」ニコールが小声で言った。

「地下へ降りる階段はどこだ」

「あっち」ニコールがぼそぼそつぶやいて廊下のほうを指さす。

ジャドソンは指さされた方向へニコールを引っぱっていった。グウェンもあとに続く。マックスが足元に現われ、ぴったりくっついてきた。耳を水平に寝かせ、尻尾を高くあげて。

「ここにいたの」グウェンは静かに声をかけた。「どこへ行っちゃったかと思ったわ」

三人は廊下のなかほどにある開いたドアの前で足をとめた。コンクリートの階段の下のほうは漆黒の闇で、その闇を切り裂くように、明るい光線が一本コンクリートの床を斜めに走っていた。

「懐中電灯か」とジャドソン。「ルイーズはあれを持って地下へ降りたんだ、配電盤を調べるために」

マックスがグウェンの脚のあいだを落ち着きなくくねくねと動き、理解不能な猫語でせきたてるようにつぶやいた。天井から吊るされたチャイムの不気味な音楽がどんどん大きくなっている気がする。玄関のドアを閉めてくればよかった、とグウェンは思った。吹きこむ風もしだいに強まっていた。

ニコールが階段のてっぺんで動かなくなった。「地下へは行きたくない」

「いっしょに降りるんだ。そもそもここでなにをしていたのか、あとで話を聞くからそのつもりで」

ニコールはしぶしぶ階段を降りはじめた。「ルイーズと話をしにきただけよ」

「おしゃべりするのに、お父さんの古い猟銃を持ってきたのか？」

「まさか、冗談じゃない、そんなもの持ってこないわよ」立ちどまって手すりをつかみ、ジャドソンを振り返った。「あんたの考えてることはわかってるわ。オクスリーが店に来たから。きのうあの古いロッジであんたたちを撃ったのはわたしだと思ってるようだけど、ちがうわよ。父さんの古い猟銃を見せろと言われて、でも見つからなかった。だれかが盗んだのよ」

「ほう」ニコールの言葉を端から信用していないことをジャドソンはあからさまに示した。「いつ盗まれたんだ？」

「知るわけないでしょ」ニコールはわめいた。「おばあちゃんの木箱にしまってあったのよ。もう何カ月もあの箱を開ける理由なんてなかったし」

「嘘をつけ。詳しい話はあとで聞かせてもらう」

階段のなかほどまで降りたところで、またしてもおぞましい予感がグウェンの感覚をざわつかせる。マックスがもう話しかけてこないことに気づいた。振り返ると、猫はいっしょに地下へ降りてきていなかった。ドアのところにシルエットが見える。階段のてっぺんでぴくりとも動かず、全身で警戒している。でも見張っているのはグウェンでもほかの人間でもない。猫にしか見えないなにかを一心に見つめていた。

チャイムの奏でる不気味な音楽はますます強く執拗《しつよう》に響き、耐えがたいほどだった。古い家のなかを風が泣き叫ぶように吹き抜ける。外の嵐が強まるにつれて、廊下の影が長くなった。

地下室の光線の位置が突然変わった。ぎょっとして振り向くと、ジャドソンが懐中電灯を拾いあげていた。グウェンは深呼吸をひとつして気を落ち着けた。

ジャドソンが光線を移動させて遺体を照らす。冷たいコンクリートの上でルイーズが仰向けになり、手足を投げだしていた。白髪まじりの長い三つ編みが頭のまわりでもつれている。もともとほっそりしてはいたが、亡骸《なきがら》となったルイーズは異様に痩せ衰えて、まるで骸骨だった。鋭い目鼻立ちがひどく強調され、頭蓋骨の上で皮膚をぴんと張りつめたように見える。

部屋のなかによどむ凶暴なエネルギーから推して、死因に疑いの余地はなかった。遺体を調べるジャドソンのようすから、同じ気配を感じ取り、おそらくはグウェンよりもはるかに多くの情報を感知していることがわかる。

「かわいそうなルイーズ」グウェンはつぶやいた。

「殺されたんだ」ジャドソンが言った。

ニコールが身をすくめ、遺体から顔をそむけた。「わたしのせいじゃないわよ」

その言葉を無視して、ジャドソンが狭い空間をなめるように懐中電灯を動かした。光線がいくつもの木の箱をとらえた。なかにはルイーズの作品の材料だった水晶や鏡や金属がぎっしり詰まっている。

ジャドソンがさらに光線を移動させて別の方向に向けた。「配電盤はあそこの壁にある。でも、ルイーズは死んだときここに、この箱のそばにいた。配電盤を調べに地下へ降りたのなら、どうして最後はここにいたんだ？」

遺体のそばの床に散らばっている滴の形をしたてのひら大の水晶の上で明かりが躍った。光線を目で追っていたグウェンは、そのなかのひとつの水晶に亡霊が現われても驚かなかった。

「いずれやってくると思ってたわ」亡霊が言った。「ずいぶん遅かったじゃないの」

ジャドソンが明かりを水晶から動かした。ぼんやりと浮かんでいた映像が消えた。

「待って。床の水晶のところをもう一度照らして」

ジャドソンから質問はいっさいなかった。光線が石の上にもどった。

「亡霊が見えるのか?」さらりと訊いた。

「ええ」グウェンは水晶に近づいていった。

「亡霊ですって?」ニコールが金切り声をあげた。いよいよ怯えている。「あんたたち、この魔女のおばあさんよりいかれてるわ」

面倒なのでグウェンは聞き流した。ジャドソンも。光線は水晶の上から動かない。

グウェンはよく見ようとしゃがみこんだ。亡霊があきれたように鼻を鳴らす。

「あんたの超能力もたいしたことないね。なんの役にも立ちゃしない。いつだって手遅れじゃないの。これであんたは、あたしを悪魔から救えなかったって思いながら一生暮らすことになるんだよ、イヴリンを救えなかったようにね」

「人のせいにしないで。自分が魔女だと言ったのはあなたでしょう。こうなるって事前にわかりそうなものじゃない。わたしがこの町にいることは知ってたはずよ。電話をくれればよかったのに。そうか、電話は持ってないんだったわね。だったら文明の利器を使うという手もあるでしょう」

「嘘、やだ」ニコールがつぶやいた。「本気でルイーズの亡霊と話してるつもりなの?」

「まあそんなところだ」ジャドソンが水晶を照らしながら答えた。「静かにしてろ」

「わたしに黙れっていうの?」ニコールはいきり立った。「死んだ女の亡霊と話をしてるのはあっちよ」

「だから彼女は変わり者だって？　連続殺人犯とつきあってたのはだれだ」

「なんですって？」ニコールは息をあえがせた。「ちょっと待って、なに言ってるの。そんなはずないでしょ。ザンダーが人殺しだなんて冗談じゃない。二年前にあの人たちを殺したのはグウェンよ、そして今度はイヴリンとルイーズを殺した」

「静かにして、ふたりとも」グウェンは言った。「集中しなきゃならないの。どうしてここへ出てきたの、ルイーズ」

「犯罪現場で亡霊が見えるというあんたのちょっとした悩みのことは全部知ってたわ、覚えてるでしょ」

「覚えてる」

「見てのとおり、あたしは配電盤がどうなってるのか調べにここへ降りてきた。でもそこへ悪魔が現われた。あいつが殺しにくるのはわかってた。あたしは殺されることになってた。それでなんとかしてあんたにメッセージを残そうとしたの」

「死ぬ前にがんばってこの水晶のはいった箱を開けたのね」グウェンは現場を見まわした。

「悪魔は気づいてなかったよ、あたしがあんたにメッセージを残そうとしたなんて」

「イヴリンが写真を使ったのと同じね」現場をじっくり見ながら思案した。「わたしと亡霊のことを知ってる人はほとんどいない」

「そう、あんたはそのことをずっと自分ひとりの胸にしまってきたんだね？」

「気まずくて」

「話してごらん。ほら、あたしだって悪魔が見える。少なくともいままでは見えてた」

グウェンは感覚をもう少しだけ開放して、トランス状態を深め、見えないものを見ようとした。「わたしがまだ知らないことを話して」

「できればそうしたいところだけど、そううまくはいかないって、あんたもわかってるだろう。あたしにできるのは、せいぜいあんたに罪悪感を抱かせて、こんなことをした犯人を見つけださずにおくものかって気持ちにさせることぐらいだね」

「最初の一歩は、だれかがあなたを殺したがる理由を見つけることね」

「魔女は昔から人気者ってわけじゃないからね、だけどあたしたちにだってそれぞれ使い道はあるよ。ほら、イヴリンだってあたしの能力を必要としてただろう」

「あなた、今回の件にどうかかわってたの？」

「もちろん、イヴリンが知ってたことをあたしも知ってたんだ。悪魔は彼女を始末したんだから、あたしも始末しなくちゃならない」

「でも、どうしていまになって？」

地獄のような和音が立て続けに家のあちこちで炸裂《さくれつ》した。荒々しい音の爆発で大気が耐えがたいほど強烈なエネルギーに満たされた。階段のてっぺんでマックスが金切り声をあげる。

トランス状態が断ち切られ、グウェンはくるりと振り返った。

「マックス」

大きな猫はウルトラライト・エネルギーが放つ光に取り囲まれてシルエットになっていた。背中は弓なりで、尻尾は硬直している。地下からは見えないなにかに向かってうなり声を発した。

ニコールが悲鳴をあげた。

「なにが起こってるの?」

グウェンはニコールの肩をつかんだ。「しーっ」と小声で言った。少量のエネルギーを使ってそのメッセージを送りこんだ。

耳をつんざくような悲鳴はやんだものの、ニコールの身体は抑えようもなくがたがた震えだした。「この家にはなにかいる、そうなんでしょ? ルイーズが殺されたみたいに、わたしたちもそいつに殺されるんだわ」

ジャドソンが階段のてっぺんで壁に張りついていた。廊下の先、マックスがにらんでいるのと同じ方向を見ている。

「家のなかにはだれもいない。でも、恐ろしく大量のエネルギーがどんどん大気のなかにわいてきている。急いでここから出よう」

グウェンはニコールを階段のほうへ力いっぱい押した。「行って」

ニコールが階段を駆けあがった。グウェンもあとに続く。

チャイムのぶつかり合う不気味な音楽が、家のあちこちで悲鳴をあげ、泣きわめき、壁という壁を突き抜けた。グウェンの足元で床板ががたがた揺れる。

ジャドソンが先頭に立って玄関のほうへ向かった。そこではじめて、彼の指輪が超常エネルギーを帯びていることにグウェンは気づいた。

「どうなってるの?」

「わからない。でも、ここにあるウィンド・チャイムどもが、なにかよからぬエネルギーをひっかきまわしている。音楽が臨界点に達して、エネルギーの流れが暴走しているんだ」

ニコールが階段のてっぺんにたどりついた。「わけがわからない。この音楽は不気味だけど、これがどう危険なの?」

「それをたしかめるためにここでぐずぐずしてる場合じゃない」ジャドソンが答えて、グウェンを振り返った。「ふたりで先に行くんだ。車のところまで走れ、なかに乗りこむまで絶対に足をとめるな。いいな?」

「わかった」

ニコールはいまや半狂乱だった。グウェンは彼女を押したり引いたりしながら廊下を進んだ。マックスはそばを離れず、あまりにまとわりつくので、ニコールか自分がつまずいてころぶのではないかと思った。それだけは避けたかった。

チャイムが激しくぶつかりあう騒々しい音がどんどん野蛮な不協和音になっていく。わき起こるエネルギーの気配が空中にどんより垂れこめる。

チャイムの音が感覚を揺さぶる最高潮に達したとき、ふたりはようやく居間にたどりついた。周囲で超常エネルギーの嵐が爆発した。火のついた音楽の荒れ狂う流れが、力強い波のように砕け、大気をかき乱した。

その攻撃に抵抗しようと、グウェンはとっさに能力を高めた。一定の効果はあり、最悪のエネルギーから身を守ることはできたが、これほど高度な対抗措置を長く続けるのは無理だとわかっていた。

苦しげな悲鳴をあげてニコールが気を失った。いきなり倒れたので、つかんでいた手を放してしまった。ニコールが床にぐにゃりとくずおれる。マックスが威嚇の声をあげる。

玄関までの通り道が、焼けつくようなエネルギーの滝によって遮断されていた。

ジャドソンが手を伸ばして、天井からぶらさがっているいちばん手近なチャイムをつかんだ。激しく揺れるチャイムに直接触れたとき、ジャドソンの全身に震えが走ったのが見えた。感覚を突き抜けたにちがいないその衝撃に、ジャドソンは歯を食いしばって耐えた。チャイムを力任せに引っぱってフックからはずし、床にたたきつけて壊した。

ひとつひとつが黒っぽい金属に縁取られたいくつもの緑色の水晶が、派手な音をたててころげまわり、やがて静かになった。けれど、家のなかの不気味な音楽は、ますます大きく、ますます獰猛《どうもう》になった。超常エネルギーの炎が高々と舞いあがる。

「この手もだめか」ジャドソンが言った。「どの出口もエネルギーの嵐が立ちふさがっている。走って通り抜けるしかない」

「そんなことができるかどうか」グウェンはニコールを見おろした。「この人みたいに気を失ってしまうかもしれない」

「全員が物理的に接触していれば、ここから出られる可能性が高くなるはずだ」

どうしてそんなことがわかるのかと訊きたかったが、いまは彼の超心理物理学の理論について議論している場合ではないと判断した。実験してみるしかない。ふたりのどちらも、感覚にこれ以上の攻撃を受けたらとても持ちこたえられないだろう。

「わかった。次の手でいきましょ」

グウェンは手を伸ばして、ニコールの手首をつかんだ。ジャドソンがもう一方の手首をつかむ。

「なにがあっても手を放すな」

マックスがフーとうなった。

ジャドソンが猫をすくいあげて小脇にかかえた。てっきり逃げだそうとして暴れたり爪を立てたりするかと思ったら、驚いたことにただ茫然としていた。

音楽は神経を打ち砕く波のように緩急を繰り返し、ウィンド・チャイムが熾烈なオーケストラの闘いを繰り広げているようだ。エネルギーはますます熱を帯び、刻一刻と緊迫度を増した。

ところが今度は、三人と一匹を取り巻く狭い空間の大気に着火する別の種類の炎が現われた。エネルギーの新しい流れの発生源はジャドソンの指輪の石だった。小さな太陽のように輝いている。

逆流する超常エネルギーが大気に流れだした。ウィンド・チャイムが反応して小刻みに震え、大きく揺れた。ガラスと水晶の砕ける音がした。

次の瞬間、すさまじい音楽が、ぴたりとやんだ。チャイムの音はまだ聞こえるが、別の部屋か別の次元から聞こえてくるような感じだった。玄関までの通り道を遮断していた超自然の防火壁は消滅した。安堵感が押し寄せる。

「おれたちの周囲のごく狭い範囲の波長は押さえられる」ジャドソンが言った。「でも、長くは無理だ。急ごう」

ふたりでニコールを引きずって玄関ドアへ向かった。琥珀色の指輪が恐るべきエネルギーを発して燃えている。ジャドソンが操作しているすさまじい力を感じた。超能力をこれほど大量消費すれば、あとで代償を求められることは知っている。少なくとも疲労困憊《こんぱい》するのはまちがいない。

ふたりは玄関ドアを通過した。大急ぎでポーチを抜ける途中で、グウェンは猫のキャリーをつかみ、それから激しい暴風雨のなかに足を踏みだした。爆発が起こったのは、その直後だった。チャイムによって生みだされた超常エネルギーの渦が、狙った獲物を家のなかへ引きもどそうとするように外へと触手を伸ばしてきた。

低く重たげなシューッという音がして、そのあとに轟音《ごうおん》が続いた。グウェンが肩越しに振り向くと、家が燃えていた。

ジャドソンも振り返った。「くそっ、これで台無しだ。犯人が残したかもしれない証拠が消えた。火は超常エネルギーの痕跡も破壊してしまう」

「よくわからない」荒い息をつきながら、グウェンは炎を見つめた。「火の気はなかった、大量の超常エネルギーがあっただけで。あんなふうに爆発するのはどうして?」

「父が四十年前にフェニックス鉱山で発見したんだが、密閉された空間で大量の超常エネルギーを燃やすと、スペクトルの通常の領域にはいりこんで爆発することがある」ジャドソンはニコールの手首を放し、携帯電話を手にした。「オクスリーは気に入らないだろうな」

「これ、どう説明するつもり?」

「問題ない」

グウェンはあっけにとられた。「ほんとに?」

ジャドソンの口元が陰気にゆがんだ。「超常現象も、よくよく考えれば完全に筋の通った完全に常識的な説明がかならず見つかるものだ」

「そうなの?」

「おれの経験では」緊急通報の番号にかけながら、ジャドソンは言った。「そもそも、だれも本当のことなんか知りたがらない」

25

「ガス爆発ねえ」とグウェンが言った。冷ややかな称賛のこもる笑みが浮かんだ。「まあたしかに、いかにももっともらしい説明に聞こえた」

「ありがとう」ジャドソンは言った。どういうわけか――まだエネルギー燃焼後の興奮状態にあるせいかもしれない――自分がオクスリーのために帽子からうさぎを取りだしてみせたことに彼女が感心しているのがうれしかった。「白状すると、前にもこの手を使ったことがあるんだ」

グウェンがちらりとこちらを見た。その目に好奇心がよぎった。「いつか言ってた政府機関のコンサルティング業務で？」

「事実の隠蔽《いんぺい》となると政府機関の右に出る者はいない。もはや芸術だ。ジョー・スポルディングの下で働いていろいろ学んだよ」

「その政府機関の偉い人？」

「そうだ」

「アビーから聞いたけど、その政府機関――たしかあなたのクライアント――は、予算の削減で閉鎖されたんでしょう？」

「政府機関にとって予算は常に厄介な問題だ」

「スポルディングもロビイストになった？　だいたいはそんな感じなんでしょう？　ああいう人たちはいつもうまいこと窮地を切り抜けるから」

「スポルディングは切り抜けられなかった。死んだよ」

「まあ」グウェンは黙りこんだ。

ジャドソンはワインを少し飲んでグラスをおろした。疲労感が骨の髄までしみこみつつある。ふたりはグウェンの小さな居間で暖炉の前にすわり、刺繍《ししゅう》のほどこされたクッションに両足をのせていた。あいだにあるテーブルには、ウィルビー雑貨店で買ってきた安物の赤ワインのボトルと、テイクアウトのピザの残りがある。

超能力を大量消費したあとにかならずわいてくる超常エネルギーとアドレナリンのバイオカクテルがまだ全身に流れていた。気持ちがたかぶってどうにも落ち着かない。なにより欲しているのはグウェンとの性急な激しいセックスだが、彼女がきょうたいへんな目にあったことを思えば、それを提案するのもはばかられる。代わりにアルコールの力を借りて急いで必死に自分を落ち着かせているところだった。じきにつぶれてしまうだろう。ひょっとしたら今夜は夢も見ないかもしれない。

マックスは窓枠にうずくまって外の夜をじっと見ている。元気がないようだとグウェンは言うが、ジャドソンの目には復讐の機会を狙っているように見える。

猫よ、おれは味方だからな、と内心でつぶやいた。

「ニコールはあそこで起こったことを覚えてるかしら」グウェンが言った。

ジャドソンは椅子の背もたれに頭を預けた。ニコールが意識を取りもどしたのは、ちょうど最初の消防車が到着したときだった。救急隊員が診察して、緊急治療室へ運ぶ必要はないと判断した。オクスリーの部下の巡査が車で自宅まで送っていった。

「はっきりとは覚えていないだろう。意識を失うと、なぜか記憶も一部失われることがよくある。爆発前の数分間のできごとを正確に思いだすのは無理だと思う。だが、きょうルイーズを訪ねていった理由はかならず話してもらう。必要な情報だ」

グウェンが振り向いてこちらを見た。「きょうルイーズの家で起こったことはいったいなんだったの？　あのウィンド・チャイムはもう何年も前から家のなかと外のポーチに吊るしてあった。きょうの午後にいきなり暴走したのはどういうわけ？」

「おれはサムとちがって超自然物理学には詳しくないが、あの爆発は連鎖反応の最終章で、はじまりはあの数時間前、犯人が超常エネルギーを秘めた水晶を使ってルイーズ・フラーを殺したときだったんじゃないだろうか。いや、ひょっとしたら何十年も前からはじまっていたのかもしれない」

「どういうこと？」

「ルイーズ・フラーの家のなかには何年も前からエネルギーが蓄積されていたんだろう、ウィンド・チャイムのせいで。もともとかなり不安定な状態にあった。犯人が自分の武器でルイーズを殺したとき、そこには大量の超常エネルギーが関与していた。そのせいでますます不安定になった。あの家全体が、燃えあがる一歩手前でくすぶっている状態だったんだ。そこへ嵐がやってきた。着火の原因は火花とも考えられる」

グウェンがこちらを見た。「関与したのは嵐だけじゃない。あなたとわたしもいて、ふたりともあの家のなかにいるあいだ超能力をかなり使っていた」

「そうだな」あくまでも冷静な口調で言った。

「導火線というか、なんだか知らないけどあの家を発火させるきっかけになった火花というのは、ひょっとしてわたしたちだったんじゃない？」

「かもしれない」

「なんてこと」

「言っただろう、おれたちが行く前からあの家には相当な量のエネルギーがたまっていたんだ」

グウェンが思案顔でうなずく。「その指輪に、いったいなにをしたの？」

ジャドソンは石を見おろした。もうなんの力もこめられていないが、暖炉の明かりのなかでいまも液状の琥珀《こはく》のように輝いている。

「それがわかればいいんだが」

「なにそれ」グウェンがじっと見返してきた。「ほんとに？　その石にどうやったらあんなことができるか、わからないの？」

「あの技を実践したのは一度だけだ、別のときに」もう少しワインを飲んだ。「殺されそうになったときに」

「それもこの前の案件のとき？」

「そうだ」グラスをおろした。

「あなたが出現させた安全地帯にとどまるには、わたしたち三人とマックスが物理的に接触している必要がある、それはどうやってわかったの？」

「本当のことが知りたいか？　うまくいくという確信があったわけじゃない。その法則が理にかなっていると思っただけだ。それに、ほかに選択肢はあまりなさそうだった」

「どんな法則？　その石の働きに関してなにか仮説があったはずよ」

　ジャドソンは指輪をじっと見た。「この石を通して超常エネルギーを集中させることはできるが、それは夏の雷をコントロールしようとするようなものだ。水晶の持つ力は計り知れないとはいえ、おれにわかるのは、これが周囲にある別の超常エネルギーの流れを弱めるらしいということくらいだ」そこで間をおいた。「人間のオーラも含めて」

「武器のような使い方もできるということ？」

「端的に言うと、そうだ」

「チューニングはどうやってするの？」

「えっ？」集中するのがだんだんむずかしくなってきた。深い疲労感がずしりとのしかかる。

「ハイテク機器に使われる超自然的な水晶は、頻繁にチューニングする必要があると言ってたでしょう。その石はどうやってチューニングするの？」

「わからない」

「そう」

ジャドソンは指輪のなかで赤々と燃える炎を見つめた。「この石の力を最大限に使ったのは二回だけだ——きょうと、前回の案件のとき。少し休養をとらないと、この石に燃料が残っているかどうかわからない」

「きょうは疲れたでしょう。わたしたち全員を守るために大量のエネルギーを消費したから」

「少し眠らないと」

グウェンはしばらく静かに考えこむようにしてワインを飲んだ。周囲のエネルギーが動くのを感じ、グウェンがトランス状態にはいりこんだのがわかった。マックスが小さくミャーと鳴いて、窓枠から飛び降りた。とことこ部屋を横切り、グウェンの椅子に飛び乗ると、隣に身体を落ち着けた。グウェンの手がぼんやりと猫をなでる。

ジャドソンは目を閉じて、ゆっくりとエネルギーが満ちてくる雰囲気を楽しんだ。

「どうぞ。好きなだけ見てくれ。言っておくが、見られているとだんだん興奮してくる」

「そんなに疲れていたら無理でしょ」

「それはどうかな」ジャドソンは目を開けた。「なにが見える?」

グウェンがまばたきをしてトランス状態から脱した。超常レベルが、ふたりのあいだで正常と呼べる程度にまでもどった。おれたちにとって正常なものなんかなにもないんだよ、グウェン・フレイザー、と内心でつぶやいた。

「そうね、わたしは水晶の物理的な特性については詳しくないけど、あなたのオーラのなかに見えるものと、きょうあなたが指輪を使ったときに観察したことに基づいて言わせてもらう。その指輪は、あなたがつけているだけで勝手にチューニングされるんだと思う」

ジャドソンは指輪をじっと観察した。「水晶をチューニングするには、普通はもうひとつ別の水晶が必要なんだ。そしてその作業のための特別な能力、絶対音感のある人間に匹敵する超能力のある人間が欠かせない」

「あなたの場合はそれがうまく働いているのかもしれない。あなたのオーラがその石と自然に共鳴する波長を生みだしているおかげで。その石に対するあなたの親和性もそれで説明がつく」

「へえ」そこにどんな物理的特性がかかわっているのか考えようとしたが、いかんせん疲れ果てていた。

「もう寝たら」グウェンが優しく言った。

「名案だ」飲みかけのワインを脇へ置いた。「そろそろ寝るとしよう。あいだのドアは開けておいてくれ。安全措置として」

「わかった」

グウェンの視線を感じながら、ジャドソンは自分の部屋へ通じるドアに向かった。

「心配しなくていい。こうなったのははじめてじゃない。少し眠れば元気になる」

「わかった」ともう一度言った。

それでも彼女が心配しているのがわかる。もうだいじょうぶだと確信できるまで眠らないだろう。寝ずの番をする必要はないと言いたかった。病人ではないのだ。ましてやセラピーの必要などない。少し眠る必要があるだけだ。

ベッドに倒れこんで目を閉じると、グウェンを安心させる方法を考える暇もなく、暗闇へと吸いこまれた。

26

そう、彼は罪深い人生を歩むべく生まれたのだ。

ニック・ソーヤーは真っ暗な家のなかに立ち、暗がりから共鳴してくる虚無の気配に耳をすました。死んだ女性の遺族は、二週間前にこの家を売りに出していた。前庭に立てられた《売り家》の看板には〝格安物件〟と書かれている。

家のなかはほとんど空っぽだった。半端な家具が数点と絵が数枚まだ残ってはいるが、相続人たちは老婦人の死後すぐに遺品の大半を売り払ったようだ。ここへ派遣されたのは謎を解くためなのに、手がかりになるものは見つかりそうにない。それでも被害者の感触はつかんでおきたかった。家の表側の部屋のなかにこうして立っていると、どういうわけか被害者の感触が得られる。それは、インターネットを使った調査や隣人たちとの雑談からは得られなかったものだ。

分厚いカーテンのかかった居間を歩いていくと、床に泡立つエネルギーの痕跡を感じて、ふと足をとめた。

「やあ」と暗がりに向かって声をかけた。「ここで殺されたんだね？　テレビを観てるときに。遺体で発見されたとき、大きな安楽椅子にすわってたんだってね。お隣さんが言ってたけど、あんたの大型テレビは、葬式があったその日のうちに息子がちゃっかり持っていったらしいよ。ほかにどんなことがわかるか見てみようか」

二階の寝室に向かって階段をのぼっていくと、以前は小型のエレベーターが取りつけられていた形跡があった。

「足腰が弱って自分では階段をのぼれなかったんだ。恰好の標的だよね。どうがんばっても逃げられないんだから、そして、あんたは逃げなかった」

階段をのぼりきって、廊下を主寝室へと向かいながら、ぞくぞくするような意識の目覚めとアドレナリンの噴出を味わった。

他人の私生活をのぞき見るこの仕事は、ホット・ブックを扱う仕事よりずっとおもしろい。さっきも老婦人の隣人たちとのおしゃべりをたっぷり楽しんだ。泥棒だけでなくペテン師としての才能もある。人に話をさせるのにそれほどの手腕はいらなかった。相手のほうが嬉々《きき》として話してくれた。老婦人の息子とその嫁は母親をほとんどほったらかしにしていたとか、たまに顔を見せれば金を無心していたとか。

ニックは寝室を眺めた。壁ぎわに古ぼけたたんすがひとつあるだけで、それ以外はきれいさっぱり片づけられていた。

部屋の奥へ行って、引き出しをひとつずつ開けてみた。

ちょっとした運命のいたずらで人の未来はがらりと変わってしまうんだからおかしなもんだ、とニックは思った。世間では〝サマーライト・アカデミー〟の名で呼ばれるあの地獄のような施設で、グウェンやアビーと出会わなかったら、いまごろは世界に名を知られるご機嫌な宝石泥棒になっていただろう。暗闇を見通すこの能力は、軍の最新かつ最高性能のハイテク暗視ゴーグルより優秀だ。しかも錠前とコンピューターにかけてニックの右に出る者はいない。

なのにグウェンとアビーに説得されて、ぎりぎり合法的な手段で生計を立てることになった。妹ふたりから口うるさく言われるのがいやで、しかたなくアビーから超常本業界でやっていく秘訣を教わった。ここ数年は、その仕事でうまくやってきた。大金を稼げたのは、アビーの言う市場の深部――お目当ての本を手に入れるためなら金に糸目はつけないという、病的なまでに執着心の強いコレクターのいる危険な闇の世界――で仕事をしてきたおかげだった。

超常本と相性がいいとはいえ――本当に値打ちのあるものならどんなものに対しても生まれつき感受性があるので、相性にたいした意味はないと思う――自分の扱う稀覯《きこう》本にとりたてて興味はなかった。端的に言えば、ただの仲介人――高給取りではあるが、しょせんは仲介人だ。本気で楽しいと思える部分はただひとつ、夜の仕事だった。暗闇のなかをこっそり動きまわって他人の秘密を暴くという違法行為のぞくぞくする快感は捨てがたい。〝訴えたきゃ、勝手にどうぞ。でもその前にぼくをつかまえなきゃね。絶対に無理だけど〟

こういう仕事で快感が得られるのは自分の感覚を思いきり使うことができるからよ、とグウェンは言う。警官になってその超能力を使えたら最高に楽しかったのに、と。でもニックは本当のことを知っていた。他人の秘密を嗅ぎまわるのが好きなのは、自分自身の過去が鍵のかかったドアの向こうに隠されているからだ。そのドアだけはどうやっても自分で開けられない——鍵のかかったドアを通り抜ける天才だというのに。これまでにためした鍵はどれもこれも、過去へと通じるドアを開けてはくれなかった。

実の母親が妊娠するときに利用した精子バンクは、何年も前に火事で焼け落ちた。ニックの家系の半分——父親にかかわる部分——はその火事で消滅してしまった。そして残りの半分も大部分が失われた。幼いころ孤児になって未婚のまま子供を産んだ母親は、十歳のニックを残して交通事故で死んでしまったからだ。それからは里親の家を転々として、最後に行きついたのが、サマーライト・アカデミーだった。

そこで本当の家族、グウェンとアビーという妹たちに出会った。サマーライト・アカデミーにとどまったのは、ひとえにあのふたりがいたからだ。急速に開花した能力を使って学校から逃げだすのはわけもないことだったが、グウェンとアビーを残していくことはできなかった。いかれた連中や悪党どもから守ってくれるニックがふたりには必要だった。だれかから必要とされたのは生まれてはじめてのことだ。突然やるべき仕事ができたような気がした。卒業するまで三人でいつもいっしょにいるようにした。

サマーライト・アカデミーを卒業すると、グウェンとアビーは役割を逆転させて保護者になった。ニックに罪深い人生を歩ませないためにふたりは手を尽くした。そっちの業界ならすばらしい業績があげられるといくらニックが保証しても。家族間の平和を守るために、ニックはより合法的な道を歩むことにしたのだった。それでも、ときどきこうして他人の家で暗闇にひとり立っていると、天職を逃してしまった気がする。

最後の引き出しを閉めてクローゼットに向かった。なかはほとんど空っぽで、足元のおぼつかない小柄な老婦人向けと思われる不恰好な白いウォーキングシューズだけがぽつんと残っていた。

壁板の後ろに隠された小型の金庫を見つけた。鍵がかかったままだが、四十秒とかからずに開いた。紙幣の束は、この老婦人について知る必要のあることをすべて教えてくれた。

「ちょっとばかり被害妄想だったんだね、おばあちゃん」がらんとした空間に向かって話しかけた。「あんたはだれも信用してなかった、自分の息子さえも。まあ、息子のことはいちばんよくわかってたわけだね。さすが母親だ」

金庫にはもうひとつ、昔ながらの小切手帳もはいっていた。

現金と小切手帳を背中のバックパックにしまいこんで、ニックは階下へ降りた。侵入したのと同じ経路、裏手の窓を抜けて家の外に出た。

数ブロック離れた食料品店の裏の駐車場にとめておいた車のところにもどった。ありふれた車に乗って空港へ引き返し、レンタカーのカウンターで返却した。車を借りるときは、数セット持っている予備の身分証のひとつを使った。余分に携帯するようにしているのは、自分のためばかりでなく、グウェンとアビーのためでもある。いざというときに備えて。そこでふと思った。アビーにはもうこうした安全対策も必要ないかもしれない、結婚してコパースミス家の一員になるのだから。あの一家なら自分たちで面倒をみられる。それに、グウェンとジャドソン・コパースミスのあいだに流れるエネルギーの感じからすると、彼女もこれからは兄貴をあまり必要としなくなるかもしれない。

妹ふたりをコパースミス兄弟に取られてしまうかと思うと、身体の奥の暗い水たまりをかきまわされるような脅威を感じた。サマーライト・アカデミー時代からずっと、アビーとグウェンはいつもそばにいてくれた。アビーは超常本業界でやっていく秘訣を教えてくれた。グウェンはいつもそばにいて、悪夢に登場するモンスターを闇の奥底へと追い返してくれた。悪い夢はここしばらく浮上してこないが、底なし沼のなかを泳ぎまわっているのはわかっていた。

なるほど、たしかにグウェンとジャドソンは肉体関係にある。それは別にかまわない。現時点では、一夜の情事という以上の深い意味はないだろう。あるいは二晩か三晩かもしれないが。どっちだっていい。それでグウェンを失うわけじゃない。あのふたりのあいだに起こっていることは、大量のアドレナリン、興奮、危険、そしてお互いの肉体への関心などが合わさった結果の、自然な成り行きだろう。自分でもたびたび経験してきたから、化学がどう作用するかは知っている。

それでも、考えるとぞっとした。グウェンは気軽なセックスなどしないし、短時間で火のついた関係とはいえ、すぐに燃えつきてしまうとも思えない。あのワイアット・アープまでがふたりの関係に気づいたのだ。

夢のなかのモンスターがよみがえってきたら、毎晩どうなるか、考えたくなかった。妹をふたりともコパースミス家に取られてしまったら、自分の世界がどうなるか、考えたくなかった。そこでニックは、コーヒーを買ってじゃまのはいらない場所を見つけ、カフェインを摂取しながら、壁の裏の金庫から見つけた小切手帳に目を通した。数字はいつだって興味深い。それがお金と結びつけばなおさらだ。

しばらくすると、バックパックから小型のコンピューターを取りだし、ネットにつないだ。目当てのものを見つけるのにさして時間はかからなかった。壁に隠されていた金庫を開けるのに劣らず、サイバースペースに隠されたおもしろいものを見つけるのも得意だった。

そう、彼は罪深い人生を歩むべく生まれたのだ。

27

ジャドソンの超常エネルギーに支配された夢の情景から邪悪なエネルギーを感じ取ったのは、グウェンが自分の明晰夢《めいせきむ》の世界へ落ちていこうとしたまさにそのときだった。ナイトガウンにローブ、スリッパという恰好で、グウェンは暖炉の前の椅子に両脚を折り曲げてすわり、身体を丸めていた。トランス状態に似た微妙な状態を調節しながら、ルイーズが殺された現場のイメージを呼び起こしていたとき、隣の部屋からささやきかけてくる気配がしたのだ。

最初に考えたのは、なじみのないそのドリームライトの触手は、みずから誘発した幻覚によって生じたものだ、ということだった。覚醒しながら夢の状態へはいることもたびたびあり、自分がなにを経験することになるのか確信が持てない。トランス状態というのは、その性質上、予測がつかないものだ。

けれど、ジャドソンの追いつめられたような苦しげな大声が聞こえたとき、グウェンは一気にトランス状態から覚めた。

急いで立ちあがった。マックスも目を覚ました。猫はベッドの上で身を起こし、隣の部屋に通じるドアを一心に見つめた。

ジャドソンのうめき声がした。

グウェンはドアのほうへ急いだ。背後の暖炉からのほのかな明かりのなかで、ジャドソンがベッドで手足を伸ばしているのが見えた。指輪が熱を帯びて赤々と輝いている。

ベッドから飛び降りたマックスがドアのところまで来て、低い不安げな鳴き声をあげた。

グウェンは能力を高めて覚醒トランス状態にはいり、ジャドソンの夢の情景のなかがどうなっているのか感じ取ろうとした。大気のなかで琥珀色の光がぱちぱち音をたてて炸裂しても驚きはしなかったが、ベッドの周囲によどんでいる暗く泡立つ凶暴なエネルギーには仰天した。夢の専門家としての直感で、ジャドソンが悪夢の原因となったもののなかをくぐり抜けているのだとわかった。異様に深い眠りがその効果を増大させたのだ。

「なんてこと。いったいいつからこの夢とつきあってきたの、ジャドソン?」

グウェンはゆっくりとベッドに近づいた。これほど深い睡眠状態にある人を相手にしたことはなかった。ふだん仕事で対応するクライアントは、みな目覚めている。セラピーの過程で、クライアントを軽いトランス状態にしてその人の夢の情景を意識下に呼びだすことはある。でも、ここでジャドソンを揺り起こすのはよくないと直感が告げていた。いまの状態では、夢の情景と現実の世界とを判別するのに少し時間を要するだろう。生々しい幻覚を見ている真っ最中に目を覚ますことになる。頭のなかを整理するのに何秒か——ひょっとしたら数分――かかるかもしれない。そうした状況で、強力な超能力者が得体の知れない超常エネルギーを注入された指輪をつけていると、短時間とはいえ、相当なダメージを受ける恐れがある。

夢の情景から一気に現実へ連れもどすことはしないとしても、ジャドソンを助けるためには物理的に接触しなければならない。ごく軽く触れるだけでもどんな反応が返ってくるかわからなかった。ジャドソンは闇の世界の奥深くに囚《とら》われている。このままでいいはずはない。

「あのね、マックス、超能力を持つ人がみんな最初に受けるべきレッスンは、自分の夢をどうやってコントロールするかっていうことなの」グウェンは静かに言った。

マックスがまたミャオと鳴いた。〝この状況を早くどうにかしろよ〟というミャオだった。尻尾を何度かひくつかせて募るいらだちを表明すると、グウェンの足元に張りついて大きな身体を脚に押しつけてきた。

ベッドの上でジャドソンがまた低いしわがれ声をもらした。周囲で渦巻くエネルギーが邪悪さを増し、いっそう危険になった。指輪から発せられるまばゆい光がどんどん熱くなる。やるしかない、とグウェンは思った。ジャドソンが夢の情景の深みに落ちこんでいくのを黙って見過ごすわけにはいかない。

腹をくくって、持てる能力をかき集めた。足元では、ぼくも協力するといわんばかりにマックスがぐいぐい身体を押しつけてくる。

おそるおそる手を伸ばし、ジャドソンの投げだされた片方のてのひらに二本の指先を触れた。

物理的な接触への身構えはできているつもりだったが、電気ショックが感覚を突き抜けたとき、悲鳴をこらえるのが精いっぱいだった。

グウェンはジャドソンの悪夢の中心部へまっすぐに向かった。

周囲をすっぽりと覆う暗闇のなかで、琥珀色の電光が火花を散らしてきらめいた。暴力と死の象徴であるぼんやりとした霧が漂っているのがわかる。不気味な紫の光を帯びたおぞましい霧が足のまわりにもうもうと立ちこめた。猫の鳴き声が聞こえた気がした。

「ジャドソン」静かに呼びかけた。「どこにいるの？」

「おれの世界へようこそ」ジャドソンの声がした。「でもきみはここへ来るべきじゃなかった」

グウェンは振り向き、電光の走る闇のなかでジャドソンをさがした……すると影のなかからこちらを見ているジャドソンが見えた。その足元には紫外線エネルギーの渦巻くプールができている。指輪のなかでめらめらと燃えさかる炎にふさわしく、瞳も熱を帯びて燃えている。

地獄に囚われた人間には見えない――この邪悪な闇の世界のなかでは、彼が支配者だ。

「あなたもここへ来るべきじゃなかったわ。これはただの悪い夢の情景。いっしょに帰りましょう」

他人の夢の情景のなかで行なわれる会話は、自分のトランス状態のなかで亡霊と会話を交わすのと変わらなかった。そのやりとりは、夢の専門家としての直感から反響となって伝わってくる。その直感は、クライアントのオーラのなかに感じられるものが土台になっている。

「そうはいかない」

「どうして？」

「ここで失くしたものがある。それを見つけなくてはならない」

「なにを失くしたの？」

「まだわからないが、見つけたらそれとわかるはずだ」

「なるほど。これがあなたの繰り返し見る夢なのね」

「ああ、そうだ。ここへはたびたび来ている」

「あなたは失くしたものをさがしにここへ来る。でも今夜は深くもぐりすぎた。わたしはこれを恐れていたの。あなたがここまで来てしまったのは、きょうルイーズ・フラーの家であんなことがあったからよ。いっしょに浮上しましょう。もう一度この夢を見る前に、感覚を回復させないと」

これがジャドソンをおもしろがらせたようだった。「わかってないな、そうだろ？　ここはおれの世界。おれの居場所だ」

「いいえ、これはあなたの夢の情景で、これは変えられるものなの。やり方を教える」

「夢の情景かもしれないが、おれの過去でもある。これは変えられない、そうだろう、心理カウンセラー殿」

「過去は変えられない。だけど、過去と向き合う少しでもましな方法を見つけることはできる」

「ふん。本物のセラピストみたいな言い草だな。しかも高給取りの。でもきみは本物じゃない、そうだろう？」

「そうよ、ただの心理カウンセラーだけど、夢の情景のなかで失くしたものを見つける方法ならちゃんと知ってる。あなたの方法はまちがってるわ」

「へえ、そうかい」うんざりしたような口調になってきた。

このままでは彼を見失ってしまう。

「いっしょに浮上しましょう。あとで、あなたがたっぷり休養をとってから、この夢の情景をさがすのを手伝うから」

「それは無理だろう」

「どうして？」

「きみの言うとおりだ。今回はやりすぎた。これほど深い場所へ来たのははじめてなんだ。でも、ここではいままで見えなかったものが見える。ひょっとしたら、今夜はさがしものが見つかるかもしれない」

「もどれなくなったら元も子もない。わたしはこれを恐れていたの。よく聞いて、コパースミス。夢の情景に深くはまりこんでしまったのは、きょうルイーズの家で超常エネルギーを使って燃えつきてしまったせいよ」

「きみもあの現場にいたはずだ。どうしておれみたいに崩壊したり燃えつきたりしないんだ？　なにか特別なすごい超能力でもあるのか？」

「いいえ、今夜わたしが元気なのは、ルイーズの家で起こった最悪の副作用をもたらす嵐から、あなたが守ってくれたから。でもあなたはみずから楯になって、ニコールとマックスと、そして自分の身も守っていた。その指輪を通して想像を絶するほどのエネルギーを集中させ、わたしたち全員を救ってくれた。でも、そのおかげで一時的に力を使い果たしてしまった。いまのあなたに必要なのはぐっすり眠ること、こんな夢の情景にはいりこむことじゃなく」

「きみまで囚われてしまわないうちに、もどったほうがいい」

「あなたをおいていくつもりはないわ。いっしょにもどりましょう、ジャドソン」

「それは無理だと思う。もう遅い」

その言葉にはなんの感情もなかった——後悔も、絶望も。天候の観測結果を報告するような、抑揚のない口調《らち》。亡霊のようだわ、とグウェンは思った。またしても背筋に悪寒が走った。このままでは埒《らち》があかない。夢の情景のなかでうさぎの穴にこれほど深くはまってしまった人を相手にしたことは一度もなかった。自分も深みから出なくてはならないが、ひとつだけはっきり言えることがある。これ以上深い場所へ行ってしまわないうちに、なんとしてもジャドソンを連れもどさなくては。

「いいえ、遅くない」グウェンはねばった。「ふたりともここから出られる。でも、それはいっしょにやらないとだめなの。今夜深みにはまったのはあなただけじゃない。あなたをさがすためにわたしまでこんなところへ来るはめになった。あなたといっしょに囚われてしまったわ」

「だからここへ来るべきじゃなかったと言っただろう」

夢のなかで聞こえるジャドソンの声に、今度は感情らしきものが含まれているように思った。怒ったような声だ。これはいい兆候だと自分に言いきかせた。

「ねえ、わたしは実際にここへ来て、そして身動きがとれなくなってるの。いっしょに来てくれなかったら、わたしはここから一生出られない」

「きみは超能力を持つ夢の専門家だ。もどれるうちにここを離れたほうがいい」

「あなたをおいてはいけない。議論してる場合じゃないの。これはよくある普通の夢とはちがう。へたをすれば昏睡状態に陥るのよ。ここを離れないと。いますぐ」

どういうわけかだんだん腹が立ってきた。夢の情景のなかでは、こんなことは起こらないはずなのに。常に客観的な観察者であり指導者であるよう訓練を積んできた。クライアントを優しく導いて、繰り返される悪夢という閉じたループのなかから出してあげるのがグウェンの仕事だった。こちらが強い感情を抱いてしまったら、夢の世界に――ひずんで混乱した映像でできた世界に、さらなるひずみと混乱を生じさせてしまう。

「簡単にはあきらめないということなんだな」ジャドソンが訊いた。グウェンの頑固さに興味を抱いたような口調だ。

「そうよ」グウェンは答えた。「自分のクライアントに関しては」

「それはおれのことか？　クライアント？」

「今夜のあなたはそれよ。わたしの手を取って、ジャドソン」きっぱりと言った。

夢時間で永遠とも思えるつらい時間が経過し、ジャドソンには応える気がないのだと思った。そのときジャドソンの手が伸びてきて、グウェンは安堵感に包まれた。その動きは、いま起こっていることを自分の意識に則して解釈したものにすぎないのはわかっていた。現実的な意味合いからすれば、グウェンもまた夢を見ているのだ。ジャドソンは浮上しはじめていた。実際にグウェンの手を取ったわけではない。それはわかっている。手を取るという行為は夢のなかの隠喩《いんゆ》だった。

そうして、ジャドソンの力強い手が、覚醒した世界でグウェンの手首をがっちりとつかんだとき、超常エネルギーと同時に物理的なショックもやってきた。その衝撃がグウェンを夢の情景から一瞬にして現実へと引きもどした。ジャドソンもいっしょにもどってきた。

彼の目が開いた。と同時に、手首を握る手に力がこもった。

「もうだいじょうぶ、ジャドソン、目が覚めたのよ」これで安心してくれればと思ってにっこり笑った。彼の超常的な夜間視力ならきっと見えるだろうと考えて。さりげなく指を動かし、手首の束縛を解こうとした。ジャドソンは手を放さなかった。燃えるような目でグウェンを凝視したまま、拘束し続けた。

「おれはきみのクライアントじゃない」ざらついた声で言った。

「目が覚めたのよ。あれはただの悪い夢。あなたの眠りがちょっと深すぎる気がして心配だったの、それだけ」

「おれは、きみのクライアントなんかじゃない」

「えっ?」

「おれはきみのクライアントじゃないと言ったんだ」

深い夢から覚めた人は、闇の世界のイメージがしばらく消えずに混乱することがよくある、そう考えてグウェンは納得した。この仕事のゴールは、夢を見た人をなだめて安心させ、通常の世界という陸までしっかりと誘導することだ。

「あなたはクライアントじゃないわ」グウェンはなだめるように言った。

「そうとも」

急に手首を引っぱられ、グウェンは足元をすくわれてベッドに倒れこんだ。その手法は柔道の技を正確にまねたものだった。いま立っていたと思ったら、次の瞬間には仰向けになっていた。影に包まれた部屋がくるりと回転した。

なるほど、これは超能力を使った夢カウンセリングでは未知の領域の新しい体験だわ、とグウェンは思った。セッションの主導権を失ってしまった。こんなはずではなかった。

体勢を立て直してこの状況に対処する戦略を練る暇もなく、ジャドソンがのしかかってきて、たくましい腿《もも》で片脚をキルトに押しつけられた。もう一方の手をつかまれて頭の横に固定され、荒々しく口をふさがれてぎょっとした。

そのキスが、文字どおり火をつけた。大気のなかで超常エネルギーが燃えだした。カーテンに着火しなかったのがふしぎなくらいだ。けれど、夢のなかのおぞましいエネルギーとちがって、これは情熱が燃えあがってできた激しい喜びの炎だった。

ジャドソンは感覚を高めつつある。グウェンもドリーム・セラピーの直後でまだ完全に充電されている。大量の熱が生みだされたのはそのせいだ。それでも、グウェンに衝撃と感動を与えたあの超自然的な深いつながりのすばらしい興奮がよみがえる。ゆうべふたりのあいだに起こった名状しがたいできごとが、今夜ふたたび起ころうとしていた。直感が警告してくる。ジャドソンといっしょに過ごす時間が長くなれば――情熱的なセックスだけでなく、お互いのオーラの射程内にいることも含めて――それだけ離れがたくなってしまう。少なくともこちらにとっては。

ジャドソンが手首をつかんでいた手の片方を放して、グウェンのローブのひもをほどいた。てのひらで乳房を包みこむ。唇が喉元へ降りていった。

グウェンはジャドソンのTシャツの下に手を滑りこませ、筋肉の張りつめた背中に爪を立てた。超常エネルギーの熱で身体がほてっていた。

「ジャドソン」グウェンはささやいた。

「クライアントじゃない」ジャドソンがうめき声をあげた。「言ってくれ。クライアントじやないと」

「クライアントじゃない」グウェンは息をあえがせた。「クライアントのはずないでしょ、わたしクライアントとは絶対に寝ないから」

「そうだ。きみはクライアントとは寝ない。いまきみが寝てる相手はおれだ。おれだけだ」

ナイトガウンの胸元をはだけ、激しく狂おしいほどの敬意をこめて乳房にキスをした。敏感な乳首に舌が触れるとグウェンは小さく叫んだ。ジャドソンがもう一方の手首を放して、ズボンのジッパーをおろす。もどかしげな手つきでナイトガウンの裾を腰までめくりあげた。その手が腿のあいだに差しこまれる。

「熱くて濡れている」喉元でささやいた。「きみのそういうところが好きだ」

グウェンも手を伸ばして彼のものを指で包みこんだ。「熱くて硬い。あなたのそういうところが好きよ」

ジャドソンの笑い声は低くて邪悪で不埒《ふらち》だった。「おれたちはいいコンビだな、ドリーム・アイ」

そうかもしれないし、ちがうかもしれない、とグウェンは思った。これは愛じゃない。恋に落ちる暇などなかった。超常エネルギーの炎に包まれて危険を共有し、悪夢のなかでセラピーを体験したことによって絆《きずな》が生まれ、それが燃料となった、これは単なるむきだしの欲望だ。今夜は自分の気持ちを信用してはいけないとわかっていたけれど、この激情のさなかにそんなことは考えられなかった。

ジャドソンがズボンを脱いでふたたび身体を重ね、一撃で深々と押し入ってきた。グウェンはその身体を引き寄せてしっかりと包みこんだ。

たちまち快感の波が全身に押しよせる。ジャドソンが低くうめいてグウェンのあとから崖を飛び越え、ふたりを待ち受ける泡立つ海へと飛びこんだ。

28

ネット上の釣り場で今夜は収穫があった。新しいクライアントの育成は順調に進んでいる。あの女の九十二歳になる義理の父親は健康そのもので、どう見ても百歳まで持ちこたえそうな気配だ。相続人たちにとってはあいにくだが、この老人は相続財産をどんどん食いつぶしている。このままでは寿命がくる前に金が底をついてしまうだろう。息子の嫁にはそれが悩みの種だった。息子夫婦は自分たちの老後資金として父親の遺産をあてにしている。なんとも不公平な話だ。サンデューはそう理解している。なんといっても、その老人はぜいたくな暮らしを楽しんでいるわけではないのだ。車の運転も、大好きなゴルフも、数年前にあきらめざるをえなかった。いまは高級老人ホームで、だれも面会に来てくれないと嘆きながら、日がな一日、ほかの入居者たちとカードをしたりテレビを観たりしている。そうこうするうちに、息子とその嫁の目の前で相続財産はどんどん目減りしていく。

老人が死ねば、状況は一変するだろう。

最初にこのビジネスを立ちあげるとき、サンデューは準備に何カ月も費やした。そこには、クライアント候補の身元を確認するためだけに長時間ネットで調査をするという作業も含まれる。次はその候補者たちにある考えを吹きこむという手間のかかる仕事が待っていた。相続に関する悩みが魔法のように消えてなくなるかもしれない――金次第で――という考えだ。

近ごろはこのビジネスも、調査の必要やリスクが減って効率がよくなった。よくあることだが、口コミがなによりの広告であることが判明したのだ。ネット上でささやかれる声の効果は絶大で、チャットルームへやってくるクライアント候補は後を絶たない。

もう金が目的ではなかった。いまのサンデューは趣味を支えるために働いている。

いつのまにか〝委託殺人ゲーム〟は純然たる快感となっていた。

つい最近まで、オレゴンのウィルビーは狩りの合い間を過ごす理想的な隠れ家だった。たしかに、二年前の大騒動であやうく身の破滅を招くところだったが、グウェン・フレイザーが町を去ったあと事態は収束した。それから、イヴリン・バリンジャーが疑いを抱きはじめたことがわかった。その問題はあっさり片づけられたが、ここへきてその状況が崩れはじめたのだ。

あの女がまた町へやってきて、しかもひとりではなかった。

グウェン・フレイザーひとりならどうということはない。取るに足らない低レベルの能力者で、ただオーラが見えるだけ――大きな破壊力を持つ武器とは言えない。二年前にあんなことがあったとはいえ、あの女はどう見ても本物の脅威にはならない。どのみちあの女はどうにでもなる。

だが、コパースミスの登場で事態はややこしくなった。あの一家には影響力があり、息子にして企業帝国の後継者のひとりがウィルビーのような田舎町で死んだりしたら、大きな騒ぎになるのは避けられない。あれこれ疑惑も招くだろう。

コパースミス一家にもどうやら多くの秘密がありそうだ。しかも、一家はその秘密をかなり巧妙に隠している。

秘密というのは常に興味深い。サンデュー自身の家族にもたくさんの秘密がある。そして彼らも、コパースミス一家に劣らず、秘密を隠すのが巧みだった。

29

夜が明ける少し前に目覚めたジャドソンは、殺人犯の気持ちがわかったという確信を得た。

〝おまえが何者か、どうして殺しをするのか、わかったぞ、悪党め。また一歩近づいた。もうじきだ〟

キルトをはねのけ、ベッドの端で身を起こした。身につけているのはブリーフだけ。夜の記憶がどっとよみがえった。またあのろくでもない夢を見た――今度はとてつもなく深い場所まで行ってしまったらしい――が、グウェンが引きもどしてくれた。気に入ろうと入るまいと、いっとき彼女のクライアントになってしまったのだ。

ホルスターと拳銃に手を伸ばした。結局のところ、大事なのは、グウェンに夢のなかから引っぱりあげられたあと、ふたりがまた恋人にもどれたことだ。

ふたりの部屋を隔てるドアは開いている。

ズボンをはいて、そのドアに向かった。グウェンはナイトガウンとローブという恰好のままだったが、ベッドにはいなかった。椅子のなかで身体を丸めて枕に頭をのせていた。目は閉じている。マックスはグウェンの腿の横にすっぽりおさまっていた。半開きの目でこちらをにらんでいる。

「悪いな、相棒」ジャドソンは声をひそめて話しかけた。「おまえのほうが先に出会ったからって権利を主張しようなんて思うなよ」

マックスが動じたようすはなかった。グウェンを抱きあげてベッドへ運ぼうか、それとも毛布をかけてやろうか、と考えていたとき、彼女が目を開けた。

「目が覚めたのね」

「きみも」

「気分はどう?」

「いいよ」いったん言葉を切り、言うべきことを口にした。「礼を言うよ。ゆうべきみがあの夢から引っぱりだしてくれなかったら、けさこんな会話もできなかったかもしれない。借りができたな」

グウェンが眉を吊りあげた。「いいえ、借りならこっちのほうが多いわ。この件に関してわたしたちはパートナーよ。きのうはあなたがわたしを救ってくれた、ニコールもマックスも。ゆうべはわたしがあなたの力になれた。そうするのがパートナーってものでしょ。あなたはわたしを支える、そしてわたしはあなたを。お互い相手を見捨てたりしない。そうすればうまくいく」

ジャドソンは火のほうへ近づいた。「そういうことがわかるようになったのは、サマーライト・アカデミーでアビーやニックと過ごしたからか？」

「ええ」

グウェンを見ているうちに、だんだん納得してきた。パートナー。恋人。クライアントではなく。それならやっていける。

「ああ。お互い相手を見捨てたりしない。絶対に」

「よかった、話がついて」にっこり笑って伸びをした。「あなたが眠ってるあいだにいろいろ考えてみた」

「おれも、目が覚めたとき考えたことがある」狩りの冷ややかな興奮がみなぎってきた。「おれには犯人のことがわかるんだ、グウェン。名前や身元じゃない――いまはまだ――だがやつのことが手に取るようにわかるし、殺す理由もわかる」

グウェンの瞳が興奮に輝いた。ジャドソンがなにを感じているのか、しっかり理解しているのがわかる。自分がこうした昂揚感に少しばかり夢中になりすぎていることを、グウェンが受け入れてくれていることも。

「目覚めたとき直感的にひらめいたの？　詳しく話して」

「おれたちが相手にしているのはザンダー・テイラーのカメラを手に入れた模倣犯だという前提でここまでやってきた。だが、いま起こっているのはそういうことじゃない。犯人はプロだ」

「プロ?」グウェンは真顔になり、折り曲げていた脚を伸ばした。「犯人は殺し屋ということ?」

急な動きでマックスが目を覚ました。不満の声をあげて起きあがり、椅子から飛び降りた。どすんと音を立てて床に着地し、部屋の向こうへ歩いていった。窓枠にひらりと飛び乗り、朝焼けに染まる世界をじっと見つめる。

「イヴリン・バリンジャーとルイーズ・フラーを殺したやり口からは、プロがきれいに後始末をしたような印象を受ける」ジャドソンはグウェンの向かいの椅子に腰をおろした。「現場でおれが感じた、コントロールされたエネルギーも、それで説明がつく。プロは標的を始末するときに昂揚感を覚えるものだが、それを制御する方法も知っている。いかれた連中にもそれなりの流儀があって、それぞれに異なる名刺を残していく」

「痕跡を残さずに人を殺せる、水晶の武器を持った超能力者の殺し屋」グウェンは前かがみになり、腕を組んで膝にのせた。炎をじっと見つめる。「どっちを相手にするのがより怖いのかよくわからない。異常な連続殺人犯か、お金目当ての殺し屋か」

「異常者ならすぐにつかまる」

ちらりと視線があがった。「どうして?」

「異常者は往々にしてへまをするから。プロは熱気が冷めればすみやかに姿を消し、必要なだけ潜伏するすべを知っている。プロは複数のIDと、カリブ海の名もない島に隠れ家を複数持っている。プロをつかまえるのは至難の業だ」

グウェンが顔をしかめた。「でも、このプロはあきらかに北西部の名もない町に住んでるわ」

「原則としては同じだ」

「でも、プロは行き当たりばったりに人を殺したりしないでしょう。それとも、するの?」

「しない。当然ながら、連中が仕事をするのは、金のためか、自分自身の秘密を守るためだ。動機からわかることは多い。おれたちの見立てが正しければ、イヴリンが殺されたのは、たまたま犯人の職業を知ってしまったからだ。そこで次に見つけるべきは、ルイーズが殺された理由だな」

グウェンが腕組みをほどいて椅子にもたれ、肘掛けにこつこつ指を打ちつけた。「わたし、超常武器の技術には疎いけど、たしか犯人が使ってる武器は水晶をベースにしたなんらかのテクノロジーを利用したものだと言ってたわね」

「それはあくまでもおれの仮説で、根拠は被害者たちが殺されたときに犯人が立っていた場所だ。それ以外の方法では、今回の殺しの実行は不可能だったと思う」

「こうも言ってた。超常エネルギーを持つ水晶を使ったハイテク装置の大半は——あなたのつけている指輪はたぶん例外でしょうけど——最適なパワーを維持するために定期的なチューニングが必要だって」

血管のなかにアドレナリンがあふれた。

「犯人には水晶をチューニングできる人間が必要だった」ジャドソンは静かに言った。「ルイーズはやつの超常武器のいわばIT部門だった。彼女は犯人の武器に使われている水晶をチューニングしていた。きみの考えているのはそういうことか?」

「そういうこと」

「すばらしいよ、グウェン。気に入った。すごく気に入った」

「わかったから、落ち着いて。わたしの説にはひとつ欠陥がある。犯人が仕事を続けるためにルイーズを必要としていたのなら、どうして殺したりするの?」

「そうするしかないという結論に達したんだ。さっき言ったように、この犯人はプロで、プロの考え方をする。やり残した仕事はきっちり片づける。ルイーズはこの男のことを知りすぎていた。だからおれたちが話を聞きにいく前に始末しなくてはならなかった」

「犯人は町を離れるつもりで痕跡を消してしまったかもしれない。もしかしたら、もうとっくにいなくなってるかも」

ジャドソンはちらつく炎を眺めながら、殺害現場からわかったことについて考えた。「そうは思わないな。熱気が冷めればいずれ町を離れるにしても、おれたちがここにいるあいだは、必要に迫られないかぎり行方をくらますことはないだろう」

「どうして?」

「ここはごくごく小さい町だ。そいつが地域社会に溶けこんで暮らしている場合、突然姿を消したりしたら、町の人たちはみんな、オクスリー署長も含めて、かならず気づく。みんなが疑念をいだく。プロならむしろそういう事態はできるだけ避けたいだろう」首を振りながら、殺しの現場で直感的に見抜いたことをまた反芻《はんすう》した。「犯人の狙いは、イヴリンとルイーズがふたりとも死んで、おれたちの調査が行きどまりになることだ」

「だとしたら、これからどうする？」

「犯人の身になって考えてみよう。ひとつ確実にわかっていることがある」

「なに？」

「いずれ、やつには水晶をチューニングする別の人間が必要になる」

30

電話が鳴った。ジャドソンはベルトから電話を抜き取り、発信者を一瞥《いちべつ》してから応答した。

「なにかわかったか、ソーヤー」

「犯人はプロだね」ニックが言った。「金を受け取ってる」

「じつをいうと、そこまではもうわかった」

「すごいな、あんたシャーロック・ホームズか」

「きみの非凡な才能と腕があれば、もう少し詳しい情報が得られるはずだ。ほかには？」

「いろいろあるよ、この非凡な才能と腕のおかげでね。まずは、あんたの言うとおりだったよ、犯人の標的は超能力者じゃなかった。被害者は全員、超自然にはなんの関心もなかった。なんらかの超能力があると主張する人もひとりもいなかった」

　その口調に含まれるかすかな興奮に、ジャドソンはにやりと笑った。ソーヤーと自分には思った以上に共通点があるようだ。

「だったら被害者全員の共通点はなんだ?」

「いろいろあるなかで最大の要素は——お金。六人のうち四人は高齢と言っていい。残りのふたりは長らく持病を患っていた。六人全員が、多額の相続財産と生命保険の両方もしくは片方をあてにしてる者にとっては、厄介な存在だった」

「相続人を調べよう」

「もうはじめてるよ、これも非凡な才能と腕のおかげさ。何人か調べてみたんだ。最後の被害者の四十八歳になる息子が、つい最近、海外の銀行口座にかなりの額を送金してる。その同じ口座に、別の被害者の甥からほぼ同じ金額が支払われていた」

「いいことを教えてやろう。きみはなかなか優秀だ、ソーヤー。うちの母と会って話せば気が合うにちがいない」

「あんたの母上とはもう会って話したよ。言っとくけど、ぼくも結婚式に参加するんだ。すごくいい人だね。母上もジラールも、ぼくの趣味がいいって褒めてくれた。テーマカラーに濃いすみれ色と金色を提案したのはぼくなんだ」

「それはなによりだ。だが、母と気が合うと言ったのはそのことじゃない。金の動きを追うことにかけては、おれの知るなかで母の右に出る者はいない。その方面の特殊な能力があると思うんだが、本人は超能力を信じていない」

「まさか」ニックが鼻で笑った。「あんたたち三兄妹を育てておきながら?」

「三人とも単に直感が鋭いだけだと思いたがっている」

「まあ、気持ちはわかるよ。そう考えるほうが、子供たちが変人ぞろいだと思うよりずっと気が楽だろうしね」

「そんなところだ」

「それが母親ってもんだよ、自分の子供のこととなるといつだっていい面を見ようとするんだ」そう言ったニックの声はひどく暗かった。

電話の向こうでふいに垂れこめた沈黙を押しやって、ジャドソンは続けた。「おれが言いたかったのは、この件できみと母が一日午後をいっしょに過ごせばかなり有益だろうってことだ。ウィルビーの住人で大金を動かしている者がこの件にかかわっていないかどうかもきっとわかる」

「ふたりでくまなく調べろって？　ヒッピー崩れとか、万年落ちこぼれとか、売れない芸術家とか、各種のはみだし者とか、そんなのがうじゃうじゃしてる町を？　午後どころか、何日もかかるよ」そう言いつつも、また興味がわいてきたようだった。

「イヴリン・バリンジャーの研究に加わっていたメンバーのリストをグウェンにまとめてもらう。名前がわかったらすぐに連絡する」

「電話を楽しみに待ってるよ。それはそうと、あんたが興味を持ちそうな事実らしきものを見つけた。被害者のなかに超自然に興味を持ってた人がだれもいないのはたしかだけど、なかのふたりに関してちょっとしたことがわかった。殺しが行なわれるひと月前に、相続人たち――一件は甥、もう一件は息子の奥さん――が、心理カウンセラーがネットで主催するチャットルームにはいってたんだ。それまでは、その甥も奥さんも、超能力や占いやタロットカードにはなんの興味もなかったのに」

電話を握る手に力がこもった。「どうしてそれを先に言わないんだ」

「おいしいものは最後にとっておきたくてね」

「その心理カウンセラーの名前はわかったのか？」

グウェンの目が大きくなった。

「ネット上の名前は、モウセンゴケ《サンデュー》。訊かれる前に言っとくけど、モウセンゴケは食虫植物なんだ。かっこいいだろ？ ほかのラッキーな相続人たちも、殺しの前にサンデューと連絡をとってなかったか、調べてみたらおもしろいと思うな」

「ああ。非常におもしろい。そのサンデューの情報はどうやって手に入れたんだ？」

「いま言ったふたりのコンピューターをちょっとのぞかせてもらった」こともなげに言った。「自分のパスワードをそこらにメモしてる人はあきれるほど多いんだよ」

「言っておくが、今回の調査にからんできみが逮捕されたりしたら、非常に厄介なことになるんだぞ」

「言われるまでもないよ」また冷ややかな暗い声になった。「ちゃんとわかってるさ。ぼくがつかまったら、コパースミス一家はぼくのことなんか知らないって言うんだろ」

「きみのことなんか知らないふりをしたいところだが、そうはいかないんだ」

「ほんとに？」

「ああ。なにはともあれ、きみはもううちの〝友人・家族〟枠にはいっている。きみが結婚式でアビーをエスコートできなくなったら、おれが母にぶち殺される。万一警察ともめるようなことがあったら、黙秘して、おれに電話しろ」

「そしたらどうなるんだい?」不本意ながら興味津々の口調だ。

「コパースミス社は弁護士の一団をかかえている、超一流の弁護士たちだ。無茶なことをする連中の面倒をみてくれる。そう長く勾留されることはないはずだ」

「よかった」

「もっとも、そもそもきみがつかまるようなへまをしないでくれたら、おれの人生ははるかにシンプルになる」ジャドソンは警告した。

「まあ落ち着いて、いままでつかまったことなんかないんだ。前科なしの完璧な経歴にいまさら傷をつける気はないよ。じゃあ、母上と協力して調べるからリストを送って。それからグウェンのことをくれぐれも頼んだよ。彼女の身になにかあったらただじゃおかないから」

「了解」

ジャドソンは通話を切り、グウェンを見た。「どうやら心理カウンセラー全員がみずからの高い倫理規範にのっとって行動しているわけでもなさそうだ」

「許せない」とグウェン。「心理カウンセラーの殺し屋なんて、この業界の面汚しもいいところよ」

31

グウェンは、ジャドソンがコーヒーポットを手に取って水を入れるためにバスルームへはいっていくのを見ていた。ひょっとしたら餌の皿にお代わりを入れてもらえるかもしれないと期待して、マックスがあとにくっついていく。

「そのサンデューとかいう男はチャットルームを利用してお客を釣っているんだと思う？」グウェンは訊いた。

「そう考えるのが妥当だな」ドアの向こうから返事があった。「ネットの口コミで客の予備軍が集まってくるんだろう。やつは匿名でその人たちのことを訊きだして、見込みがありそうな客を選んで連絡をとり、個人的にサービスを提供しましょうと持ちかける」

「ウィルビーでは犯人のビジネスモデルを狂わせたかもしれないけど、わたしたちが阻止しなかったら、そいつはこれからも殺しを続けるんじゃない？」

「まちがいなく」ジャドソンがバスルームから出てきて、コーヒーメーカーに水を注いだ。ポットをプレートに置き、あらかじめ量っておいたコーヒーの粉をマシンに入れる。「やつはもう病みつきになっている。おそらくずっと前からそうだったんだろう」

グウェンは身を震わせた。「でも、さっき犯人はプロだと言ったじゃない、お金のためにやってるって」

「だからといって、その仕事が、とくに殺しで得られる昂揚感が、病みつきになっていないとはかぎらない」

お代わりは期待できないとあきらめたマックスが、ベッドにひらりと飛び乗った。身を落ち着けて半分目を閉じる。

グウェンは神経を凍らせる寒気を懸命に抑えた。「殺しが病みつきになっているとしたら、サンデューはただの連続殺人鬼と変わらない。たとえ本人がプロのつもりでいても」

ジャドソンがコーヒーメーカーのスイッチを押した。「よくいるモンスターのひとりということだ」

「いいわ、そいつが水晶の新しいチューニング係をさがしているとしましょう。ルイーズの後釜をどうやって見つける？　水晶をチューニングできる人をネットや電話帳で調べてさがせるとは思えない。少なくともわたしは無理だと思う」

ジャドソンはポットのなかにコーヒーが落ちていくのをじっと見ている。マシンが水晶玉で、そこから秘密が見えてくるといわんばかりに。「おれが犯人なら、たぶんこう思いつく。糸口となる手っ取り早い情報源はイヴリンのファイルじゃないかと」

グウェンは眉を吊りあげた。「そんなこと思いつくの？」

ジャドソンは顔をしかめた。「すまない。しばらく自分が悪党になったつもりで考えていたんだ。長年の癖でつい」

「あやまらないで」あわてて言った。「悪党の頭のなかをのぞこうとするとき、あなたは本気で悪党のような考え方をしてるわけじゃないから」

「そうなのか？」おもしろがっているような口調だった。

「そうよ。あなたは善良な調査員の考え方をしている。持って生まれた本能に従って行動してるだけ——悪党どもをつかまえるという」

「よかった。その説を心のよりどころにしよう。ところで、イヴリンは二年前に実験の対象者をどうやって見つけたんだ？」

「そう訊かれると思った」グウェンは大きな深呼吸をひとつした。「イヴリンはサマーライト・アカデミー時代の自分のカウンセリングを記録に残していたの。記録はコンピューターに保存されていた。そのファイルがあれば、超能力者をきちんと分類した一覧表が手にはいる。考えただけでぞっとするわ、サンデューがなんの罪もない人にこっそり近づいて強引に自分の武器をチューニングさせるかと思うと」

「やつにそんなことをするチャンスはない。おれたちが阻止するから」

「阻止できると本気で思ってる？」

「ああ。おれたちなら阻止できると本気で思っている。それも、すぐにだ」

コーヒーの抽出が終わり、ふたりはしばらく黙って飲んだ。それから、グウェンはカップをおろした。

「でもまあ、そう簡単には見つからないでしょうね」

ジャドソンがこちらを向いた。「サマーライト・アカデミーにいた超能力者たちのことか？」

「そう。前にも言ったけど、わたしたちの大半があそこでひとつ学んだのは、いかにしてなるべく目立たずに普通の人のふりをするか、ということよ。そのためのレッスンを学ぶ段になると、本当に危険な能力を持つ生徒たちは驚くほど巧みだった。でも、なかには自分の能力の出現に圧倒されてしまう子や、精神的にもろすぎて自分の能力を扱えない子もいた。何人かは結局、施設に入れられた。ホームレスになった子もいる。ただ行方をくらましてしまった子も。サンデューがあのファイルから水晶をチューニングできる人間を見つけるのは相当厄介な仕事になるはずよ」

「きみは普通の人として充分に通用する。どうしてこの業界の主流派に加わらなかったんだ？　きみの能力を使えば、かなりの成功をおさめられただろう。超一流の精神科医として、一時間に数百ドルは稼げたはずだ。医者として有能なのは超能力のおかげだとだれにも明かす必要はない」

グウェンは苦笑した。「要するにあなたが訊きたいのは、立派な肩書をいくつも持てたかもしれないのに、庶民派の心理カウンセラーを名乗っているのはなぜか、ということね」

「断っておくが、〝庶民派〟とは一度も言ってない」

「そうね。答えはふたつある。ひとつは、過去を切り捨てるのは容易じゃないってこと。その過去にサマーライト・アカデミーみたいな場所が含まれているとね」

「新しい身分証があればすむ話だろう」

「たしかに、ニックに偽の身分証を作ってもらおうと思えばできた。どこかのご立派な学校の成績証明書までそろってるやつをね」グウェンも認めた。「現にそうしようと言ってくれたことも何度かあった」

「ニックは万能だな」

「そうよ」誇らしさで胸がいっぱいになった。「ニックの才能はほんとにすごいの。じつを言うと、その申し出を受けようかと思ったこともたびたびあった。でもね、そうやって、自分じゃないなにか、いえ、だれかのふりをしながら残りの人生を生きたくなかったの」

「たぶんつらい人生だったろうな」

「嘘がばれないように、まわりじゅうの人をだまさなきゃならない。一日二十四時間、週に七日間、来る年も来る年も。そのうち耐えられなくなってたと思う」

「証人保護プログラムに組みこまれるようなものか」

「想像してみて、友情や愛情を失うのが怖くて、自分の本当の過去を親友にも恋人にも打ち明けられないなんて。信頼して自分の本当の姿を見せられる相手がこの世にひとりもいないなんて」

「うちの家族は二世代で秘密を守ってきた。当分は守り続ける必要があると思う」

さらりと言われて、グウェンは驚いた。

「そうね。あなたもご家族も、秘密を守るのがどういうことか実際に経験している。例のフェニックス鉱山から出た水晶のこと――」

「水晶のことだけじゃない。サムはアビーと結婚する。ふたりともいずれは子供が何人かほしくなるだろう。ふたりとも高い超能力を持っている。超能力の遺伝学については詳しくないが、次世代に能力が受け継がれる確率はかなり高い。みんなで子供たちを守って、その子たちが自分の能力と折り合いをつける力になってやらなくてはならない」

「いままで考えてもみなかったけど、地位も財産もあるコパースミス家の一員といえども、超能力があると、普通の人のふりをすることを学ばないといけないのね」

「そうだ、普通の世界で事業を営もうと思えば。しかもコパースミス社はかなりの大手だ」

グウェンはにっこり笑った。「そのようね」

「結局のところ、おれたちはみんな、生きているかぎり暗闇の世界から完全に出ることはできないし、同じことは子孫についても言える。世間が超能力者を普通の人間として扱うようになる日が来るのか、来るとしたらいつなのか、それはだれにもわからない」

「でも、あなたの場合は秘密を守るのに協力してくれる家族がまわりにいる」

「きみ自身の家族についてわかっていることは？」

「血のつながった家族のこと？　あまりないわ。両親が交通事故で亡くなったあと、わたしは叔母に引き取られた。ベス叔母さんはとてもいい人だったけれど、とても信心深い人でもあった。わたしの超能力が発現しはじめたとき、叔母さんは……怖がった。悪魔に取りつかれたと本気で思ったみたい。何度も教会へ連れていかれた。それでわたしも意味がわかって、治ったふりをした。だけど、まだわたしに幻覚が見えることを叔母さんはまちがいなく知っていたと思う。死の床で最後にこう言ったから。〝だれにも言ってはだめよ〟って」

「悪くないアドバイスだ、その状況では」

「ええ、そのとおり。だからわたしはそのアドバイスに従った。だけど、いろいろあって結局はサマーライト・アカデミーにはいったの」

ジャドソンは眉をひそめ、ふいに思案顔になった。「どうしてそんなことができたんだ？えらく金のかかる寄宿学校だったそうじゃないか。サムから聞いたが、アビーの親は娘をあの学校へ送りこむために大金を積んだらしい」

「わたしはニックと同じ方法で。わたしたちにかかる費用は特別な慈善団体によってまかなわれていると聞かされた。あなたたちは幸運よ、って。イヴリンが本当のことを教えてくれたけどね。ソーシャルワーカーや精神科医といった人たちが、ある種の兆候を示す問題児がいたら評価のためにサマーライト・アカデミーへ送るよう奨励されていたの。その子が入学基準に見合っていれば、受け入れられて、費用は全額免除される。あの学校には少なくともひとり、もしかしたら複数のカウンセラーがいて、あきらかに超能力があるとわかる生徒を積極的に集めていたって、サムが言ってた」

「この任務が終わったら、学校の古いファイルのコピーがどこかに出まわってないか調べてみよう。そんなものが超能力者狩りに利用されたらたまらない」

その言葉で感覚に氷水を浴びせられたような気がした。グウェンは椅子のなかで背筋を伸ばし、指で髪をかきあげた。

「ちょっと失礼して、シャワーを浴びてくる。長い夜だったから。朝食に行く準備をしないと」

椅子から身体を持ちあげた。ところが、ジャドソンが先に立ちあがって行く手をはばんだ。あごに力がはいり、目が燃えている。

「いったいおれがなにを言った?」

グウェンは踏ん張った。〝弱みを見せてはだめ〟

平然とよそよそしい笑みを浮かべた。「なんの話かしら」

「ごまかさないでくれ」両手がグウェンの肩をつかんだ。「おれがなにか言ったから、それできみはいきなり冷ややかな態度をとった。おれがなにを言った?」

「ごめんなさい」さりげなくよそよそしい口調のまま言った。「なんでもないの。現実に目覚めただけ」

ジャドソンが手に力をこめてグウェンを引き寄せた。「ちゃんと話してくれ、グウェンドリン・フレイザー。おれには超能力があるかもしれないが、きみの心は読めない」

「わかったわ」語調をやわらげた。機嫌を損ねた理由がジャドソンにはまるでわかっていないことがはっきりしたから。じつを言えば、傷つく理由などなにもなかった。「あなたにとってこれは短期の任務だってことを思いださせてもらったから、それだけ。あなたはサムとアビーに頼まれてここへ来た。事件を解決したら、次へ進む」

事情がわかってジャドソンが衝撃を受けているのがありありとわかった。目が細められた。

「そういうことか」両手を上にあげてグウェンの顔を包みこんだ。「この場ではっきりさせておこう。この任務は短期で終わるはずだ。そうなることを切に願うよ、殺人犯が野放しになっている以上は。でも、おれたちのことは短期にしたくない。おれにとっては、単なる週末の遊びじゃないんだ」

押し寄せた安堵感はあまりに大きく、ジャドソンの支えがなかったら、へなへなと椅子にくずおれてしまうところだった。そんなに大喜びしてどうするの、と自分を戒めた。きょうのところはこれでよしとしよう。

グウェンは咳払いをした。「あなたがどういうつもりで言ったのか、よくわかってなかった。このところ少しばかりぴりぴりすることが続いたから。こういう状況になると、つい感情が先走ってしまう。判断力が鈍る。直感があてにならない」

「そうかな。きみはこういう状況をさんざん経験してきていると思うが」

思わずむっとした――われながら気分の変化が速すぎる。これこそ過剰反応だ。

「言いたいことはわかるでしょ。だって、わたしたちほとんど他人も同然なのよ」

「おれたちはパートナーだときみは言った」

「ええ、言った」急いで付け加えた。「いまのところはね」

「ベッドをともにするパートナー。それをなんと呼ぶか知ってるかい？」

「いいえ」

「恋人同士と呼ぶ」

グウェンは息をのんだ。「恋人同士？」

「そう、恋人同士」

次の言葉を発する暇もなく、ジャドソンがキスしてきた。愛情のこもった長いキス。グウェンが吐息をついて身体の力を抜くまで続いた。解放されたときには、ふたりとも息が荒くなっていた。

「恋人同士だ」事実を宣言するように、ジャドソンが繰り返す。

「わかった」グウェンは深く息を吐きだし、一歩さがった。「恋人同士ね」

満足げな顔になった。「話がついてなによりだ」

「ほんと」グウェンはバスルームへ向かった。「男は意思表示が苦手だなんてだれが言ったの？」

グウェンはしっかりとドアを閉めて鍵をかけた。

32

マックスの小さな鳴き声に警戒心を覚えたのは、ジャドソンが朝のシャワーを浴びてバスルームから出てきたときだった。猫はグウェンの部屋にいる。

大気のなかでエネルギーのほんのわずかな動きがあり、水没した洞窟から自分を導きだしてくれた地底の川の流れを思いださせられた。表の廊下にかすかな足音が聞こえ、ジャドソンは時間を確認した。まもなく七時になる。

廊下の先で階段室へ通じるドアが閉まるくぐもった音がした。

マックスがもう一度、さっきより切迫した声で鳴いた。

クローゼットから洗いたてのシャツを取りだし、隣の部屋との境にあるドアへ向かった。グウェンの大きなベッドの向こう側で、マックスが廊下に通じるドアに向かってうずくまっている。

グウェンが着替え用のコーナーからジーンズのボタンをとめながら出てきた。

「マックスはなにを訴えてるんだ？」

「さあね」グウェンがドアのほうへ向かった。「さっき、あなたがシャワーにはいってるときに鳴きだしたの。おなかがすいたのかもしれない。先にこの子に餌をやって、それから朝食に降りていきましょう」

ドアの向こうをしきりに気にしていたマックスは、急に興味を失ったようだった。立ちあがって小走りでグウェンのほうへ行き、盛大に喉を鳴らしてあいさつした。グウェンがかがんで手を伸ばし、耳の後ろをかいてやる。

「こいつはさっき廊下を通った足音を聞いたんだ」

「どうしてわかるの？」

「おれも聞いたから。だれだか知らないが、ホテルの裏側の非常階段を降りていった」

グウェンは身を起こした。「泊まり客が早朝のランニングにでも出かけたんでしょ」

「かもしれない。ちょっと見てくる」

ジャドソンは背を向け、自分の部屋のドアを開けて廊下に出た。壁のランプが暖かな金色の光を放っている。床に泥の足跡が残っているのに気づき、それをたどって階段室のドアまで行った。

非常口のドアを開けた瞬間、階段の下で一階のドアが開閉する音がした。

廊下を引き返し、自分の部屋にもどった。グウェンが待っていた。

「どうだった？」

「訪問者は外からやってきた。絨毯《じゅうたん》と階段に彼女のつけた泥の足跡がある」

グウェンがびっくりしている。「超感覚でその人が女性だってことまでわかるの?」

「いいや、ずるをして普通の感覚を使った。足跡は女性のものだ。非常階段をあがって、きみの部屋のドアまで来て、それからまわれ右をして同じ階段を降りていった。きみの部屋を調べてみよう」

隣の部屋へ行って、マックスがうずくまっていた場所をよく見ようと、ベッドをまわりこんだ。そこまで行くと、部屋の反対側からは見えなかったものが見えた。

封筒が一通落ちている。

拾いあげた。

「メッセージを残していったようだ」

「たぶん部屋代の請求書でしょ。朝食のついでに払うわ」

「部屋代の請求書じゃない」封筒の表には住所も名前も書かれていないが、紙にしみついている不安が感じ取れた。

封を開けると、出てきたのはあの写真だった。

グウェンがそばに来て隣に立った。

「イヴリンの遺体のそばに落ちていたのと同じグループ写真ね。調査研究の対象だった七人の写真」顔を近づけてもっとよく見た。「わたしの顔が丸で囲んである」

ジャドソンは写真を裏返し、そこに書き殴られたメッセージを読みあげた。「〝次はおまえだ〟」

33

「ほんとにまちがいない？」グウェンは訊いた。

「ほぼまちがいない」ジャドソンが答えた。

グウェンは感覚を少しだけ開放し、ＳＵＶのエンジンを切ったジャドソンのオーラを観察した。アドレナリンと超常エネルギーの入りまじった興奮状態にあるのはまちがいない――不愉快な印のつけられた写真入りの封筒を開けて以来ずっとこの調子だった。とはいえ、いつもどおり自制心は完全に保たれている。

ジャドソンはしばらく無言ですわったまま、車の前の霧に包まれた濃く茂る樹木をじっと見ていた。木の向こうに〈ハドソン・フローラル・デザイン〉の裏口のドアがある。後部座席では、修理したばかりのキャリーのドア越しにマックスが外をにらみつけている。

雨はあがっていたが、川から立ちのぼる朝霧は音をこもらせ、視界を狭めていた。自分のように通常の聴力と視力を持つ者に霧は少なくともこんな影響を及ぼすのか、とグウェンは思った。

「なにが見える？」とジャドソンに尋ねた。

「えっ？」ジャドソンがちらりとこちらを見た。ごく少量の超常エネルギーで瞳が光っている。

「霧のなかでも見えるのかなと思って」

「きみとおれはものの見え方がちがうことをときどき忘れるんだ。だいじょうぶ、うっかり木のなかや自分の脳のなかにはいりこんだりはしない」

「そんなこと思いつきもしなかった」顔をもどして、また外の景色を眺めた。「はっきり言って、この状況で自分たちのしてることがほぼまちがいないと言われても、とても安心する気にはなれない。彼女が古いライフルを持ってることを忘れないで」

「だからきみはホテルで待っていてもいいと言っただろう」ジャドソンが念を押す。

グウェンは聞き流した。「まずオクスリー署長に話したほうがいいんじゃない」

「話しても無駄だ」

「あなたがつかまったら面倒なことになりかねない」

「おれはつかまらない。でも万一のときは、すぐ父に電話してくれ」

思わず笑いそうになった。「ニックへのアドバイスとそっくり」

「この状況ではそれが最善のアドバイスだからだ」

「すごーい」グウェンは指をぱちんと鳴らした。「どんなささいな問題もたちどころに解決してくれる、そんな一家に生まれたらさぞかし素敵でしょうね」

「コパースミス一家はどんな問題でも解決できるわけじゃないが、厄介な法律問題に関してはかなりのことができる」シートベルトをはずして車のドアを開けた。「すぐにもどる」

「ちょっと待って」グウェンもドアを開けた。「応援もなしに行かせないわよ、相棒」

ジャドソンはつかのま思案した。そして一度だけうなずいた。腹をくくったようだ。

「よし」と言った。

「話がついてよかった」捜査における対等なパートナーとして扱われたような気がしてうれしかった。

「あれこれ考え合わせると、おれの目の届くところにいてもらったほうがよさそうだ」

パートナーシップは夢か、とグウェンは思った。

「わたしがいないと困るわよ、ジャドソン・コパースミス。この町と住民のことを知ってるのはわたし。わたしがいなかったら、どこから調査をはじめたらいいか見当もつかないでしょ。もっと言えば、ここでの責任者はわたしよ。料金を払うのはわたし、忘れた？」

「料金を払うから責任者とはかぎらない。きみはクライアントというだけの意味だ」

「屁理屈《へりくつ》ね」

ふたりは木々のあいだを抜け、店の裏手にある舗装された細長い駐車場へと向かった。ジャドソンのことだから、てっきり古い鍵を壊すものと思った。意外にもドアをノックした。指の関節が木のドアをたたく鋭い音に、グウェンはびくっとした。でもそれよりもっと驚いたのは、ジャドソンが取っ手を握ってドアを開けたときだった。

「なかにいるのはわかってるんだ、ニコール」と落ち着いて告げた。

グウェンはあっけにとられてジャドソンを見た。こんなことをするとは聞いていない。

「あの、ジャドソン、直接対決するのはどうかと思うけど」

ドアの向こう側から気乗りしないような足音が聞こえたので話をやめた。

開いた戸口にニコールが現れた。色あせたジーンズに長袖のデニムのシャツ、薄手のダウンベストといういでたちだ。髪は後ろでポニーテイルに結ってある。

「グウェンのドアの下にあの写真を置いたのはわたしだって、ばれるのを想定しておくべきだったわね」口元がゆがんで、ユーモアのかけらもない笑みが浮かんだ。「なんたってそっちはふたりとも超能力者。こっちはあんたたちの同類にころりとだまされるようなまぬけのぼんくら。でもご心配なく、ちゃんと学習したから」

グウェンは寒気を覚えた。ずっと以前にイヴリンに言われたことがよみがえる。〝超常現象が現実に存在することを証明したら、能力のある者を単なる変わり者ではなく危険人物と見なす人たちも出てくるわ。恐れた人々は、統制し、隔離し、場合によっては破滅させようとする。セーレムの魔女裁判を覚えてるでしょう?〟

「ザンダー・テイラーはわたしたちの同類じゃないわ」グウェンは静かに言った。「あれはモンスターだった」

「そのとおりよ。きのうやっとその事実を自分で突きとめたの」

「そろそろ話してもらおうか」ジャドソンが言った。

「そうね、わかった」ニコールは背を向け、暗がりのなかへと引き返した。「いまさら隠すこともないでしょう」

ジャドソンが戸口からなかへはいっていった。周囲のエネルギーの小さな振動から、彼が能力を高めているのがわかった。ジャドソンのあとを追ってグウェンも店の奥の作業部屋にはいった。切り花や鉢植えの植物、枯れかけた葉っぱなどの濃厚な自然の香りが感覚を鋭く刺激する。

作業部屋の棚には装飾のほどこされた花瓶が並んでいた。大きな金属の容器にはドライフラワーの材料が立ててある。片隅で前面がガラス張りの冷蔵庫が低いうなり声をあげていた。近くの作業台には園芸用のはさみが数本とさまざまな道具一式がきちんと並んでいる。

ニコールがさらに店の表側のほうへと向かう。大きなバケツにはいった菊や蘭、デイジー、百合などが、暗がりにぼんやり浮かびあがった。バスケットにはいったハーブや花の咲く植物が天井からぶらさがっている。

カウンターのなかへはいったニコールが、狭い事務室に通じるドアを開けた。壁のスイッチを押すと、部屋の明かりがともった。

壁にべたべた貼られた写真を見て、グウェンはぞっとした。トリシャ・モンゴメリーの描写は正しかった。その狭い空間はザンダー・テイラーの霊廟《れいびょう》だった。

机の前の壁に花の写真の大きなカレンダーが掛かっていた。八月を飾っているのはオレゴンに自生する花々の美しい風景写真だ。日付の四角い升目のところどころに、几帳面な筆跡でメモが書かれている。《カーター家結婚式》《犬の餌やり》《ホテルの新しい花瓶注文》。その唯一の明るいものを除けば、どの壁もびっしり隙間なくザンダー・テイラーの写真に埋めつくされていた。

写真の大きさはばらばらだ。ほとんどはザンダーひとりの写真で、異常者にありがちな人好きのする笑顔でカメラにポーズをとっていた。ニコールとふたりで写っている写真も数枚ある。彼女はザンダーの腰に腕をまわしてもたれかかり、恋する女の幸せあふれる表情を見せていた。

だが、ザンダー・テイラーの霊廟はすでに破壊されていた。どの写真もみな無残に切り裂かれている。一度ならず何度も何度も。机の上には園芸用の先の尖ったはさみがある。部屋のなかで唯一無傷なのはカレンダーの写真だけだ。

「そろそろ前を向いて進みなさいって、みんなが言うのよ」とニコール。「ザンダーの死を乗り越えなくちゃだめだって」切り裂かれた一枚の写真をじっと見た。「でも、とてもそんな気になれなかった。二年間、この部屋にはいるたびに、彼を亡くしたのがきのうのことみたいに思えたわ。乗り越えられなくてもわたしはかまわなかった」

「忘れたくなかったのね」グウェンは静かに言った。

「そうよ」苦々しい笑みが浮かんだ。「でも本性を知ってしまったいまは、この世のなによりも彼を忘れたい。とても忘れられそうにないけど」

「けさグウェンのドアの下に写真を置いたのはなぜだ」ジャドソンが訊いた。

「警告のためよ」自分の身体を抱きしめて、グウェンに顔を向けた。「いままであんたに直接言ったり人に話したりしたこと、さんざん非難したことを考えたら、せめてこれくらいしなくちゃと思って。あんたを撃とうとしたことも悪かったと思ってるわ」

「あなただったの？」

「ほんとに撃つつもりはなかったの。ただの脅し、ウィルビーから追いだすための」

「ドアの下に写真を置いたのは、なにを警告するため？」

ニコールは壁の写真を見まわした。「ザンダーよ。そう、彼がもどってきたの。今度はわたしたち全員を殺すつもりで。でも、真っ先に狙われるのはあなたよ、まちがいない」

ジャドソンがニコールを凝視した。「ザンダー・テイラーは死んだ。二年前に川で遺体が見つかった」

「あなたも彼の身元を確認したひとりでしょ」グウェンは言った。

ニコールは首を振った。「彼はものすごく力のある超能力者よ。どんな相手だってだませる。死んだふりをしたとしてもふしぎはないわ。まちがいない、あいつは復讐のためにもどってきて自分の任務を果たすつもりでいる」

「なんの任務だ」ジャドソンが訊いた。

「二年前に言ってたの、自分はおとり捜査官みたいなものだって。自分は本物――正真正銘の超能力者――だから、ＦＢＩに雇われて、超能力者のふりをするペテン師やなりすましや詐欺師を見つけだして正体を暴くのが仕事だと言ってたわ。お年寄りや喪中の人たちを利用する犯罪者のことよ。そういう詐欺師たちが毎年何百万ドルも稼いでさっさと行方をくらますのは、そういう連中をやめさせる人間がいないからだって」

「だから自分がやるということか」とジャドソン。

ニコールが洟《はな》をすすってティッシュペーパーに手を伸ばした。「自分は世界じゅうをまわって詐欺師の正体を暴く、いわば現代のハリー・フーディーニだって言ってた。このウィルビーでイヴリンの調査研究に加わったのも、彼女に不利な証拠を集めるためだったって」

「どうしてイヴリンの正体を暴きたいのか、理由は言ってた?」グウェンは訊いた。「イヴリンは超能力を売りにしてお店を開いたことなんかない。占いもしないし死者と交流するふりもしなかった。ひたすら超常現象の研究をしてただけなのに」

「ザンダーはこう言ってたわ。イヴリンの研究は単なる隠れ蓑《みの》だ。本当は詐欺師たちに超能力者を装う方法を教える学校を主催してる。でも調査をするうちに、研究グループのなかに本物の超能力者がいることがわかって、そいつは痕跡をいっさい残さずに人を殺せる危険きわまりない殺人者だって」

「自分のことを言ったんだ」とジャドソン。

「ええ、いまならそれがわかる」ニコールの目が苦悩と怒りの涙で光った。ティッシュペーパーで洟をかむ。「だまされたわたしがばかだったのよ」

「いいえ」グウェンは言った。「ザンダーにはわたしたちみんなだまされたわ」

「でも、あんたとイヴリン・バリンジャーは、なにが起こってるか最後にはちゃんと見抜いた」ささやくように言った。「わたしはわかってなかったわ。きのうまで」

「研究グループ内で最初のふたりが死んだあと、ザンダーはなんて言ったの？」

ニコールが身を震わせ、椅子のなかで前後に揺れた。「自分はその殺人者に迫ろうとしているから大きな危険にさらされてるって。予告なしに姿を消すかもしれないけど、万一そうなっても、わたしのところへもどってくるって、そう言ったの」

「わたしたちに尻尾をつかまれたことを悟ったのね。殺人犯だというたしかな証拠はなくても、正体を見破られてしまうことがわかった。ザンダーとしては放置しておけない。だからふたりとも始末しようと決めた。まずわたしから殺すつもりだった」

「滝に飛びこむ前の日に言ってたわ、研究グループのなかではいちばん危険人物だって」ささやくように言った。「殺人犯はあんたにまちがいないって、そう言ったのよ」

「だから、川から遺体があがったとき、彼はわたしと対決して殺されたと思ったのね」

「それで話の辻褄《つじつま》が合うと思ったの」腕組みを解いて、手の甲で涙をぬぐった。「生きてるザンダーと最後に会ったのはあんただってオクスリー署長が言ったのよ。超常現象なんて信じてないけど、署長は署長で不審に思ってるのがわかった。イヴリンが研究を中止して、メンバーがみんな町を去ったとき、ザンダーが追いかけていた殺人犯はあんただって、わたしは確信した。もうだれもあんたをつかまえることはできないし、ザンダーの恨みも一生晴らせないだろうって思ったわ」

「そしたら、二年たってイヴリンが遺体で見つかり、わたしが町にもどってきた」グウェンは話を引き継いだ。「あなたもオクスリー署長も町の人たちも、また殺しがはじまるんじゃないかと思ってる、わたしがここにいるせいで」

「そうよ。でも、あれから二年たって、わたしもいろいろ考えたわ」壁の写真の一枚をじっと見つめた。「ザンダーが死んでからずっと、いろんなことを自問してみた。答えはたいして見つからなかったわ。だからきのうルイーズに会いにいったの」

ジャドソンが写真をじっくり眺めた。「なにを自問したんだ?」

「ほとんどは彼の大事なカメラのこと。いつもかならず目の届くところに置いてたわ。政府の極秘の研究所で作られた特殊なカメラで、自分のような人間——本物の超能力者——だけが扱えるものだって言ってた。フォーカスの部分に超自然的な性質があって、たびたび調整する必要があるって。彼は〝チューンアップする〟という言い方をしてて、ルイーズはそのやり方を知ってるごく少数のひとりだと言ってた」

「その超自然カメラの仕組みに関するルイーズの知識については、どんなふうに説明していた?」ジャドソンが訊いた。

ニコールは肩をすくめた。「ウィンド・チャイムをチューニングする能力がどうとか言ってたわ。ルイーズは魔法の手を持ってるって、本物の魔女だから。そう言いながら笑ってた。そのときはてっきりからかわれてるんだと思ったわ。ザンダーが超常現象を信じてることは知ってたけど、魔法や魔術なんか信じないっていつもはっきり言ってたから。たぶんルイーズにはあのカメラのフォーカスを調整できるような超能力があるんだろうって、そう解釈したの」

「そのカメラだけど、ザンダーが死んだあと行方不明なの。イヴリンとふたりでさがしたんだけど」

「わたしもよ。じつはあのカメラをさがしに滝へもどってみたの。そこで見つからなかったから、ザンダーが借りてた家にもさがしにいった。カメラがどうなったかルイーズに訊きにいったりもしたわ」

「ルイーズはなんと言った？」ジャドソンが訊いた。

「要領を得なかった。悪魔が持っていったとかなんとか。わたしにはあのカメラを動かす能力なんかないから手に入れてもしょうがないって言われたわ。あの日はルイーズの機嫌の悪い日だった。どんなふうかわかるでしょ。あの人はいつだって、ようすがなんとなくおかしいか完全におかしいかのどっちかで、その境界線が微妙なの。あの日はもう完全に境界線のあっち側に行っちゃってた」

「どうしてあのカメラがほしかったの？」グウェンは訊いた。

「形見になるものがほしかっただけ。ザンダーが大事にしてたもの。自分の持ち物のなかでいちばん価値のあるものだって言ってたわ。どこにもなかったから、てっきりあんたが盗んだか、川に沈んでしまったんだと思った」

「イヴリンとわたしも、カメラはザンダーといっしょに滝へ落ちたんだって自分たちを納得させた。でも、イヴリンとルイーズがふたりとも超自然的な方法で殺されたところを見ると、あの日、だれかほかの人間がカメラを見つけたようね。あれを使える能力のある人間が」

ニコールがグウェンを見返した。「そう言うんじゃないかと思ってた」

「水晶を使った武器が最初からふたつあった可能性も否定できない」ジャドソンが言った。「まだ答えを全部聞いてないぞ。ルイーズの家に行ったのは質問するためだったと言ったな」

「ええ」

「なにが訊きたかったんだ?」

「ルイーズにはあのカメラのフォーカスを調整する能力があるってザンダーが言ってたことを思いだしたの。彼女を魔女呼ばわりしてたけど、そういう能力のある人間はごく少数しかいないとも言ってたわ。もしグウェンがあのカメラを使っているなら、定期的にフォーカスを調整する必要があるだろうし、もしかしたらルイーズがその魔法を使えることを知ってたかもしれないって思いついたのよ」

「なかなか鋭い推理だったわね」グウェンは言った。「わたしも同じことを思いついた。ルイーズが死んでしまったことで、ジャドソンとわたしはこういう仮説を進めているの。つまり、あのカメラを持っているのがだれにしろ、そいつはルイーズにチューニングをさせていた。でも、そのうち知りすぎているルイーズが重荷になって、わたしたちが彼女に話を聞きにいく前に殺そうと決めた」

「ええ、それが実際に起こったことだと思うわ。ルイーズの遺体を見つけたときは恐ろしかった。あのいまいましいウィンド・チャイム。これから死ぬまで悪夢のなかであの音を聞くことになりそう」

「あの家に着いたとき、もうチャイムの音ははじまっていたのか?」ジャドソンが訊いた。

「ええ」ニコールは腕組みを解いて両のこめかみをもんだ。「亡霊がチャイムに恐ろしい音楽を奏でさせてるみたいだった。音がどんどん大きくなってくるような気がした。逃げだしたかった。でもそのとき、ドライブウェイにあんたの車がとまる音がしたわ。あんたたちふたりはひょっとして共犯かもしれないと思った。あんたがイヴリンとルイーズを殺して、今度はわたしを殺しにきたんだ、って。チャイムのせいでまともにものが考えられなかったのよ」いったん言葉を切って、深々とため息をついた。「でも、ゆうべ、あんたのことは誤解だったとわかったわ、グウェン、たぶんほかのことも全部」

「殺人犯はわたしじゃないって納得したのはどうして?」

ニコールは片手を小さく動かした。「あんたとコパースミスさんは、あの火事からわたしを救ってくれた」

「それだけ?」グウェンは顔をしかめた。「あの家が炎に包まれたときにあなたを置き去りにしなかったから、それだけでわたしたちが善人だと判断したわけ?」

「ザンダーが言ってたようなモンスターなら、あの家にわたしを置き去りにしたはずよ」首を横に振った。「どうしてあんなやつを信用してしまったんだか」

「まわりの人間をとりこにする魅力も、ザンダーの能力の一部だった。彼が超能力者だってことは知ってたでしょ。催眠術師だと思えばいい。人を操ってどんなことでも信じさせるの。イヴリンとわたしもしばらくはだまされた。町じゅうの人がね」

「ルイーズのこともだましたのかしら」ニコールが静かに言った。「かわいそうな変わり者の魔女のおばあさん。自分が連続殺人犯を助けて協力してたこと、本人はわかってたと思う?」

34

「ザンダー・テイラーの経歴を詳しく調べる必要があるな」ジャドソンは言った。「しかも早急に。殺人犯かもしれないと気づいたとき、きみとイヴリンはそいつのことをどの程度わかっていたんだ？」

「たいしてわかってなかった」グウェンが答えた。「ザンダーがイヴリンの研究チームに加わるときに記入した書類を調べた程度よ。ザンダーの母親は、生まれたばかりの息子を手放して養子に出した。その養父母のところで恐ろしいことが起こったらしい。ザンダーの話では、ふたりは押しこみ強盗に殺されたって。その後は里親制度のお世話になった。でも、どうだかね。あのザンダーのことだから、調べがついたとしても、それが真実かどうかはだれにもわからない」

ジャドソンはその点について考えながら、コーヒーのはいったカップのふたをこじ開けた。グウェンの紅茶のカップは座席のあいだのコンソールボックスに手つかずのまま置かれている。ニコールの店を出たあと、ふたりはウィルビーで唯一のファストフード店でコーヒーと紅茶を買ってきた。グウェンの提案で、ジャドソンは車を走らせ、細い道の突きあたりにある、例の滝を見おろせる木々の生い茂った崖へやってきた。

車をとめた場所からは、川の対岸にある、イヴリンが研究所に改装した古いロッジが見える。窓のない建物は闇と影に包まれ、超常現象の研究を続行することの不毛さを示すもうひとつの悲しい記念碑となっていた。

グウェンはフロントガラス越しに暗いロッジを凝視している。「イヴリンは全財産をあの研究所に注ぎこんだ。一度訊いてみたことがあるの。人生の大半を費やしてまで、超常現象が通常の現象だと証明しようとするのはなんのためかって」

「答えは返ってきた?」

「こう言ってたわ、自分には通常を少しだけ超えたものを見抜く程度の能力は備わっているから、少なくとも超常現象が存在することはわかる。生半可な知識が危険なのは、もっと深く知りたくなるからだ、って。イヴリンは答えが知りたくてたまらなかったのよ」

「サムも同じだ。鏡をのぞきこむたびに超自然の現実を突きつけられて、研究せずにはいられなくなるそうだ。近ごろは、将来の自分の子供たちのために研究を続けると言うようになったよ」

「わたしもサムに会ったけど、水晶と超物理学に深い興味があるみたいね。でも、あなたを突き動かしているものはそれとはちがうんでしょう?」

「ああ。そこは勘ちがいしないでほしい。研究の結果はもちろん気にはなる——コパースミス一家は全員その研究には関心を持っている――けど、最新の水晶理論や新しい実験の結果に特別のこだわりがあるわけじゃない」ジャドソンは肩をすくめ、コーヒーを少し飲んでカップをおろした。「その利用法を自分で見つけられたらいいとは思うが」

グウェンの顔に納得の笑みが浮かぶ。「こういう調査の過程でね」

「コパースミス・コンサルティング社を共同経営しているのは、サムがセキュリティ・ビジネスの科学面と技術面――つまり科学捜査的なことが好きだからだ。でもおれの場合は、狩りが好きなんだ」

「ええ、それはわかる」紅茶のカップを手に取ってふたをはずした。「もうひとつ、単独で仕事をするのが好きらしいってことも」

「サムとならいっしょに仕事ができる」なぜか弁解の必要を感じて言った。

「でしょうね。家族だから。サムなら信頼できる」

ジャドソンは大きく息を吸い、ゆっくりと吐きだした。「きみのことも信頼してるよ、グウェン」

グウェンは驚いたようだった。みるみる頬が紅潮した。

「それは、ありがとう。光栄だわ。じつを言うと、わたしもあなたを信頼してる」

「そうか。それはよかった」ジャドソンはもぞもぞしながら、これから口にするむずかしい会話にどう突入したものか、道を探った。「もうひとつ言っておきたい。きみが自分の能力を使ってしている仕事を、おれは尊敬している」

目が大きくなった。「ほんとに？　びっくりだわ。心理カウンセラーという職業が世間で尊敬されることなんてめったにないのに」

「わかったよ、いまのは語弊があった。きみを、尊敬している。ほかの心理カウンセラーについてはなんとも言えない。いかさま師も多いから」

「残念ながら、そのとおりと言うしかない」紅茶にそっと口をつけた。「だから転職しようかと思ってる」

「なんだって？」

「わたし、こういう調査の仕事が気に入った」

「ああ、見ればわかる」ジャドソンはうめいた。

「自慢じゃないけど、こういう仕事の才能があると思うの」

「まあ、たしかに」ジャドソンも認めた。「で、具体的に言うと、この話の流れはどうなっていくんだ？」

「この二年間、フィクションとはいえ、テレビの『真夜中』で過去の殺人事件をいくつも解決してきた。その過程で、未解決事件の捜査に関してイヴリンからいろんなことを教わった。あなたからもいろんなことを学んだ。実際、あなたと組んで仕事をすることで、すごく有益なアドバイスもいくつか得られたわ」

「グウェン、この話の流れがおれの考えているとおりなら――」

「それからわたしのドリーム・セラピーの仕事のこともある」話がどんどん熱を帯びてき

た。目がきらきらしている。「考えてみたら、あなたの仕事との共通点も多い——手がかりをさがすこと、動機を解明すること。この数年間にしてきたことは、いわば見習いとしての修業のようなものね」

いやな予感がしてきた。ヘッドライトに射すくめられた鹿の気分だ。

「この案件が片づいたら、なにかプランがあるのかな」

「心理探偵事務所を開設する」グウェンが宣言した。

白熱灯さながらに熱くなっている。

「そうくると思ったよ」ジャドソンはカップをホルダーにもどした。「グウェン、よく聞くんだ、この仕事はきみが考えているようなものじゃない」

「心配しないで、コパースミス・コンサルティング社と競合するつもりはないから」とあわてて言った。「産業スパイとか諜報活動とかに興味はないの」

「そうか、それはよかった。というのも——」

「わたしが考えてるのは、ささやかで地味な殺人事件とか失踪人さがしとか、そういう線よ」

「地味な殺人事件などないし、人が失踪するにはそれなりの理由がある——たいていは危い理由が」

「だいじょうぶ、慎重にやるから」

「それでおれが安心するとでも？ グウェン、きみの本職はオーラを読むことだ。悪い夢を修復することだ、忘れたのか？」

「そういう背景があれば今後の調査の仕事にも大いに役立つ、それを説明したかっただけ」興奮とやる気で目が輝いている。「これが正解だと感じるの、ジャドソン。本当の自分を見つけようとずっともがき続けてきて、やっと本来のなすべきことがわかったような気がする」

「妹のエマと同じようなことを言うんだな」

「本当にやりたいことが見つかったの、ジャドソン、あなたと同じように。妹さんにもきっと見つかるわ、そのうちに」

悪夢のような一瞬、ジャドソンは水没した洞窟のなかにいて、タンクに残った最後のエアを必死に吸いこんでいた。ふたたび息ができるようになるまで少し時間がかかった。

グウェンには、調査という仕事ではなく、この自分に対して情熱を感じてもらいたい。だが彼女の言うことにも一理ある。たしかに自分はこの仕事に情熱を感じている。なのに、グウェンが同じ気持ちになることに反対するのはなぜか。それは、危険が伴うからだ。それが理由。グウェンがたったひとりで〝ささやかで地味な殺人事件〟の調査に乗りだすかと思うと背筋が寒くなる。とはいえ、彼女の気持ちが理解できることも否定はできない。

黙ってすわっているふたりの目の前で、雨がフロントガラスに絶え間なく降り注いだ。迫りくるような滝のエネルギーが、あきらかな力となって車のなかにしみこんでくる。ジャドソンの胸の奥のなにかが、その荒々しい流れに反応した。窓が閉まっているので、間断なく響く容赦のない轟音はくぐもっているが、背景には常にその音がある。いったいいつの時代からこの水は滝となって崖から流れ落ちていたのだろう、とぼんやり考えた。超能力者でなくとも、超自然的なできごとが存在することはわかるはずだ。自然の力を見るだけで、人間がかぎられた感覚と非力な機械で計測できる範囲をはるかに超えた、巨大な——もしかしたら無限の——スペクトルを横断するエネルギーが存在することがわかる。

「狩りが首尾よくいかないときもある」しばらくして、ジャドソンは口を開いた。「答えがわかったときには手遅れで、なんの役にも立たないときもある。自分の見つけた答えが納得できないときもある。答えがひとつも見つからないときもある」

「夢の情景が修復できないときもある。わたしの見つけた答えに納得しないクライアントもいる。わたしだって答えがひとつも見つからないときがある。だけど、少なくとも私立探偵になれば、答えのいくつかは見つけられる」

「調査という仕事の最大の難点は、クライアントと折り合いをつけなければならないことだ」

「わたしのドリーム・セラピーのクライアント以上に厄介で気むずかしいとは思えない」

「そうかもしれないが、より危険なクライアントになる可能性はある。おれはこの前のクライアントに殺されそうになった」

「なんてこと」グウェンがはっと息をのんだ。「とにかく、慎重にやると約束する」

「またそれか」

「言わせてもらえば、あなたのこれまでの仕事ぶりからして、安全な道を選ぶほうが賢明だなんて人にお説教できる立場かしら。お互い自分の能力を無視することはできないのよ、ジャドソン」

「なんとなく不毛な会話になりそうな気がしないか？　そろそろ目の前の事件の調査にもどったほうがよさそうだ」

「そうね」

ジャドソンは片隅にもたれて、座席の背中に片腕をまわした。「ふと思ったんだが、ザンダー・テイラーはきみが考えている以上に本当のことを話していた可能性もある」

グウェンの眉がわずかにあがった。「そう思う根拠は？」

「熟練した嘘つきは、話のなかに抜け目なく適度な真実をまぜこむことが多い。そのほうが話に説得力を持たせられるから」

「ザンダーに関して確実に言えることはひとつ、超一流の嘘つきだってことよ」

「だとしても、イヴリンの研究メンバーに応募したときに記入した情報は、少なくとも一部は真実だったかもしれない」

「仮にあなたの言うとおりだとして、嘘と真実をどうやって見分けるの？」

ジャドソンは目を閉じてわずかにエネルギーを呼び起こし、みずからその領域に――死んだ異常者の頭のなかにはいりこんだ。

「調べてみたら、ザンダー・テイラーは本当に養子で、養父母は殺されていた――超能力のある異常者という人物像からして犯人はザンダー本人——という予感がするが、おれたちがいま問題にするのはそのことじゃない」

「いままでに何人殺したんだろうってときどき考えるけど、答えは永久にわからないだろうし」グウェンがむっつりと言う。「わかりたくもない」

ジャドソンは目を開けた。「その後は里親制度の世話になったという話も本当のことかもしれない。どれもその気になれば裏がとれる話だ。聞いた相手がつい同情を覚える話でもある。そういう印象を与えるにはうってつけの話だな」

「その点に関しては、あなたの読みが正しいような気がする。里親制度のことを話したとき、たしかにザンダーは実務的なことまでやけに詳しく知ってた」

「きみと同じくらい？」

「ええ」さらりと答えた。「でも、仮にそのあたりのことが真実だったとして、それでなにがわかる？」

「まだなんとも言えない」ジャドソンは素直に認めた。「疑問をあれこれ並べている段階だ。石をひっくり返しながら。そうやっておれは仕事を進める。とはいえ、もっと急ぐ必要があるな。調査をしている暇はない。ニックにザンダー・テイラーの経歴を調べてもらって、なにが出てくるか見るとしよう」電話に手を伸ばした。「くそっ。イヴリンがサマーライト・アカデミーのカウンセラーだったときの古いファイルがあれば役に立つんだが」

「どうして？」

ジャドソンはニックに電話をかけようとした。「とりあえずそれがあれば、ザンダーの扱い方がもう少しよくわかる。学校なら生徒の過去のデータを持っていたはずだから」

「でも、ザンダーはサマーライト・アカデミーの生徒じゃない」

ニックの電話番号を押そうとして手をとめた。「そうなのか?」

「たしかよ」

「イヴリンの研究メンバーは全員サマーライト・アカデミーのファイルから選ばれたんだと思っていた」

「ほとんどはイヴリンがサマーライト・アカデミーの記録から見つけたんだけど、全員じゃない。最初のころはインターネットに短い広告を出してたの。その方法はほんの数日であきらめた。ファンタジー・ゲーム愛好家だの自称超能力者だの、それから宇宙人に誘拐された人やら洗脳を防ぐためにアルミ箔《はく》の帽子をかぶるような人たちから応募が殺到したせいでね。真剣に応募してきた本物の能力者をひとりかふたり見つけるために、そんないかれた連中全員をふるいにかけるなんてとうてい無理だもの」

「イヴリンはザンダー・テイラーをどうやって見つけた?」

「ザンダーは、プロジェクトの最初のころネットに掲載された広告を見たそうよ。それでイヴリンに連絡して、彼女の学者としての自尊心をくすぐって気に入られた。自分も熱心な研究者のふりをしたの。この分野でのイヴリンの仕事ぶりは耳にしていて、彼女が発表した論文もいくつかネットで読んだと言って。自費でウィルビーまで会いにいきたいと言われて、イヴリンは飛びついてしまった。直接会って話したあと、ザンダーには本当に超能力があるとイヴリンは確信した」

「うまい手だ」片手に携帯電話を持ったまま、窓の外の轟音をたてる滝を見やった。「それならまちがいなく成功する」

「どういう意味?」グウェンが問いつめるように訊いた。「ザンダーがネット経由でイヴリンの研究にかかわってきたことがどうして重要なの?」

ジャドソンはグウェンに顔を向けた。「つまりこういうことだ。イヴリンはインターネットに広告を出したものの、サマーライト・アカデミーのファイルを使うほうが確実だと判断して、数日でその求人方法をとりやめた。なのに、そのごく短い期間に、なぜかいかれた連続殺人犯がその広告に目をつけた」

グウェンがゆっくりとうなずく。「ネットにはあやしげな霊能者の広告がごまんと掲載されてる。ザンダーがイヴリンの小さな広告をたまたま目にする確率はどれくらい? あなたが言いたいのはそういうこと?」

「そうだ」

「言わせてもらえば、そんな確率なんて見当もつかないわ。数学とは極力お近づきになりたくない」

「数学は関係ない——おれの直感がそう言ってるんだ」

グウェンがにっこり笑った。「あなたの超能力が、ってことね」

「ザンダー・テイラーが二年前にイヴリンの研究のことを知ったのは、おそらく特定の場所に仕掛け線を張っていたからだと思う」

「仕掛け線?」

「コンピューターの通知システムを使って、オレゴンのウィルビーに関連するニュースがあればポップアップ画面が出るように設定していた」

「いったいなんのために、こんな地図上の小さい点でしかない田舎町のニュースを監視したりするの?」

「考えられる理由はひとつ。ウィルビーのニュースを追いかけていたのは、この町となにか個人的なつながりがあるからだ」

「でも、ザンダーはこの町に知りあいなんかいなかった――それはたしかよ。もしいたのなら、だれかがどこかの時点でなにか言ったはず」

「ルイーズ・フラーはほとんど人づきあいをしなかったと言っていたね」

「ルイーズ」グウェンの目の端がわずかに細められた。「そうよ、たしかにそう。ルイーズはザンダーのために水晶をチューニングしたって、ニコールが言ってた。ということは、ザンダーはウィルビーに来る前からルイーズのことを知っていた可能性もある。ずっと前からルイーズにカメラをチューニングさせていたのかもしれない。でも、ザンダーの被害者はこの町の周辺ではひとりもいないわ、少なくともわたしたちの知る範囲では」

「抜け目のない殺人者は自分の巣を汚さない。よほど自制心を失うか、目撃者を消そうと決めたのでないかぎり。地元で殺しをするような危険は冒さないはずだ」一瞬、間をおいた。「それとも、挑戦したい衝動に抗《あらが》えなかったのか」

「イヴリンの研究グループに加わることは、抗いがたい誘惑だった」グウェンがささやくように言った。「殺しの魅力に取りつかれて自制がきかなくなった」

「ザンダーがウィルビーの動向に注目していたのは、チューニング係のルイーズ・フラーがこの町にいたからだ。そうなると、やつはそもそもどうやってルイーズを見つけたのかという疑問が残る」

「それに、研究グループに加わるまでザンダーのことを町のだれも知らなかったのはなぜか、という疑問も」

ジャドソンは滝の向こう側にある研究所に目をやった。「単なる思いつきだが、いま確実にわかっていることがいくつかある。超能力というのは遺伝的要素が強いらしい。たとえばコパースミス家を例にとると、超常エネルギーを感知してそれを操る能力は、血筋を通して受け継がれた。もうひとつわかっているのは、一家の秘密は常に最優先で守られるということだ」

「一家の秘密？」きょとんとした顔になった。

「確認をとる必要がある。ニックに連絡しよう」

電話をかけた。

三回めの呼びだし音でニックが応答した。背後でくぐもった声がいくつか聞こえる。ひとつは母親の声だった。

「よっぽど大事な用なんだろうね」とニック。「いまちょっと取りこみ中なんだよ、コパースミス」

「なにをしてる?」

「タキシードの仮縫い。ところで、あんたもすぐこっちへ来て仮縫いをしないとあとで面倒なことになるって母上がおっしゃってる。あんたはサムの付添人なんだよ、覚えてる?」

「覚えているのは、きみはおれに依頼された仕事をすることになっている、ということだ」

「ぼくらの——つまり本物の能力を持つ人間の——なかには、複数の仕事を同時進行できる者もいるんだよ。たとえばあんたの母上やぼくのようにね。それはそうと、コパースミス夫人がおっしゃるには、あんたがくれた容疑者リストを調べた結果、不審なお金の動きはひとつも見つからなかったそうだよ」

「そのリストに加えたい名前があといくつかある」

「ピンクだって?」ニックの声が怒りに震えた。「花嫁をエスコートするんだよ。ピンクのシャツなんてありえないだろう。これは由緒正しい結婚式なんだ。ぼくは白いシャツを着る」

「おい、ニック。人の話を聞け」

「サンデューのネットのチャットルームに出入りしてた相続人がほかにもふたりいたことがわかった」とニック。「ふたりともそれ以前に心理カウンセリングに興味を持ってた形跡はまったくない。だめだめ、プリーツはなしで。アルマーニ風で頼むよ、ハイスクールの卒業パーティの貸衣装じゃないんだから」

「仮縫いはあとにしろ、ニック。ひとまず心理カウンセラーのチャットルームのことは忘れていい。もっと緊急の事態が発生した」

ニックがいらだたしげに長いため息をつく。「今度はなにをしろって？」

「ルイーズ・フラーという女の経歴を調べてくれ」

「なにをさがせばいい？」

「家族歴。ルイーズとザンダー・テイラーに血縁関係がないか調べたい」

「グウェンを殺そうとした異常者？　勘弁してくれよ。あのくそ野郎がまだ生きてるって？」

「さあな」

「その女についてわかることを全部教えて」

ジャドソンは情報を伝えた。

「わかりしだいすぐ連絡する」ニックは約束した。今度はまじめな落ち着いた声で。

ジャドソンは通話を切った。

「次はどうする？」とグウェン。

「次は待つ」ジャドソンは答えた。待つのは苦手だ。「ニックのことだ、じきに答えを見つけるだろう。ルイーズが自分の過去を葬る方法を知っていたとは思えないから」

グウェンがじっと見返した。「もう答えはわかってるのね？」

ジャドソンはためらった。「結論は急がないことにしている」

「でも、わかってるんでしょ?」

「ああ。考えられる答えはそれしかない」

ニックから折り返しの電話があったのは十五分後だった。声に熱気が感じられた。きみが思ってる以上におれたちは似てるよ、とジャドソンは思った。どっちも狩りに夢中になるタイプだ。

グウェンにも会話が聞こえるように、通話をスピーカーフォンにした。

「いいニュースとは言えないかも」とニック。「三十四年前、ルイーズ・フラーはロサンゼルスに住んでた。向精神薬を大量に使うカルトにどっぷりはまってたんだ。カルトは隠れ蓑で、実態は組織化された犯罪者集団。教祖はドラッグとセックスで信者をコントロールしてた。男の信者にはドラッグを売らせ、女性の信者には客をとらせてる。ルイーズも売春婦のひとりだった。そして妊娠した。生まれた子供は養子に出した」

「父親の手がかりは?」

「ない。そこで壁にぶつかる。当時のルイーズはドラッグ漬けだった。教祖の命令で毎晩通りに立って、金を持ってる男ならだれとでも寝た。ケースワーカーによると、ルイーズはドラッグで朦朧《もうろう》としてて、精神状態にも問題があったから、とても子育てなんかできる状態じゃなかった。赤ん坊を引き取ったのは子供のいない夫婦で、そのふたりは——」

「その後、押しこみ強盗に殺された」とジャドソンは話を締めくくった。

「ルイーズの赤ん坊がザンダー・テイラーだと思ってるんだね？」

「それで説明のつくことが多い。養父母を殺したのがザンダーだったとしても驚かないな」

「ああ、その可能性はぼくも考えた。当時、若きザンダーはセラピーを受けていた。実際にはその何年も前から。というのも、小さいときから、おなじみの危険な兆候——動物虐待とか放火とか——が見られたから。押しこみ強盗とやらが起こったとき、やつは十三歳だった。学校から帰って遺体を見つけたと警察には言ってる。それから里親制度の世話になって二年間あちこち転々としたけど、行く先々で問題を起こして、しまいには関係者全員がほっとしたことに、行方をくらました」

「ルイーズはどうなった？」

「カルトは結局、崩壊したんだ。教祖は行方不明。ルイーズはウィルビーへ引っ越し、趣味と実益を兼ねてウィンド・チャイムを作りはじめた」

「ザンダーはどこかの時点でルイーズをさがしあてたんだろう。そのころには自分の能力を扱えるようになっていた。だれに聞いても、やつは人を魅了する天才だった。ルイーズのような人間はひとたまりもなかっただろう、精神的にもろいから」

グウェンが隣の座席から口をはさんだ。「それに、なんといっても母親だから。自分のたったひとりの子供にもう一度会いたいって、心のどこかで思ってたはず」

「その手のことに関しては、だいたいきみの言うとおりだね、グウェン」とニック。

「あのカメラの動力になる水晶も、ルイーズが息子にあげたんじゃないかしら」グウェンが続けた。「ルイーズはいつも悪魔のことを心配してた。個人的な保護装置のようなものと考えて水晶をあげたのかもしれない」

「ザンダーはあのカメラのフォーカスを調整するために定期的にウィルビーに来ていた。やつがそれでなにをしていたか、おそらくルイーズはまったく知らなかったんだろう」

「その仮説の難点は、ザンダーがウィルビーに現れてイヴリンの研究メンバーになるまで、町の人がだれひとり彼に会ってないことよ。カメラの水晶をチューニングするためにときどきルイーズを訪ねてきてたのなら、どうしてだれも気づかなかったの？」

「ルイーズは町の中心部から何キロも離れた森のなかに住んでいたんだ」ジャドソンは念のために言った。「地元のだれにも見られずにルイーズを訪ねることは、ザンダーにとってそうむずかしくはなかっただろう。それほど頻繁にカメラのチューニングが必要だったとも思えない。殺しはおそらく数カ月に一度だ」

「それに、もしかしたらカメラが優秀で、一度のチューニングで二、三人殺せたのかも」グウェンが静かに言った。

「だとしたら、ザンダーがなつかしのママに会いにくるのはせいぜい年に二、三回でよかったってことだね」ニックが言った。「それでルイーズを訪ねたことを秘密にできたのかもしれない。でも、きみの言うとおりだとすると、ルイーズのほうもザンダーの訪問を秘密にしてたってことになる。どうして？　それでなんの得がある？」

「まだすべての答えがわかっているわけじゃない」ジャドソンは答えた。

「よく言うよ」ニックが鼻を鳴らした。「答えはもうほとんどわかってるみたいに聞こえるけどね。なんでわざわざぼくに電話してくるんだい?」

「背景の情報をできるだけ多く集める必要があった。ザンダーと同じ能力を持つ別の人間が、やつのカメラを使って営利目的の殺しをしているからだ。だれだか知らないが、そいつはルイーズを利用してカメラのチューニングをさせていた。だが、ザンダー・テイラーは金のために殺していたんじゃない。やつは楽しんでいた」

「その手の変態野郎が手口を変えるってことはあんまりない。だからザンダー・テイラーがまだ生きてるって仮説は忘れていいよ」とニック。

「そうだな」ジャドソンは言った。「おれたちがさがすのは、たまたま同じ種類の能力を持った別の殺人犯だ。そして、もし遺伝を信じるなら――」

グウェンが硬直した。「家族」

「いまなんて?」ニックが訊いた。

「グウェンもおれと同じことを考えている」直感の鋭い興奮がジャドソンの血をたぎらせた。「超能力の遺伝についておれたちが知っているわずかなことから考えて、いま狩ろうとしている殺人犯は、少なくともザンダー・テイラーの関係者かもしれない」

「ルイーズ・フラーが養子に出した子供はひとりだけじゃなかったとか」グウェンが提案した。

「ああ、はいはい、昔からおなじみのシナリオね、生まれてすぐに引き離された双子ってやつ」ニックが歌うように言った。「あいにく今回はその手を使えないよ。記録によると、ルイーズが産んだ子供はひとりだけ。その子は帝王切開で生まれた。そのときに卵管結紮《けっさつ》術ってやつを受けた。二度と子供なんか産みたくないってケースワーカーに言ったらしい」

グウェンが身を乗りだした。「もう子供はいらない理由を彼女はケースワーカーに話した？」

「記録によると、自分の産んだ赤ん坊は悪魔の子だと言ったらしいよ」とニック。「同じ過ちを繰り返したくなかったんだね」

「やっぱりそうか」ジャドソンは直感が確信に変わるのを感じた。「やつを見つけないと」

「だれのこと？」ニックが訊いた。

「悪魔のような父親。そいつがすべての鍵を握っている」

「そんなのどう考えたって無理だね。ルイーズが三十四年前に寝たお客は山ほどいて、そのなかからひとりを突きとめるなんて。いくらぼくが優秀だからって、そこまでは無理。通りに立つような売春は現金商売なんだよ。金の動きは追えない。しかもこれだけ年月がたってたら、顔と名前を覚えてる人なんかだれも残ってないって。もうお手あげ」

グウェンが身を乗りだし、電話に向かって言った。「悪魔はお客のなかにいたんじゃない。ルイーズにお客をとらせていた悪党がその悪魔よ。彼女はその男を恐れていた。ルイーズはそいつに支配されていた、身体も魂も」

「そのカルトの教祖をさがそう」ジャドソンは言った。「過去のどこかでそいつは職業を変えた。フリーランスの契約殺人者になった。コンピューターにもどってくれ、ニック。サンデューを見つけるんだ」

35

グウェンはじれったい思いでジャドソンの通話が終わるのを待った。熱気と興奮と期待で全身がうずうずする。

「ルイーズが息子に水晶のカメラを与えた理由がわかったわ」グウェンは言った。

「ほう」ジャドソンが携帯電話をベルトにとめた。「まさか息子をはめて連続殺人鬼にするためとか言うんじゃないだろうな」

「いいえ、あのカメラを与えたのは、父親から身を守れるようにするためよ、あの悪魔から」

「ふむ」ジャドソンはあくまでも冷静な気配を漂わせて考えこんだ。「まあたしかに、屈折してはいるが、考えられなくはない」

「ひょっとしたら、自分にはできないことをザンダーがしてくれる――長いあいだ自分を虐待していた男を破滅させてくれると、そこまで期待していたのかも」

「息子に母親の敵を討ってほしかった。ああ、それも考えられる。なるほど、きみと話すと役に立つ。おかげでいろいろなことがはっきりする。きみはこういうプロファイリングがうまいな」

その褒め言葉が、われながら意外なほどうれしかった。「ありがとう。たぶんわたしの能力の副産物ね。あなたは悪党の頭のなかにはいりこめる。一方わたしは、どちらかというと被害者の頭のなかにはいりこめる」

「例の〝亡霊との会話〟か」

「そう。つまりはそういうことだと思う。会話をしながら被害者のプロファイリングをしてるのよ」

「なるほど」ジャドソンはその考えに興味を覚えたようだ。「きみにはその方面の才能があるようだ」

「ふたりで組めばいいチームになる」

「だろうな」

「とにかく、その悪魔がだれにしろ、そいつが諸悪の根源よ」

「そうだな」ジャドソンも同意した。「ひとつ言えることがある。あらゆる点から見て、その悪魔はウィルビーの住人にちがいない。やつはまちがいなくこの町にいる。ずっと前から。だが、やつがここにいることは、ルイーズにはわかっていたはずだ。その男を恐れていたのなら、そもそもどうしてこの町へ越してきたんだろう」

「ルイーズは身も心も傷ついた女性だった。カルトを運営できるような悪党なら、コントロールするのは簡単だったはず。そいつはルイーズをこの町においておきたかった。そうすれば都合がいいだけじゃなく、警察に駆けこんだりしないように目を光らせることもできる」

「しかも、おれたちの読みが正しいとすれば、その悪魔野郎には本物の能力がある。それを使えば、ルイーズのような情緒不安定な女性を操るのがますます簡単になるだろう」

「かわいそうなルイーズ。あれほど神経質だったのも無理ないわ。次なる疑問は、父親と息子はお互いの存在を知っていたのかってことね」

ジャドソンはハンドルを指でこつこつたたいた。「ザンダーがウィルビーにいる母親を見つけた最初のころは、まだ知らなかったかもしれない。だが、そのあとどこかの時点で、互いの存在を知ったんだろう。ルイーズが息子に父親のことを話したのか、悪魔のほうが母親と息子の再会に気づいてみずから名乗りでたのか。いまはその父親が、あのカメラもしくはなかの水晶を持っている。この一年半あれを使っていたんだ」

「それでイヴリン殺しの動機がはっきりする。彼女はなにかの拍子に悪魔の正体を知ってしまった」

「ああ」

「あとはまた待つしかないわね」

「ああ、残念ながら」

36

ウェスリー・ランカスターがホテルの玄関前をうろついているのが見えたとき、グウェンは小さなうめき声をあげたくなるのをぐっとこらえた。ブロンドの髪がそよ風になびいている。ウェスリーがいらいらしながら手首の黒い高級腕時計に目をやった。顔をあげた拍子に、駐車場にはいってくるジャドソンのSUVに気づいた。端正な顔に安堵《あんど》といらだちがくっきりと浮かぶ。

「そう簡単にはあきらめないだろうってわかってたけど」グウェンは言った。「またしつこくなにか言ってくるのはもう少しあとだと思ってたのに」

ジャドソンが空きスペースにゆっくりと車を入れ、エンジンを切った。「あいつと話をするのか?」

「もちろん。話をするに決まってるでしょう。心理探偵事務所を開いて運営するにしても、すぐには無理だもの。それまでは『真夜中』の台本で収入を確保しなくちゃ」シートベルトをはずしてドアを開け、前の座席から飛び降りた。「とにかくいまはそれどころじゃない。

うまく話せば待ってくれるように説得できると思う」

「それはどうかな」

ジャドソンはグウェンを見ていなかった。ホテルの玄関を注視している。視線の先には、すたすたと車に向かってくるウェスリーがいた。

「やっと現れたか、グウェン」ウェスリーが言った。「話したいことがある。大事な話だ。『真夜中』のすごい構想を思いついた。このシリーズの新しい方向性を示すものだ」

「わかった、ちょっと待ってて」

グウェンは後部座席のドアを開け、両手を伸ばして猫のキャリーを持ちあげようとした。マックスが低くうなって両耳を寝かせた。

「わたしたちが出かけてるあいだホテルに残ってルームサービスを楽しめなかったのは自業自得よ」グウェンは言いきかせた。「客室係を怖がらせるからこうなったの」

ジャドソンが車の前をまわりこんできた。ウェスリーなど眼中にないという態度をあからさまに示しながら。

「マックスはおれが持とう」

「お願い」グウェンはずっしりと重いキャリーを手渡した。「わたしはロビーでウェスリーと話をする」

「マックスはおれが部屋まで連れていく。きみはホテルの外へ出ないように」

「わかってる」グウェンは約束した。

ジャドソンはようやく首をわずかに傾け、ウェスリーの存在をしぶしぶ認めた。

「ランカスター」とそっけなく言った。

ウェスリーがいらだたしげに眉をひそめる。「まだいたのか、コパースミス」

それには答えず、ジャドソンは前かがみになり、グウェンの意表をついて短い親しげなキスをした。反応する暇も与えず、身体を起こして目を細めてみせた。

「あまり遅くなるなよ。午後はやることが山のようにある」

猫のはいったキャリーを、空っぽかと思うほど軽々と片手で持ちながら、ロビーのほうへ立ち去った。グウェンはいらだちと感嘆の入りまじった気持ちで見送った。

ウェスリーもジャドソンを見ていた。あごにかなりの力をこめて。「いつかぜひ教えてもらいたいね、コパースミスのどこがいいのか」そこでわざと間をおいた。「コパースミス家の財産のほかに、という意味だが」

「ねえ、わたしと、いまわたしがおつきあいしてる男性を侮辱するところからこの会話をはじめるのはいかがなものかしら」

しかめ面になった。「そうだな。いまのは失礼だった。とにかくいまのわたしにはきみの協力が不可欠なのに、それをコパースミスが全力でじゃましようとしているような気がしてね」

「あなたとわたしは単なる仕事の仲間。その点はジャドソンもちゃんとわかってる。この時間なら喫茶室にはだれもいない。あそこで話しましょう。密談するのにあのテーブルを使ってもスタッフは気にしないはずだから」

「わかった」

グウェンは先に立ってロビーを抜け、人けのない喫茶室にはいった。窓辺のテーブルの椅子にすわる。ウェスリーも向かいに腰をおろした。

「どこへ行ってたんだ？　きみがもどってくるまで一時間半近く待ったんだぞ」

「あなたがまたウィルビーに来てるなんて知らなかった。電話をかけてアポイントをとればすむ話でしょ」

「そうしようとした。電話が通じなかったんだ」

遅ればせながら、ニコールの店にはいったときに携帯電話の電源を切ったことを思いだした。

「ごめんなさい、うっかりしてた。忙しかったから」トートバッグに手を突っこんで携帯電話を取りだし、電源を入れた。不在着信のリストをちらりと見る。「六回もかけたの？」

「本当のことを知りたいなら言うが、だんだん心配になってきたんだ」

グウェンは電話をバッグにもどした。「なにが？」

「きみが忘れているといけないから言っておこう。この狭い町のなかで、ここ二日間に、女性がふたり遺体で発見されてるんだ。そして、けさはきみが行方不明になった」

「行方不明だなんて」

「ホテルの人はだれもきみの居場所を知らなかった。みんなが確実に知っていたのは、最後に見たときはジャドソン・コパースミスといっしょだったということだけだ」

グウェンは大きく息を吸ってゆっくりと吐きだした。「ごめんなさい。だれかに心配をかけてるなんて夢にも思わなかった」

「心配したのはわたしくらいだろう。でもこれだけは言っておきたい、イヴリンの死はショックだった。そこへ今度は地元の魔女が自宅の火災で死んだ。『真夜中』のエピソードをやりすぎたせいかもしれないが、ウィルビーという町がだんだん気味悪く思えてきたんだ。けさきみに電話が通じなかったことで、過剰反応してしまったんだと思う」

「ルイーズよ」グウェンは言った。静かに、だがきっぱりと。

「えっ？」

「亡くなった女性の名前は、ルイーズ・フラー。それから念のために言っておくけど、彼女は魔術に関心なんかなかった。深刻な心の病に悩んでいる傷ついた女性だったの」

ウェスリーの顔が赤くなった。「すまない。どうもきょうはきみを侮辱するようなことばかり言ってしまう。わかってほしい、そんなつもりは毛頭ないんだよ」

「きょうわたしに六回も電話しようとした理由を教えて。わたしがここへ現れるまで一時間半も待ってた理由を」

興奮がウェスリーの端正な顔の表情を一変させた。

前のめりになってテーブルに両手をつき、切迫した低い声で話しはじめた。

「『真夜中』のシリーズを新しくよみがえらせる完璧な方法があるんだ。まったく、どうしてすぐに思いつかなかったのか。イヴリンが死んだと聞いてショックを受けたせいだろう。最初は彼女のファイルを見つけることしか思いつかなかった」

「ああ、そういうことね、気づかないなんてうかつだった。遺体が運びだされたあと、イヴリンの書斎を荒らしたのはあなただったのね？」

「いや、グウェン、そういうことじゃないんだ。わたしはなにも持ちだしてはいない」

「よくもそんなことができたわね。死者のプライバシーに対する侵害以外のなにものでもない。まぎれもない違法行為よ。あのね、そういうのを不法侵入というの。普通なら刑務所送りになる行為でしょ」

目が怒りに翳《かげ》った。「わたしがイヴリンの自宅に不法侵入したと言いがかりをつけるつもりか？」

「言いがかりじゃない。事実を言ったまで」

「なにを根拠に？」

「直感」

「直感を根拠に、違法行為をしたと他人を責めるなんてとんでもないことだ」

「あなたがやったんでしょ。否定しても無駄」

「わかったよ、たしかにあの日はイヴリンの家に寄ったが、誓って言う、なにも持ちだしてはいない。それに不法侵入したわけでもない。わたしが行ったときは、勝手口に鍵がかかってなかったんだ。だからイヴリンのファイルをちょっと見せてもらった、それだけだ。こっちは雇い主だぞ。死んだときに彼女が手がけていた仕事をたしかめる権利はある」

「あの家のいまの所有者はわたしよ。今後はわたしの許可なく近づかないで」

「落ち着いてくれ。悪かった、あやまるよ」椅子にぐったりともたれた。「どのみち、もうあそこへ行く理由もない。念のためにもう一度言っておくが、わたしはなにも持ちだしていない」

「どうしてあんなにめちゃくちゃにしたの？」

「急いでいたからだ。だれかがやってきて家のなかにいるところを見られたら、家主が死んだあとの空き巣狙いのように思われるんじゃないかとあせっていた。つかまりたくない一心だった。だが、なにも盗んじゃいない」

「信じるわ。そもそも倫理的に問題があることに変わりはないけど」

ウェスリーがひとしきりグウェンを見つめた。指先でテーブルをこつこつ打ち鳴らす。

「きみはイヴリンが殺されたと本気で考えているんだな？」

「ええ」

「二年前のほかの人たちと同じように？」

「ええ」

「だと思ったよ。これで完璧だ」両手でブロンドの髪を耳の後ろにかきあげた。またしても興奮に目を輝かせている。「きみの考えが正しいとしたら、こいつはおおごとになるぞ」

「そうかしら。わたしの考えが正しいとしたら、被害者はみんな超自然的な方法で殺されて、それを証明するのは不可能ということよ」

「だが、それこそきみがやろうとしていることなんだろう？　イヴリンが超自然的な方法で殺されたと証明すること。そのためにきみはウィルビーの町をうろつきまわっている。イヴリンの遺産を処理するためじゃない。真相を探りだすためだ、イヴリンとあの魔女の身になにが起こったのか」

「ルイーズ・フラー」

グウェンはゆっくりと息を吐きだした。「そのとおり――いくつかの答えを見つけたいの」

「この件にコパースミスはどう関与しているんだ？」

「彼は友人」

「きみたちは肉体関係にある――それくらいわかるさ。そうとも、町じゅうの人が知ってることだ。だが、そのひとことですませられる単純な話じゃない。きみのことは二年前から見てきた。そのあいだ、きみがだれかと本気でつきあったことはなかった」

「わたしの私生活がそこまで詳しく観察されていたとは知らなかった」

「白状すると、去年離婚してから、ときどきイヴリンにきみのことを尋ねていたんだ。彼女ははっきり言ったよ、きみは男と親密な関係になることに興味がないんだと。それで察したんだ」

「へえ」

「まあ、察したつもりだった。そういう意味で男を好きにはならない、むしろ女性に興味があるんだろうと思った」眉をひそめた。「ところが、きみがコパースミスといっしょにここへ現われたとき、なにかが変わったことがはっきりわかった」

「どうして自分じゃなくてあいつなんだ、って思ってるんでしょう。でもね、ウェスリー、あなたはわたしに対して深い感情を抱いたことなんか一度もなかった。それはお互いにわかってる。二年前、あなたにとってわたしは単に珍しい女だった——自称超能力者の女。こんな女と寝たらどんな感じだろうって、それだけの存在。今度のこともあなたは自分のエゴのレンズを通して見てる。もうたくさん。世の中には相性の悪い人間もいるってこと」

「でも、コパースミスとは相性がよかったわけだ」

「話が本題からずれてると思う」

ウェスリーが低くうなった。「ああ、それは言える。信じないかもしれないが、じつはここへ来たのはきみに仕事を提案するためだ」

「聞きましょう」

「すばらしい企画がひらめいたんだよ。わたしが考えた番組の新しい企画をまずは聞いてくれ。これで『真夜中』もメジャーリーグの仲間入りを果たせる」

「聞かせて」興味津々に聞こえるように努めた。

「これまでうちの番組が扱ってきたテーマは、幽霊屋敷や不可解な超常現象といったような伝説ばかりだった」口調がかなり熱を帯びてきた。「それはもう古くさい。番組に必要なのは新しい切り口だ」

「どうするつもり？」

「番組のテーマを見直すんだよ。迷宮入りの事件、解決できなかった犯罪を調査する」

「こう言ってはなんだけど、目新しい企画とは思えない」

「いやいや、ちがうんだ、われわれがこれまで扱ってきたのは過去の殺人事件だった。いま言ってるのは、証拠が不充分で解決に至らなかった最近の殺人事件のことだ。あるいは失踪事件でもいい」

「ウェスリー――」

「ここがミソなんだが」身を乗りだしてきて声を落とした。「本物の心理調査員を使って未解決の事件を解決する」

椅子の背にどさりともたれ、〝どうだ〟とばかりに両手を横に広げた。期待に満ちた笑みを浮かべてこちらの反応を待っている。

グウェンはなにか励みになるような言葉を必死に考えた。

「わかった。それってフィクションの番組なのね？」

「いやいや、そうじゃない。わかるだろう？　本物の心理調査員を使って迷宮入りの事件をよみがえらせ、本物の犯罪を解決するんだよ」

「その心理調査員はどこから見つけてくるつもり？　言いたくないけど、この業界には偽者や詐欺師がごまんといるわよ」

ウェスリーが片目をつぶってみせた。「でも、きみとわたしなら本物を——正真正銘の超能力者を——どこで見つけられるか知っている、だろう？」

グウェンは硬直した。「イヴリンのファイル？」

「きみと、バリンジャー研究室に所属していたメンバー数人で構成する、少人数の調査チームを想定しているんだ」

「わたしの記憶では、あなたは超常現象みたいなものが存在することとさえ認めてなかった。そういう能力を使って犯罪を解決できる人たちのことは言うまでもなく」

「ここだけの話、いまでも完全に認めたわけじゃない。だが、このさいそんなことはどうでもいい。これはテレビなんだ。この企画はあたるぞ。直感でわかる。イヴリンがいなくなったいま、番組を成立させるにはきみの協力が不可欠だ。まずは、二年前イヴリンの研究に参加していた超能力者たちを見つけだすことからはじめよう」

「そのためにイヴリンの自宅を家探ししたのね。イヴリンが最後に考えていた『真夜中』の新しいエピソードの構想を知りたかったわけじゃない。バリンジャー研究室に関する記録を見つけたかっただけ」

「正直に言おう、グウェン。わたしは追いつめられている。なにがなんでもきみの協力がいるんだ。視聴率はどん底。『真夜中』は打ち切りだと脅されている。なにより、これはわたしだけの問題じゃない。新しい企画を、しかも早急に考えないと、ふたりとも仕事を失うはめになるんだぞ」

「悪いけど、名案とは思えないわ、ウェスリー。イヴリンが調査した過去の犯罪をもとに台本を書くのはかまわない。でもいまのあなたの話は、番組の方向自体をがらりと変えてしまうものだし、そうなったら法的な問題もいろいろ出てくると思う」

「どういう意味だ?」問いつめるような口調だった。

「落ち着いてよく考えてみて。あなたが全国をまわって、リアリティ番組みたいなやり方で殺人事件の捜査を再開しようとしたら、どんなことになるか。警察は絶対に協力なんかしてくれない。被害者の遺族は動揺する。心理調査のテクニックを使って実際の殺人事件の真相を暴いたところで、いったいどうやってそれを証明するつもり?」

「これはテレビ番組なんだ。なにかを証明する必要なんかない。番組としては、その事件の本来の捜査結果に疑問を投げかけられるような説得力のある仮説を打ちだすだけでいい。そうとも、うちの番組がやるのはいわば公共サービスだ。少なくとも、警察に未解決事件をもっと詳しく調べるよう圧力をかけることはできる」

「どの事件が『真夜中』の調査にふさわしいか、どうやって判断するつもり?」

「そこできみの出番だ。きみの仕事は、しかるべき事件を見つけてくること。それほどむずかしくはないはずだ。説明がつかない、もしくは不可解な点がある、そういった死亡事件の報告をさがしているという情報がネットで広まれば、手がかりは勝手に集まってくる」

「協力できないわ、ウェスリー」

だが、ウェスリーはもはや聞く耳を持たなかった。自分の才気に酔いしれてどんどん話を進めた。

「まずはここウィルビーからはじめる」と宣言した。「イヴリンの死を調べるんだ」

グウェンはあっけにとられた。「なんですって?」

「これぞ完璧」両手を広げて高く振りあげた。"極秘の研究所で、解き放たれた邪悪な力に殺害された超常現象研究家〟」

「冗談じゃない」イヴリンの亡霊が言ったとおりだ、とグウェンは思った。ウェスリーはこの事件を番組のエピソードとして使いたがっている。

「初回の放送がすんだら、そのまま研究所を『真夜中』の舞台として使おう」と話を続けた。「それ以降の調査はすべてそこから発信するんだ。できるだけ早くあのロッジに行って、内部のようすをもっとよく調べる必要があるな。町のうわさでは、イヴリンの自宅といっしょにあそこもきみが相続したそうだね。それならすぐに下調べもできる」

「いいえ」

その返事で話がとまった。顔が曇った。「イヴリンは研究所をきみに遺さなかったのか? でもみんなの話だと――」

グウェンは立ちあがった。「研究所はわたしのものよ。でも、イヴリンの死をあなたの番組のエピソードに使うことは許さない」

ウェスリーも立ちあがった。「イヴリンは殺されたと思ってるんだろう。それを証明するチャンスなんだぞ」

「警察や裁判所が求めるのはたしかな証拠。テレビに出てるような超能力者グループの調査なんかに耳を傾ける人はいない」

グウェンはドアのほうへ歩きだした。

ウェスリーがあわてて追いかけてくる。グウェンの腕をつかんで無理やり引きとめた。

「イヴリンの超能力者リストがどうしてもいるんだ。金なら払う。金額を言ってくれ」

腕をつかんでいるウェスリーの手をちらりと見た。「放して」

「なあ、聞いてくれ、放すわけにはいかない。ここが正念場なんだ」

氷のようなエネルギーの奔流を感じた直後、ジャドソンの冷たい声が聞こえた。

「その手を放せ」

ウェスリーの身体に衝撃が走ったのが感じられた。つかんでいた手が下に落ちた。あわてであとずさりした拍子に近くのテーブルにぶつかった。ジャドソンをにらみつけている。

「脅かすなよ、コパースミス。グウェンと話をしようとしてるだけだ。彼女はわたしの下で働いてるんだからな。話をする権利はある」

ジャドソンは相手にしなかった。グウェンに目を向けた。

「話は終わったか？」

氷のように冷たい炎の燃えさしが、まだジャドソンの目のなかでくすぶっている。首がまわってロビーのほうに向けられた。フロントデスクでライリー・ダンカンが顔をしかめている。

トリシャ・モンゴメリーが奥の事務室から出てきた。「なにかあったのかしら」質問は穏やかで丁寧だったが、その目は険しかった。「グウェン？」

「なんでもないわ、トリシャ」グウェンは即座に答えた。

ますます険悪な雰囲気になっていた。とにかく一刻も早くこの男たちを引き離さなければならない。

「ウェスリーとの仕事の相談はもう終わった」とジャドソンに伝えた。「ここで騒ぎを起こすのはまずいわ」と小声で告げて横をすり抜けた。

ジャドソンは息を詰めていたが、結局しぶしぶ獲物から目を離して、グウェンのあとについてきた。ふたりは黙って階段をあがった。ウェスリーは足音も荒く喫茶室を出て、ロビーを通過し、外に出て自分の車に乗りこんだ。トリシャが事務室へ引き返す。ライリーは仕事にもどった。宿泊客たちは本や雑誌を手に取った。

三階まであがって、ジャドソンがグウェンの部屋の鍵を開けた。グウェンは部屋にはいった。マックスはベッドの真ん中でくつろいでいる。起きあがって出迎えてくれた。グウェンはそばへ行って頭をなでてやった。

ドアを閉めたジャドソンは、そのままドアを背にして立っている。

「下でなにがあった？」

「考えたくもないけど、心理探偵業界でわたしたちの競合相手が現われるかも」グウェンはベッドの端にどさりとすわった。「ウェスリーがテレビの新しい企画をぶちあげようとしてる。本物の超能力者で調査チームを作って現実の未解決事件を解決するって。でも、本物の超能力者を見つけるのがどんなにたいへんか知ってるでしょ」

事情を理解したジャドソンの目が熱を帯びた。「バリンジャー研究室の記録をほしがっているのか。それを使えば本物の超能力者が見つかる。おれたちが行く前にイヴリンの書斎を荒らしたのはあいつだったんだ」

「そう」グウェンはキルトの上で両手を後ろについて身体を支えた。「わたしも心理探偵業界に参入するつもりだなんて、とても言う気になれなかった」

「この分野もだんだん混みあってきたな」ジャドソンは腕時計に目をやって窓辺に行き、外の森に目を向けた。「しばらく時間がある。どれぐらいかかるものかな」

「なにが？」

振り返ってグウェンを見た。「おれは、繰り返し見る夢のなかでなにかをさがしている。きみはそれを見つける手助けができると言ってくれた。どれぐらいかかるだろうか」

グウェンは動きをとめた。「長くはかからない」

「やってくれ」

「いいの？」

ジャドソンの瞳が燃えた。「父が言うには、男はよほど相手の女性を信頼していないと催眠術をかけさせてはいけないそうだ。おれはきみを信頼していると言っただろう」

「でも、ドリーム・セラピーが必要だという考えにはまだ賛同できないんでしょう」

困ったような笑みが浮かんだ。「おれのことがよくわかってるんだな、ドリーム・アイ」

「わたしを修理人だと思えばいい。配管を直す人たちがいる。わたしは夢を修復する」

「きみには才能がある。驚くべき能力が。きみの仕事はすばらしいよ」

「あらまあ、ありがとう」

「おれの夢を分析してくれ、相棒。さがしものを見つけるのを手伝ってほしい」

「わかった。でもその前に、まずは事情を話してもらわないと」

「そうくると思ったよ。忘れるわけないだろう?」

「さすがね。じゃあ聞かせて、ジャドソン」

37

答えが必要なのに、それを運よく自力で手に入れることはできそうにもない。こうなったら専門家に助けを求めるしかなさそうだ、とジャドソンは思った。グウェンは有能な専門家だ。そして自分は彼女を信頼している。

ジャドソンは窓のほうへ顔をもどした。

「その事情というのは、具体的にはなにを意味する？」

「あなたの夢が、どこかの機関に雇われた最後の仕事の最中に起こったことと関係してるのはわかってる。でも、わかるのはそこまで。わたしにトランス状態へ誘導してほしいなら、それ以上の情報が必要なの」

「わかった。なにがあったか話そう。でも、きみがおれの夢を解釈するのにそれがどう役立つのかわからないな」

「あせらずじっくりいきましょう」

ジャドソンはしばらく黙りこみ、考えと記憶を整理した。それから、話しはじめた。こうなったら洗いざらい話してしまうしかない。

「サムとおれが、ある非公式の政府機関の依頼で調査業務をしている——していた——ことは知ってるだろう。きみが知らないのは、そのクライアントをおれたちがどうやって手に入れたかということだ」

「コパースミス・コンサルティング社のサービスをインターネットで宣伝するわけないわね」

「ああ。その政府機関の責任者だったジョー・スポルディングが、大学の最終学年にいたおれと、ほかにもふたり、バーンズとエランドを採用したんだ。情報コミュニティのなかでもひそかに権力のある人物だった。実験的な諜報活動部門を設置する権限を与えられていて、そこに超能力を持つと思われる諜報部員を配属することになった。昔のCIAの透視能力プロジェクトの現代版のようなものだ」

「あなたのような諜報部員候補をどうやって見つけだしたの?」

「スポルディングの本当の強みは、彼自身が超能力者だったことだ。しかもかなり強力な。相手のオーラのエネルギーが感知できるほど近づけば、自分と同じように超能力を持つ人間を見分けることができる。彼はあちこちの大学のキャンパスに貼り紙をして、本人のいう〝実験的な心理テスト〟を受けてくれたら謝礼を払うと告知した。それで超能力の有無が判定できるという。そのテストで本当にわかるかどうか興味があったから、おれは申しこんだ」

「あなたは自分に超能力があることを知っていたから、彼のテストをテストしようと思ったわけね」

「そうだ。そのテストは結局いかさまだとわかった。よくある〝わたしがいま持っているカードをあててください〟式の実験だった」

「あんなの意味ないわ、イヴリンに言わせると」

「そのとおりだ。だが、スポルディングがあてにしていたのはテストの結果じゃなかった。狙いは、本人の言う〝ホット・オーラ〟のある人間を見つけることだ。当然、超能力とは無縁の大勢の学生がテストを受けにきたが、同時に、ほんの数人、おれみたいにその実験に引き寄せられて来た者もいた。自分の本質である超自然的な一面についてもっと知りたいという理由から」

「あなたに会って、スポルディングは見抜いたのね」

「そうだ。そうやってほかの大学でバーンズとエランドも見つけた。彼はおれたち三人に、アクションと冒険に満ちたすばらしい仕事があると提案してきた。しかも国家機関で自分たちの超能力を使う機会もあるという」

「そんな誘いを断れる人はいない」

「ああ、いるわけない」振り返ってグウェンのほうを向いた。「おれは二十一で、まさにスポルディングが約束してくれたようなことを求めていたんだ。母はおれがその機関にはいるのを思いとどまらせようとした。でも父は大賛成だった。いずれはセキュリティ関係の分野に進むことになるのだから、それもいい経験だろうと言って。実際いい経験だったよ。しばらくのあいだは」

グウェンはにっこり笑った。「男の子ならだれもが憧れる生活だものね。本物の超能力秘密諜報員。素敵な響き」

「いい時代だったよ、たしかに。おれが単独で仕事をしたがることをスポルディングはわかってくれて、任務のやり方も好きなようにさせてくれた。うるさく質問したりもしなかった。関心があるのは成果だけ。おれは常に成果をあげた。ところが何年かたつうちに、自分がだれかの下で働くことに向いていないとわかった。調査の仕事そのものは好きだったんだが」

「あなたの能力にぴったりの仕事だったから。やりがいのある仕事だったのね」

「ああ。でも、スポルディングだろうとほかの人間だろうと、とにかくもうだれかの下で働きたくなかった。自分が自分のボスでありたかった。そうこうするうちに、サムが地質学と工学の博士課程を終えて学位を取った。いずれはコパースミス社の調査研究所のトップに就任するはずだとみんなが思っていた。ところが、エマやおれと同じく、サムも父の直属の部下にはならなかった——なれなかったんだ」

「コパースミス一家って、お互いをものすごく大事に思っているくせに、頑固者ぞろいだから、人の命令に従うのはいやなのね」

「母の言うとおり、おれたちはみんな父とそっくりで、その父は筋金入りの頑固者ときてる。たまたまサムは自分でコンサルティング会社を設立しようと考えていたんだが、コパースミス社の調査研究所以外に超自然の水晶にかかわるコンサルタントの需要なんかほとんどない。ところが、スポルディングにはこの分野でサムの能力をどう使えばいいかわかっていた。サムとおれとで民間の調査会社を立ちあげ、自分のところと契約を結んで仕事をしないかと提案してきた」

「コパースミス・コンサルティングね」

「じつは、〝コンサルティング〟の意味する範囲はかなり広くてあいまいなんだ。スポルディングは業務委託契約という形態が気に入っていた。そうすればオフレコの調査も簡単に隠せるから。サムとおれは業務を開始した。主なクライアントはスポルディングの機関だ。会社は長いあいだ順調だった。ところが一年ほど前から状況が変わってきた」

「なにがあったの？」

「最初の変化は微妙だった。うちは契約コンサルタントだから、多くのことに関して〝知っておくべき〟仲間からはずされていることはわかっていた。だが、おれたちには直感がある。ときには不安を覚えるような仕事も出てきた。スポルディングから背景を充分に教えてもらえない仕事は断るようになった」

グウェンがにやりと笑う。「仕事を引き受けるにあたって、自分たちがなににかかわることになるのか知りたかった。つまり事情を知りたかった」

「どこかで聞いたような話だろう？」

「ほんと。要するに、時間がたつにつれ、スポルディングや彼の機関とあなたたちとの関係がだんだんぎくしゃくしてきたということね」

「そうなんだ」ジャドソンは部屋のなかをうろうろしはじめた。「それでも、しばらくはどうにか折り合いをつけて仕事をした。とにかく、スポルディングにはおれたちが必要だった。仕事をまわせる超能力者のなかでおれたちは最強だったし、そのことはスポルディングもわかっていた。だから、成果がほしいならおれたちを使え、おれたちを使うなら事情を話せと要求した」

「ほかの諜報員たちはどうだったの？」

「バーンズとエランドは結局、危険を知らせる探鉱のカナリアになった。ふたりの異変に気づいたのが最初だったんだ」

「どんな異変？」

「いっしょに仕事をしたこともあるから、ふたりの超能力のレベルやその限界はなんとなく察していた。彼らの能力はきみの友人のニックと似ている——超常的な夜間視力と聴力、電光石火の反応。影のなかに完全に溶けこむこともできる」

「なにがあったの？」

「ある日、新しい任務の説明を聞くために、スポルディングの事務所へ行った。おれが着いたとき、スポルディングは電話中だった。バーンズがいて、コーヒーを勧めてくれた。マグを受け取ったとき、彼のエネルギーになんとなく違和感を覚えたんだ」

「違和感を具体的に言うと？」

「不安定。不健康。不健全。それと、体格がよくなったようだった。ウェイトリフティングで鍛えたみたいに。目がなんとなく熱っぽい感じだった。それまでそんなことは一度もなかった。具合でも悪いのかとおれは訊いた。強力なウィルスにでも感染したんじゃないかと思ったんだ」

「彼はなんて？」

「おれがなにかのスイッチを押したような感じだった。くつろいだ親しげな態度から一変して怒りだした。侮辱されたみたいに。殴られるかと思った。そのときエランドが部屋にはいってきて〝落ち着けよ、相棒〟とかなんとか言った。バーンズは背を向けてそのまま部屋から出ていった。バーンズがいなくなったあと、エランドも同じような熱病にかかっているのがわかった。でも彼のほうがまだ少しは落ち着きがあった」

「ふたりとも病気だったの？」

ジャドソンはふたたび窓のほうを向いて、間をおいた。

「それがわかればいいんだが。もし病気だとしたら、ふたりの超自然感覚に影響を与える熱病だったんだろう。そのときはっきりわかったのは、とにかくバーンズとエランドには近づかないようにしようということだけだった。コパースミス一家は全員健康体だったが、その日スポルディングの事務所で、おれははじめて不安になった。おれたちのような人間――超能力のある人間――は、普通の人ならまったく心配しなくていいような〝感覚の熱病〟にかかりやすいんじゃないかと」

「不安になるのも当然ね。次にバーンズとエランドに会ったのはいつ?」

「ふたりがカリブ海の島でおれを殺そうとしたとき」

「なにそれ。いいわ。続けて」

「事務所でそのちょっとした騒ぎがあった直後、スポルディングから連絡が来て、優先度の高い緊急の調査があると言われた。別の機関の情報アナリストが行方不明だというんだ。考えられる仮説としては、きわめて重要な情報を持って本人がみずから行方をくらましたか、でなければ殺されたかだ。おれに真相を突きとめてほしいという。いつもどおり、おれの任務は答えを見つけることだ。サムもおれも、犯人をつかまえたり逮捕したりはしない」

「ただのコンサルタントだものね」

「ただのコンサルタントだ」ジャドソンは静かに同意した。

「それが、コパースミス・コンサルティング社が非公式の政府機関から受けた最後の仕事?あなたがしばらく消息不明になったという」

ジャドソンは驚いてグウェンを見返した。「知っているのか?」

「そのときは知らなかった。ハワイにいたから。でも、帰国してアビーから聞いたの。あなたが最後の任務の途中でしばらく音信不通になって、なにかまずいことが起こったらしいけど、でも無事にもどってきたって。しばらく島に引きこもってコパースミス・コンサルティング社の新しいビジネスプランでも練ってるんだろうって、みんなそう言ってた」

「そのとおりだ」

「繰り返し見る夢の部分以外はね」

「その部分以外は」

「島でなにがあったのか話して」

「おれはあそこで行方不明のアナリストの足跡をたどった。洞窟へのダイビング・ツアーに行ったらしいとわかった。カリブ海のあのあたりの島には水中の洞窟が無数にある。そういうところに惹かれるダイバーもいるんだ」

「わたしだったら地上の洞窟にはいると思っただけで充分落ち着かない気分になる。水中の洞窟にもぐるなんて考えられない。パニック発作を起こしそう」

「ダイバーがみんな洞窟に惹かれるわけじゃない。とにかく、そのアナリストは島に着いてまもなく行方不明になったことがすぐにわかった。地元警察は簡単な捜査をして、洞窟ダイビングに出かけたことを突きとめ、地元で〈モンスター〉と呼ばれる浸水した洞窟網を通り抜けようとして溺れたのだろうという結論に達した。そうやって行方がわからなくなった旅行者はなにも彼がはじめてじゃないと言われた」

「でも、あなたは不審に思った」

「その行方不明のアナリストのことを調べてみたんだ。ダイビングの経験は豊富だったが、それまで洞窟にもぐったことは一度もなかった。いきなり〈モンスター〉にもぐったとは思えないし、ましてや単独で行くとはとうてい考えられない。世の中にはアドレナリン中毒者がいるし、愚かなアドレナリン中毒者もいる。おれが調べたかぎりでは、そのアナリストは愚か者じゃなかった」

「その人を見つけたの?」

「彼が殺された場所は見つけた。〈モンスター〉の入口にあたる洞窟のなかだ。でも遺体は消えていた。犯人が洞窟の奥の浸水した場所まで運んでそこへ押しこんだにちがいないと思った。そうすれば、万一遺体が発見されても事故死のように見える」

「その遺体をさがすことにしたのね?」

「そのつもりだった」紆余曲折した話を再開した。「ところが、捜索・救出作戦を練るチャンスはなかった、バーンズとエランドが現れたせいで。ふたりはおれのあとをつけていた。アナリストを始末した方法でおれも始末するつもりだったんだ。おれは〈モンスター〉のなかに隠れようとした。ここにもアドレナリン中毒者がひとりいて、とうてい勝ち目のない賭けにでたんだ」

「どうやって助かったの?」

「昔ながらの方法で。おれは拳銃を持っていた。それを使った」

「そうね、その作戦はいまも有効だと思う」グウェンがゆっくりと息を吐きだす。「ふたりとも撃ったの?」

「ああ、でもここが肝心なんだ、グウェン、おれはふたりを殺さなかった」そこで言葉を切った。「知りたかった情報をふたりから引きだしたあと、地元警察に連絡した。緊急通報に応じて現場へやってきた警官に、海中の洞窟で行方がわからなくなっていた男はバーンズとエランドに殺されていたことを伝えた。スポルディングが用意してくれた政府機関の立派な身分証をちらつかせたら、地元警官はあっさり信用した。断言してもいいが、最後にバーンズとエランドを見たとき、ふたりはまだ生きていて、病院へ搬送されるところだった。どっちも致命傷は負っていなかった」

グウェンが顔をしかめた。「ふたりは病院へたどりつかなかったの?」

「そうじゃない。現場にいて目撃したわけじゃないが、あとになってわかったのは、入院して一日半後にはふたりとも半狂乱になっていたということだ。それから二日とたたずにふたりとも死んだ。自殺だった。バーンズは首を吊った。エランドは両手首を切った。当局にとっても医学上の大きな謎だった」

「なるほどね。なにがあったのか見当もつかない?」

「看護師たちが言うには、ふたりは自分たち専用の薬を求めて叫び続けていたそうだ。必要な薬剤は上司が持っていると言って。ふたりは病院の職員に電話番号を渡したが、いくらかけても応答はなかった」

「上司であるスポルディングも、すでに死んでいたから?」グウェンが静かに尋ねた。

「ああ。救急車で搬送される前に、バーンズが教えてくれた。アナリストの遺体を隠すのに使った水中の洞窟におれも沈める予定だったと。おれの死には絶対になにひとつ不審な点を残してはいけないと知っていたんだ」

「ちゃんとわかっていたわけね。あなたが死んだことにほんの少しでも疑いを抱いたら、お父さまとお兄さんはスポルディングの組織と島全体を破壊してでもあなたをさがすだろうって」

「エマと母も忘れないように」ジャドソンはさらりと言った。「ふたりともすごい鉤爪《かぎつめ》を持っている、本当だ」

「信じるわ」

「だがバーンズとエランドはこう考えていた。おれの身体にダイビング用の装備が完璧についていれば、自分でアナリストの遺体を回収しにいこうとして途中で死んだと、だれもがそう考えざるをえないはずだと。ほどなくわかったことだが、スポルディングも同じ想定のもとに準備を進めていたんだ。最後に自信満々で話してくれたよ、その計画をどう成功させるか」

「確認させて」とグウェン。「スポルディングとはたまたま出くわしたの？」

「洞窟のなかで待ち伏せしていたんだ。おれは自分のダイビング用の装備を持ってそこへ行き、洞窟の水のなかをひとまわりするつもりだった。アナリストの遺体をなるべく早く見つけなければならない。超常的なものも含めて、証拠は水のなかですぐに消えてしまう。ウェットスーツを着たところで、スポルディングが姿を現した」

「彼も島にいたのね」

「バーンズとエランドをつけてきていた。予定どおりにことが運ぶのを確認するために。おれがいずれ手に負えない厄介者になりそうなことはわかっていたと言われたよ。これがいまの組織で自分の最後の任務になるとも言った。店じまいするつもりだったんだ」

「スポルディングはバーンズとエランドが病院にいることを知ってたの？」

「ああ。ふたりがまだ生きているなら、おれがすでに情報を引きだして、アナリストの遺体をさがしにいくことも読んでいたんだ」

「スポルディングはあなたを殺そうとした？」

「もちろん。でもその前におれは、なにがどうなっているのか教えてくれと頼んだ。やつは話してくれた。ある製薬会社の超機密部門でセキュリティ責任者という新しいポストにつく予定だと言った。その会社は超能力を増幅させる作用のある合成麻薬のシリーズを開発していて、有効な調合薬がひとつあるものの、まだ副作用が多いんだと」

「バーンズとエランドを半狂乱にさせて自殺へと追いこんだ薬ね」

「ふたりはその薬を服用していた。あきらかに依存性の高い薬だ。離脱すると精神に異常をきたし、やがて死に至る。ともかく、その会社の最高経営責任者《CEO》は、経験豊富なセキュリティの専門家が自分の組織にいれば心強いと判断した——みずから本物の能力を有し、なおかつアメリカの情報コミュニティの実務的な知識に通じた人間が」

「その表現はあなたの元ボスにぴったりあてはまる。スポルディングもその薬をのんでいたの？」

「ああ」

「ほかにはなにを話してくれた?」

「たいしてない」ジャドソンは窓枠の端をぎゅっとつかんで、川を見おろした。「やつはあせっていた。これ以上時間を無駄にはできないと言った。おれを始末したら、次は自分の死を演出することになっていた。新しい名前で別人になって、民間企業で新しい仕事をはじめるつもりだったんだ」

「でも、その前にあなたを始末しなきゃならない、証拠をいっさい残さずに。いったいどうやって実行するつもりだったの?」

「武器を持っていた。水晶を動力とする技術を使ったものだ。見た目は懐中電灯のようだった。雇い主のCEOからの贈り物だと言った。気がついたら、その武器がおれに向けられていた。氷のようなエネルギーの衝撃を感じた。そのエネルギーで心臓が文字どおり凍りつくような気がした」

「ルイーズの家で遭遇したウィンド・チャイムの嵐みたいな感じ?」

「いや、あのエネルギーは支離滅裂な不協和音だ——まとまりがない。スポルディングの小さい水晶の銃から発せられたエネルギーは、集中していて、しかもすごい威力だった」

「あなたはどうしたの?」

ジャドソンは指輪に触れた。「この水晶でなにができるかわかったのはそのときだった。なにも考えずとっさにこれを使っていた。指輪にエネルギーを注ぎこんだ。その波長がどういうわけかスポルディングの武器の力を無効にした。だが、それだけでは終わらなかった。

懐中電灯式銃のエネルギーが逆流した。サムに言わせると、その効果は、プールの壁にぶつかった波が方向転換してもどってくるのに似ているらしい」

「逆流したエネルギーはスポルディングのオーラをのみこんだ。それが彼を殺した」

「そうだ。そのときは理屈なんか考えなかった。自分がどういう幸運に恵まれていたにしろ、その時点でもう運を使い果たしてしまったことがわかったからだ」

「ということは、ほかにも危ないことがあったの？」

「その最後の任務で？　もうすべてが危険だった。洞窟内にエネルギーが急速にたまりはじめた。超常エネルギーのレベルがどんどんあがって、あと数秒の余裕しかなかった。奇妙なオーラが現れた。おれはダイビングの装備をつかみ、洞窟内の水に飛びこんで爆発を乗りきった。でもその直後に水面に顔を出したら、岩が派手に崩落していた。大量の石で洞窟の入口が埋まっていた。爆発で有毒ガスが放出した。出口はひとつしかなかった」

「ああ、嘘でしょ」グウェンが小声で言った。目が険しくなる。「水中の洞窟を泳いで通り抜けたの？」

ジャドソンは部屋を横切り、袖椅子にゆっくりと腰をおろした。「島の人たちからその洞窟網の話は聞いていた。遺体をさがしにそこへもぐることになるのはわかっていたから。いくつかの兆候から、海へ通じる出口があるらしいという話だった。といっても、洞窟網を完全に探査した者はいないし、地図があるわけでもない。過去のダイビングで得られた情報もまったくない」

グウェンが身震いした。「水中の洞窟網に閉じこめられるなんて、最悪の悪夢だわ」

「いいや」ジャドソンは言って、グウェンと目を合わせた。「きみの最悪の悪夢は——おれの最悪の悪夢は——自分の居場所をだれにも知られないまま、毒ガスのにおいを嗅ぎながら、生き埋めにされて人生の残された時間を過ごすことだろうな」

グウェンが深いため息をつき、こくりとうなずく。「わかった、訂正する。水中の洞窟に閉じこめられることは、生き埋めにされるより、ちょっぴりましかもしれない。でも悪夢にはちがいないわ」

「ちがいない。次の休暇旅行でまたあれを体験したいとは絶対に思わない。生還できたのは、あの死んだアナリストのおかげだよ。本人は知るよしもないだろうが、おれの命の恩人だ」

「どういうこと？」

「バーンズとエランドは、彼を殺したあとタンクを空にしなかった。懐中電灯までそばに残しておいた。万一だれかに発見されたとき、いかにも事故らしく見えるように」

「あなたが悪夢を見るのも当然ね」グウェンはつぶやいた。

「あの洞窟網を泳いで通過する夢もたまには見るが、悪夢というのは、ゆうべきみがおれを見つけたあの夢だ。泳いで海へ出ようとして水にはいる直前に起こったこと。視界の隅になにか小さいものが一瞬だけ見えた。そのときは気にもとめなかった。ほかにもっと大事なことがあったから」片手をぐっと握りしめた。「でも、いまになって夢のなかであの瞬間を思い返すと、わかるんだ。あのとき見たもの、もしくは見たと思っているものには、重要な意味がある」

「夢のなかでなにをさがしているのか、心あたりは？」

「ない」ジャドソンは首を振った。「本当だ、いやというほど何度も考えてみた」

身をかがめて両膝に腕をつき、両手の指先を軽く合わせた。「あの悪夢のなかでおれがなにをさがしているにしろ、きみはそれを見つける手助けができる。本気でそう思うか？」

「さがす手助けはできるけど、見つけるべきものが確実にあるという保証はない。あなたが毎晩さがしものをするのは、あの日自分の身に起こったことのストレス症状にすぎないかもしれない。でもいずれにしろ、夢の情景の無限ループを断ち切る手助けはできる。それがあの夢に幕をおろすきっかけになるはずよ」

「やってくれ」ジャドソンは言った。「いまから」

38

ドリームライトのなかでもやもやと渦巻く霧の向こうから、グウェンがこちらへやってきた。

「遺体につまずかないように」ジャドソンは言った。

「どこにあるの?」グウェンがあたりを見まわした。

「きみの足元に」

グウェンは一瞬下を見て、無表情に目をあげた。「ええ、やっと見えた。これだから他人の夢のなかにはいるのは厄介なの。大ざっぱな景色は把握できるけど、些細《ささい》な点となると、夢を見てる本人に頼らなくちゃならない」

その言い方が妙におかしかった。「遺体が些細なことなのか?」

「そう。さてと、この場面を一時停止させたから、あなたはここで起こったことをじっくり調べられる。わたしを案内してもらえるとすごく助かるんだけど」

「いつものこの夢のバージョンとどこかちがって見える。感覚もちがう」

「いつもの夢の明晰夢バージョンだから。あなたは自分が夢を見ているとはっきりわかってる。ある程度コントロールをきかせることができる。そういう視点だから、通常の夢のなかでの経験とはちがって感じられるの」

「きみがそう言うなら」

「案内して、ジャドソン」グウェンがやんわりと促した。

ジャドソンはあたりを見まわしながら、不気味な夢の情景のなかで、自分の居場所をたしかめた。グウェンの言うとおり、その場面は一時停止していたが、自分がどこにいるかは正確にわかった。時系列もはっきりしている。あの爆発はまだ起こっていない。もしもこの超視力がなかったなら、自分のとスポルディングの、ふたつの懐中電灯から発せられる光線以外なにも見えなかっただろう。死んだ男の懐中電灯はすでに手から落ちていた。水晶の武器も同様。

大きな洞窟の内部は広い。六メートルから十メートルほど先の闇のなかまで続いている。だが、外の世界からここへ通じる入口は狭く、人ひとりがかろうじて通れる幅の曲がりくねった道しかない。

感覚を高めているので、洞窟の浸水した部分の入口を示す水たまりがはっきり見える。ジャドソンはその水ぎわに立っていた。水はぼんやりとした黄緑色の光に満ちている——ジャドソンの特殊な視力が岩の持つ自然のエネルギーを可視化するのだ。見おろすと、水面の下に〈モンスター〉の喉の開口部があるのがわかる。

「おれはいまこの指輪を使ってスポルディングのオーラを帳消しにしたところだ」ジャドソンは言った。「石はまだ熱い。水晶の銃はスポルディングが死ぬ直前に効力を失った。でも手遅れだった。銃から放出されたエネルギーとおれの指輪が大気に火をつけてしまった。超常エネルギーが増えて大気が不安定になるのが感じられる。発光現象が起こりつつある」

「オーロラみたいな?」

「そうだ。でもこれは超常エネルギー波でできている。いまにも爆発が起こりそうな気配だ。その爆発がスペクトルの通常波に影響を及ぼすほど威力のあるものかどうか、それはまだわからない。でも、おれを殺すか、少なくとも超感覚を狂わせるだけの威力があることはまちがいない。爆発を乗りきれるとしたら、方法はひとつ、洞窟の浸水した部分に飛びこむことだ。そう直感が告げている。大きな岩と水で爆発から身を守れば、チャンスはあるかもしれない」

「浸水した洞窟の入口はどこ?」

「いまその水ぎわに立っている」

「どんなものか説明して」

「〈モンスター〉と呼ばれるのには理由がある。地元の人たちが言うには、こいつはダイバーを丸のみにするんだ。海へ通じる出口があるという人もいるが、探検して出口までたどりついた者は過去にひとりもいない。洞窟網を通過しようと試みた者はほんのひと握りだ。大半は途中でやむなく引き返した。それは、行方不明にならなかった人たちだ」

「でもこの時点では、あなたは泳いでここから出ようとは思っていない」

「ああ。水にもぐるのは、あくまでもこれから起こるのを察知している超常エネルギーの爆発を切り抜けるためだ。死んだアナリストをさがしにいくつもりだったから、もうウェットスーツを着ている。おれは潜水具と懐中電灯をつかんで水のなかにはいる。〈モンスター〉の喉までたどりつく。水中にいてさえ、爆発を感じるし音も聞こえる。爆風の衝撃波があるが、水と岩がおれを守ってくれる。爆発がおさまると、おれは水面に出る」

「いいわ、わたしたちはいまあなたの夢という状態のなかにいる。あなたはその洞窟の陸地の部分を観察している。なにが見えるか話して」

「ほとんど見えない。さっきの発光現象で超常視力がダメージを受けた。ここでは盲目も同然だ」

「なんてこと、あなたがもうひとつの視力を失ったなんて知らなかった」

「回復するのにひと月ほどかかった。そのときはわからなかったが」

「海沿いの小さな町にしばらく引きこもっていたのも無理ないわね。悪い夢を見るようになったのも」

「その夢の話だが――」

「わかってる。夢の情景にもどりましょ」

「超常視力を失っても、まだ通常の視力があるし、懐中電灯もある」

「それでなにが見える？」

「スポルディングの遺体。あいつの懐中電灯がそばにあって、でも消えている。爆発で壊れたんだ。水晶の武器も見える。岩が積み重なったそばにころがっている。でも、遺体も武器も、おれにはもうどうでもいい。その瞬間、水中の洞窟網を泳いで通り抜けるしかないと悟ったからだ」

洞窟の外へ出るまでの長く果てしない悪夢を詳しく描写しても意味はなさそうなので、そこで話を中断した。

「どっちの方向へ泳げばいいか、どうやって判断したの?」

「水のなかにいると、流れを感じる。わずかながら、確実にある。それをたどっていく」

「洞窟の途中で通り抜けられないような狭い場所に出くわすかもしれないし、そんなことだれにもわからないのに」グウェンがつぶやくように言う。

夢のなかの大気を通してさえ、彼女の声の震えを聞き取ることができた。

「選択の余地はなかったんだ」ジャドソンは念を押すように言った。「ドリーム・セラピーを終わらせてしまおう」

「ごめんなさい。ときどき夢の情景に深くはいりこみすぎてしまうの。わかった、状況は把握できたと思う」

「これが事情ってやつだ」

「まさに事情ね。あなたは海へ出る長い道のりを泳ぐために水のなかへもどろうとしている。でもいまはまだ水面にいて、洞窟の陸地の部分を見ている。そこでもう一度、重要な意味があるはずのなにかが一瞬見えるのね？」

「そうだ」興奮が身体を駆けめぐる。「そう、いまそれが見える。小さくて白いもの、そこにあるのが場ちがいに見えるようなものだ」

「そのなにかをよく見て」

夢のなかで時間がなめらかに流れて場面が切り替わる。ジャドソンは停止していた発光エネルギーの幕から目を離し、夢の情景全体を包みこむ影に焦点を移した。

「向こうの、水のあるほうとは反対側にあるんだ。紙の切れ端のように見える。角が少しだけのぞいている。残りは石の下敷きになっている」

「下敷きになっている？」グウェンがその言葉に反応した。「まちがいない？」

「たまたまそこに落ちたということはありえない。彼が殺された場所の近くだ」

「彼って？」

「アナリスト」ふいにアドレナリンと超常エネルギーがあふれてきて、ジャドソンは夢から覚めた。「まだ生きているときに、自分はまもなく死ぬとわかっていたんだ。だから、だれかがさがしにきたときのためにメッセージを残そうとした。もう一度あの洞窟にはいらなくては」

「浸水したトンネルをまた泳いでもどろうというの？」

「その必要はないと思う。きみが知らないといけないから言っておくが、父は世界でも屈指の鉱山土木会社を経営している」

「そうそう、そうでした」グウェンが鼻にしわを寄せた。「あなたがコパースミス家の一員だってことをつい忘れてしまうわ」

「父の得意なことがひとつあるとすれば、それは硬い岩盤を掘削することだ。洞窟の入口を開けるくらい、父にとっては公園を散歩するようなものだろう。二、三日もあれば人員を集めて準備を整えるはずだ」

「すごいわね、このウィルビーで二件の殺人事件を解決、次はカリブ海に飛んで、あやしい合成麻薬と謎の武器のからんだ超自然的な犯罪を解決」ため息をついた。「あなたの人生って退屈とは無縁ね、ジャドソン・コパースミス」

「ああ、おれのカレンダーはこのところ予定がびっしりだ」あるイメージがジャドソンの感覚をよぎった。「くそっ。なんで気づかなかったんだ」

「なに？」

「答えはカレンダーにある」

39

ウィルビーの町の店じまいは早い。数少ないレストランはどこも十時には閉店する。最後のピックアップ・トラックが〈ウィルビー酒場〉の駐車場を出ていくのが深夜の少し前。店員はその二十分後に店を出る。

あたりが真っ暗になるその時間まで待って、ジャドソンは〈ハドソン・フローラル・デザイン〉の裏口のドアからなかにはいった。超常視力で見ると、ナイフや植木ばさみ、剪定《せんてい》ばさみ、金切りばさみ、棘抜きなどが作業台の上に並べられ、中世の兵器よろしく、ぎらりと光るのがわかる。棚の上に並んだガラスの花瓶は、黄緑色がかった透明な光できらきら輝いている。

店の表側まで行き、カウンターのなかにはいった。狭い事務室のドアは閉まっているが、鍵はかかっていなかった。田舎町の住人たちは、セキュリティに関してあまりにも無頓着で、それが習慣になっている。

事務室の内部は、グウェンとふたりでニコールに話を聞きにきたときとほとんど変わっていない。切り裂かれて破れた写真がまだ壁にピンでとめてある。狭い部屋の奥へ行って写真のカレンダーをはずした。八月の一日、二日、三日と続けて同じメモが書かれている。《犬の餌やり》

持参してきた日付のリストを取りだした。《犬の餌やり》のメモは、年間を通して、まさに予期したとおりの日に書きこまれていた。

店の裏口の石段にくぐもったようなかすかな足音がして、ジャドソンの感覚が全開になった。指にはめた石がミニチュアの超自然的な太陽のように熱く燃えた。そろそろ店の表玄関から外へ出たほうがよさそうだ。

事務室を出てカウンターをまわった。表の通りに出ようとドアの取っ手に手を伸ばしたとき、裏口の石段にいるのは、ひとりではなくふたりだとわかった。

足をとめて、待った。裏口のドアが開いた。懐中電灯の光線が奥の部屋を突き抜けて店の表側にまで届いた。

「よう、プール」とジャドソンは声をかけた。

バディ・プールが部屋にはいってきた。ウィルビー雑貨店のカウンターにいたとき着ていた普段着の格子縞《こうしじま》のシャツと赤いサスペンダー、昔ながらの金縁の読書用眼鏡は消えていた。今夜のバディは殺し屋風の黒ずくめの衣装だった。

バディはひとりではなかった。ニコールもいっしょだった。両の手首を背中で縛られていた。口はテープでふさがれている。恐怖に見開かれた目がジャドソンを見つめる。バディがニコールのこめかみに拳銃を押しあてた。もう一方の手で懐中電灯をこちらに向けた。

「銃をおろせ、コパースミス。いやならこの場で女を殺す」

ジャドソンはそろそろと拳銃を床に置き、ゆっくり身体を起こした。

「どうしておれがここにいるとわかった」

「おまえの動きを監視してたんだよ。今夜ホテルを出たとき、なにか企んでるにちがいないと思った。てっきりおれのところへ来るんだろうと。おまえがうちの犬どもをどう扱うか楽しみにしてたんだが。フォールズ・ビュー・ロードに向かわなかったから、たぶんここへ来るつもりだろうと踏んだ。取引の道具が必要になった場合に備えて、この女を確保したというわけだ」

ニコールがすすり泣いた。

バディに乱暴に突き飛ばされて、ニコールが壁にぶつかった。うめき声をあげて膝からくずおれた。

バディは見向きもしなかった。超常エネルギーで熱くなった目でジャドソンを凝視している。「どうしてわかった、コパースミス?」

「昔ながらの方法だ。点と点と結んでみた。クラフト・フェアに参加するために町を離れているあいだはニコールに犬の世話を頼んでいると、おまえはそう言った。グウェンとおれがニコールに話を聞きにここへ来たとき、机の上の壁に掛かっているカレンダーに気づいた。ここにメモが書かれている三日間、おまえはクラフト・フェアに参加すると言って留守にしていた。だが、この真ん中の日、二日めは、おまえがある老婦人を殺した日だ。殺しのあったほかの日も全部、いま突き合わせてみた。おまえが町を離れていた日、つまりニコールが犬の餌やりの予定を入れていた日と合致する」

バディがうんざりしたように鼻を鳴らした。「困ったことにイヴリンも同じことを考えた。死ぬ前にそこまで吐かせたんだ」

「イヴリンのコンピューターと携帯電話を持ち去ったのはおまえだな」

「イヴリンが疑惑をだれかに電話で話したか、メールで伝えたんじゃないかと思ったんでね。あの晩、送信されたメールはグウェンあての一通だけだった。そのうちグウェンがやってきて死体を発見するだろうと思ったが、それはそれで別にかまわない。オクスリーが不審に思ったとしても、やつの目にはグウェンが容疑者として映るはずだという確信があったからな」

「そこへおれが現れた」

「おまえは厄介な存在になりそうだと思ったよ、あれこれ嗅ぎまわられたりしたらとくに。ルイーズは何年も前から危険要素だった。もともといかれていたのが、日に日にひどくなってきた。もうあの女に用はなかったから始末したんだ。これで一件落着すると思った。あとはただ待てばいい。おまえとグウェンはいずれ町を去るだろうし、そのうちなにもかも元どおりになるだろうから。ところが今夜、おまえたちにはおとなしく町を離れる気なんかないとわかった」

「ルイーズ・フラーが恐れていた悪魔はおまえか。彼女がひとりだけ産んだ子供の父親は」

バディはふんと鼻を鳴らした。「あの女は息子を利用しておれを殺そうとしたんだ」

「さもありなんだな。なにしろザンダー・テイラーは父親そっくりの息子なんだから」

「いかれた遺伝子を除けばな。そこは母親から遺伝したんだ」

「いいや。この父にしてこの息子ありだ。ふたりともいかれてる」

「黙れ」バディの目が怒りに燃えた。「おれはプロだ。金で雇われてやってる。ザンダーはゲーム感覚だった。そうとも、あいつは取りつかれてたんだ。〝超能力者を仕留めろ〟ゲームで味を占めて、コントロールがきかなくなった。いずれ近いうちにつかまってただろうよ。二年前にこのウィルビーで殺しをはじめたときに、あいつを始末しなきゃならないと思った。ところが代わりにグウェン・フレイザーがその問題を解決してくれた。はっきり言ってじつに好都合だったよ」

「ザンダーが滝に身を投げたと聞いて、すぐに研究所へ行ったんだな。そして例のカメラを見つけた。さぞかしほっとしただろう。これで自分の秘密は安泰だと思った。ところが、そのおかげで答えの出ない疑問がいくつか残ったんじゃないか？」

「ザンダーが自殺じゃないことは、少なくとも意図的にやったんじゃないことはわかってた。ゲームが生き甲斐だったんだ。おそらくなにか諍《いさか》いがあって、グウェンはたまたま運がよかったんだろう、そう推測するしかない」目が細くなった。「ひょっとして、おまえは真相を知ってるんじゃないだろうな」

「ああ。真相を正確に知っている。おまえの言うとおり――息子は自殺したんじゃない。グウェンは襲われて、自分の身を守った。ザンダーは諍いに負けて、滝から身を投げた」

「土壇場で、殺しの衝動に自分がつかまってしまったんだろう」

「そんなところだ」

「いま言ったように、あいつがしくじるのは時間の問題だった、母親のせいでな。ルイーズには使い道があったが、遺伝材料としてはよくなかった」

「おまえが何年も前にルイーズをこのウィルビーに連れてきたのは、手近においておけば便利だったからだろう。彼女がおまえのために作った水晶の武器をチューニングさせるのに」

「おれのあのちょっとした装置のことも知ってるのか」バディが両眉を吊りあげた。「白状すると、そこまで見抜かれているとは知らなかった」

「その手にある拳銃の動力が水晶じゃないことはたしかだ」

「ああ、こいつは普通の拳銃だ。だが、これはこれで使い道がある。警察が気に入るような証拠を残してくれるからな。これが片づいたあと、現場はドラッグの取引がこじれたように見えるはずだ。ニコールが店の奥の部屋でドラッグを売買していて、おまえが商品を買いにきたことは、だれも知らなかった」

「どうしておれたちを殺すのに水晶を使わないんだ」

「その必要はない」

「要するに、ルイーズ・フラーを殺して以来チューニングできてないからだろう。どれだけ残っているかわからないが、エネルギーを温存しておきたいということか。水晶の新しいチューニング係を見つけるには少し時間がかかるかもしれないからな。ルイーズの後釜を見つけるのに、イヴリン・バリンジャーのサマーライト・アカデミー時代の記録が使えるかもしれない、それを思いついたのはいつだ？」

「たまげたな」バディが小さく口笛を吹いた。「なにもかもお見通しってわけか」

「友人たちのささやかな協力があった」

「ここが終わっても、まだ後始末がいくつか残っているということか。ザンダーのせいで厄介なことになったもんだ。そもそもあいつが懐かしのママをさがしにウィルビーへ来たりしなければ、こんな面倒はいっさい起こらなかった。この商売をはじめてもう十年以上になるが、おれのことをしなびたレタスを売ってるだけの男じゃないと疑ったやつなんかひとりもいなかった」

「ルイーズがおまえのために水晶の武器を作ったのはそれが最初か？　その十年前が」

「あの魔女はいつも水晶をいじくりまわしていた。三十四年前に第一世代の水晶を生みだしたんだ。その石にはたいした力はなかったが、ある種の向精神薬と合わせれば、催眠暗示にかけて洗脳するのに使える」

「ロサンゼルスで実入りのいいカルトを運営するのに使ったのか」

「くそっ。そこまで知ってるのか」バディはうめいた。「厄介なことになったたな。石のことはおまえの言うとおりだ。カルトをたたんだあと、おれはその石を使ってあれやこれやで金を稼いだ——脅迫やら投資詐欺やら、そんなことで。だが十年前に、ルイーズが痕跡をいっさい残さず人を殺せる新型の石を作りだした。おれはすぐにその可能性を見抜いた」

「おまえはウィルビーへ越してきて、ルイーズもいっしょに連れてきた。新しい身分を手に入れ、契約殺人ビジネスをはじめた」

「ザンダーが母親をさがしにくるまでは、なにもかも順調だった。最初はあいつが母親を見つけたことに気づかなかった。ルイーズが水晶のひとつを息子にやったことも知らなかった。ザンダーはその石を使ってくだらないゲームをはじめた。そしてバリンジャー研究室のことを聞きつけた。あいつはその誘惑に逆らえなかった」

「そしておまえは、自分の能力を受け継いだ息子がいたことをはじめて知った」

「どうやらグウェン・フレイザーも片づけなきゃならんようだな。ほかにおまえのやってることを知ってるのはだれだ？」

「冗談だろ」ジャドソンは苦笑した。「暗殺リストをおまえに渡すとでも思うか？」

「ああ。本気だとも。おれのちょっとした装置のことはおまえの勘ちがいだからだ。エネルギーはたっぷり残っている。見せてやろう」

バディはシャツの内側に手を入れ、首にかけていた金色の鎖のペンダントを引っぱりだした。水晶は涙の滴形だった。金属の枠にはめて鎖につけてある。影のなかで水晶があやしげに光った。

「それで答えがひとつわかったよ。ひとり殺すたびにチューニングし直す必要はないわけだ。その点が気になっていた」

「一度チューニングしたら三回は使える。ルイーズは自分がこれを使われる直前に一度チューニングしたんだ。二回めをおまえごときに使うのは癪《しゃく》だが、そうするしかない。いいか、おまえは自分の判断をかならず後悔するはめになる。この装置を使えば、急ぐ必要のないときはゆっくり時間をかけて殺すこともできるんだ。その苦痛たるや、すさまじいものらしいぞ――氷河のなかに生き埋めにされるくらいに」

水晶が光って邪悪な紫外線の放射エネルギーを発したが、ジャドソンは覚悟していた。指輪にエネルギーを送りこむと、求めていた反応が得られた。琥珀色の石が強烈な輝きを放って燃えあがった。その波長が邪悪なペンダントの波長と激しく衝突し、発生源に向かって跳ね返らせた。

自分の武器から放たれた超常放射エネルギーの反撃を受けて、バディは息をあえがせた。よろよろとあとずさりしたが、倒れはしなかった。

水晶の武器は放棄したものの、バディは必死に拳銃を構えようとした。

ジャドソンはカウンターの上の手近な花瓶をつかみ、重たいガラスの容器とその中身――二リットルの水と黄色い菊の束――をバディの頭めがけて投げつけた。

バディはとっさに身をかがめ、ドアから奥の部屋へと走りだした。花瓶は壁にぶつかって粉々に砕けた。

ジャドソンもドアを抜けて追いかけ、バディの両脚を蹴《け》って倒した。拳銃が床に落ちた。

バディが後ろによろけて作業台にぶつかった。とっさに園芸用のナイフをつかんで身を起こす。ナイフを手に突進してきたが、スピードが足りなかった。ジャドソンはもう一度すばやく脚をなぎ払った。

バディがうめき声とともに顔から床に倒れこんだ。

一瞬、不気味な静寂が訪れた。バディがごぼごぼと喉を鳴らす。ジャドソンは拳銃を拾いあげて作業台に置いた。それからバディの横にしゃがみ、その身体をゆっくりと仰向けにした。

ナイフの柄が胸から突きでている。ジャドソンを見あげる目は、すでに衝撃と間近に迫る死の膜に覆われつつあった。口の端から血が流れだした。

「これだから女は」しぼりだすように言った。「信用できない」

「問題は、向こうもおまえを信用してなかったってことだ」

血と、非業の死を招いた超常エネルギーが、早くも床板にしみこみはじめていた。その痕跡は、この建物があるかぎり検出可能なはずだ。こぼれた毒はどうやっても消し去れない。

40

「バディ・プールが全国を飛びまわって、超能力とやらを使った武器で年寄りを殺していただと？　そんな話をわたしを納得させるために、わざわざ時間を費やすにはおよばないぞ」オクスリー署長が言った。机の上のフォルダーを閉じて、椅子に背中をもどした。「この状況を説明するのにそんないかれた仮説を持ちだす必要はない。金の動きとカレンダーのメモがあればそれで充分だ」

「そりゃよかった」ジャドソンは言った。

「バディが契約殺人業を営んでいたことはもうわかった。しかし方法としてはおそらく、昔からよくあるように顔に枕を押しつけたか、少量の毒薬を使ったかだろう。この方法はかなり有効だからな、とくに相手が年寄りで弱ってる場合は」

「たしかにあんたの言うとおりだ、署長。超能力云々《うんぬん》の説明は必要ない。だが、どっちの方法だったにしろ、証明のしようがない」

隣でグウェンが緊張しているのがはっきりとわかった。ふたりは机のこちら側に並んでオクスリーと向き合っている。ニコールは調書をとられたあと巡査に送られてすでに帰宅していた。

「イヴリンとルイーズの死はどうなの？」グウェンが問い詰めるように訊いた。「あのふたりもバディが殺したのよ、わかってる？」

「ああ」オクスリーは答えて、うんざりしたようなため息をもらした。「だが、証明のしようがないこともわかってるし、同じように、あいつが金で雇われて殺してたことも証明のしようがない。バディに依頼した連中をさがしだして追及する気はさらさらないよ。わたしの仕事じゃないし、かといって、どう考えたってFBIに話を持っていけるだけの証拠もない」

「人を殺しておいて罪を免れるやつがいるということだな」ジャドソンは指摘した。「つまりバディの依頼人どもだが」

「まあ、それは事実だな」オクスリーが首の後ろをこすった。「きわめて残念な話だが、まあることだよ。こうした状況のなかでは、人は自分にできることをやるまでだ。ここで大事なことはなにかわかるか？」

「なんだい？」

「きみはニコール・ハドソンの命を救って、バディ・プールはあきらかに正当防衛と思われる状況で死に、それは痛ましい事故として片づけられる。諸般の事情を考えたら、これが精いっぱいの正義だろう。わたしとしては、これにて一件落着としたいね」

「二年前の事件はどうなるの?」グウェンが訊いた。

オクスリーは目を細めた。「証拠と呼べる新たなものがひとつもない以上、捜査を再開してもしかたがない。だが、きみの気持ちが少しでも楽になるなら、こう言わせてもらおう。イヴリンの調査研究チームのメンバーふたりを殺したのはザンダー・テイラーだとわたしは信じている。あいつが滝に落ちて死んだことも同じく痛ましい事故で――偶然にしてはできすぎだがね――結局のところ、被害者たちにとってはそれが正義と言えなくもない。わたしとしてはそれでかまわない」

グウェンがジャドソンの顔をうかがった。

「署長の言うとおりだな。悪党はふたりとも死んだ。それでよしとすべきだろう」

「わかってる」とグウェン。

オクスリーが咳払いをした。「ひとつ訊きたいんだがね、フレイザーさん」

グウェンがそちらに顔を向けた。「はい?」

「きみは、具体的にはいつこの町から引きあげる予定なんだ? いや、なにもカレンダーに予定を書きこもうというんじゃないが」

「ご心配なく、わたしだって一刻も早くウィルビーの町が車のバックミラーに映るのを見たくてうずうずしてますから」グウェンがにこやかに応じた。

「けっこう」とオクスリー。「こう言ってはなんだが、その言葉を待っていたよ」

41

「母上とぼくは、あんたのためにいいニュースと興味深いニュースを仕入れた。バディ・プールが海外の口座にためこんでた金のことで」ニック・ソーヤーが言った。

ジャドソンは電話を耳に押しあてながら、自分の部屋の壁ぎわにたどりついた。壁に直面すると、まわれ右をして反対側の壁に向かう。うなじの毛をかすめるようなざわざわと落ち着かない感じが気にかかっていた。マックスがベッドの真ん中からこちらを見ている。

「きみの言う〝興味深い〟は、悪いニュースの婉曲表現のような気がするんだが」

「いまから話すけど、報告する前に言っておく。コパースミス夫人とぼくは、本当なら今回の金の追跡調査をこれよりもっと早くできたはずなんだ、あんたが容疑者リストにバディ・プールの名前を入れるのを忘れなかったら」

ジャドソンはうなじをこすった。ぴりぴりした感じがどんどん強まってくる。なにか大事なことを見落としているときにこうなるのはわかっていた。

「バディは研究グループとはつながっていなかった」ジャドソンは言った。

「言い訳、言い訳」

「おれの調査能力の批評を聞く気分じゃないんだ。ウィルビーでは思うようにことが運んでいない。それは重々わかっているが、きみと母にはぜひ覚えておいてもらいたい。おれがこの事件にかかわってからまだほんの数日で、しかも事態は当初の予想をはるかに超えて複雑になっている」

「へえ、そう。ぼくとしては、あんたが海外の口座番号とバディ・プールのパスワードをどうやって手に入れたのか、ぜひとも知りたいね」

「連邦政府の機関で仕事をしていたことがある」

「ああ、そうか、そうだった、例の郵政省ね。うっかり忘れてたよ」

「言わせてもらえば、その口座情報を見つけるのにひと苦労したんだぞ。犬が何頭かいたんだ。大型犬が」

「つないであった？」

「いや、室内で放し飼いだ」

「どうやって切り抜けたんだい？」ニックの声にはいまやプロとしての興味がにじんでいた。「犬ってほんとに厄介なんだよね」

「じつは助っ人がいた」ジャドソンは白状した。「ドッグフードの袋を持ってニコール・ハドソンといっしょにバディの自宅へ行った。バディが契約仕事で町を離れるときはいつもニコールが犬に餌をやっていたんだ。犬たちはニコールを覚えていて、よくなついている。ついでに言うと、ニコールは犬たちを引き取るつもりらしい、バディがいなくなったから」

「そのニコールは、バディが町を離れてなにをしていたか知ってたのかな」

「いや。その口座のことを話してくれ」

「あんたから番号とパスワードを聞いたあと、たしかに口座はすぐ見つかったんだ」

「でも?」

「でも、閉鎖されてた」

ジャドソンの足が部屋の真ん中でぴたりととまった。「たしかか?」

「ぼくは得体の知れない大金の動きにはとくに注意を払うことにしてる。あんたの母上も同じだ」

「ああ、だろうな。続けて」

「バディの海外口座の金は全額引きだされてる、つい最近」

「おれたちに目をつけられたことを知ってたんだ。用心して金を動かしたのかもしれない」

「だとしたら、あの世からやったんだね」

「まさか――」

「口座が閉鎖されたのは、バディが運悪く先の尖ったものに出くわした約四十分後だよ」

「くそっ」

「だよね。あんたが教えてくれた時系列によると、バディが花屋で致命的な事故にあったのは、夜中の二時ごろ。口座が閉鎖されたのは、その少しあと。てことは、どうやら――」

「どうやら、この件にかかわっているやつがほかにもいるようだ」ジャドソンはドアに向かった。「海外口座のことを知っていて、なおかつ、いまが潮時だと知っていたやつが」

「だれにしろ、おまけにコンピューターにもすごく詳しいやつだね。そいつはまちがいなくウィルビーで起こってることを正確に把握してた」

「ああ、まちがいない。そいつは最前列で見ている」

ジャドソンは急いでドアを開けてすみやかに廊下へ出た。マックスがベッドから飛び降りて急いであとを追ってくる。

「おまえは留守番だ、猫」

マックスはぴったりとくっついてきた。

ジャドソンは階段室のドアを開けて降りはじめた。マックスもついてくる。

「階段室にいるの?」ニックが訊いた。「音がこだましてる」

「非常階段を降りている。けさバディの家からイヴリンのコンピューターと例のカメラが見つからなかった理由がこれでわかった」手すりをつかんで乗り越え、次のひと続きの階段まで飛び降りた。マックスもジャンプしてあとに続く。「またかける。ウィルビー警察に通報して、例の古いロッジへだれかを急行させろとオペレーターに伝えてくれ。次の殺人が起ころうとしていると言うんだ」

「どういうこと?」

「グウェンが少し前に出かけた。サンデューに会いに。ひとりで」

42

グウェンは古いロッジのドライブウェイに車を乗り入れた。雨は降っていないものの、灰色の空がみるみる暗くなり、刻々と不気味さを増していた。ウェスリー・ランカスターのレンタカーが正面玄関の屋根のひさしの下にとまっている。そのすぐ後ろに車をとめた。

けさウェスリーから、このロッジを新番組の舞台として使うのに買い取りたいという気前のよい申し出があったときは驚いたが、考えれば考えるほど、その話に興味がわいてきた。まとまった現金があれば、心理探偵事務所を立ちあげるまでの経済的な不安が解消されるだろう。

予想に反して、ウェスリーは車のなかで待ってはいなかった。いらいらしながら玄関のあたりをうろついている気配もない。時間をつぶすためにロッジの周辺を歩きまわって滝でも見ているのだろうと思った。

グウェンはトートバッグのなかからコードのメモを取りだし、最新式の電子錠に打ちこみはじめた。そこでようやくドアが施錠されていないことに気づいた。

分厚い鋼鉄のドアを押し開ける。

「ウェスリー？　なんでドアのコードがわかったの？」

濃い影に包まれた研究所の内部から返答はなかった。エネルギーを帯びた暗闇のなかにグウェンは足を踏み入れた。なじみのあるかすかなざわめきが感覚を呼び覚ます。

低い位置にあるフロア・ライトがともり、足元の狭い範囲を照らした。

バッグを近くのテーブルに置き、振り返って影のなかに目をこらした。その空間の中心部に照明があるにもかかわらず、明かりに浮かびあがる人影はまったくなかった。グウェンは前へ進んだ。

「ウェスリー？　どこにいるの？」

床に倒れている身体が見えたのは、ふたつの通路の交差点に目をやったときだった。バイキング風のブロンドの髪は見まちがえようがなかった。

「ウェスリー！」

そちらへ駆け寄りながら感覚を高めた。ウェスリーのオーラが見えて安堵感に包まれた。死んではいないが、通常の睡眠状態ではなかった。気を失っている。

横にしゃがんで、負傷していないか調べた。玄関のデッドボルトが動いて定位置にはまる音がして、恐怖の波が襲いかかる。

そこでようやく気づいた。玄関付近のフロア・ライトがまだともっている。影のなかから聞き覚えのある声がした。

「よう」ライリー・ダンカンだった。「ゲームの終盤を盛りあげてくれたおまえとコパースミスに感謝しなくちゃな。心理チャットルームにもそろそろ飽きてたんだ。バディ・プールのためにクライアントを見つける仕事は簡単すぎて張り合いがなかったし」

最初に思ったのは、ライリーは殺し屋には見えない、ということだった。いつもどおりに見えた――ホテルのフロント係に。そのとき、手に持っている拳銃がかすかに光るのが見えた。

「でも、そのゲームから抜けだす方法がわからなかった、そうなんでしょ？」グウェンは本能的に、気を失ったウェスリーの横にしゃがんだままでいた。標的になるなら身体をなるべく小さくしておこうと。「なんといっても、バディはプロの殺し屋だった。人を殺すのが仕事で、それを超自然的な方法でやっていた。危険な男だった」

「こう言っておこう、一回やっただけでこれは絶対に成功すると確信した。時間はあると思ってた。それに、バディが仕事をしてるかぎり、あいつの口座にはどんどん金がたまっていく。そのうちあいつは、イヴリン・バリンジャーがおれたちのことを調べていると言ってきた。あの女を始末することにしたと。そうこうするうちにおまえが現れた。おまえがあれを殺人だと考えてることが、おれにはすぐわかったよ」

「バディにもわかってた」

「ああ、でも別に心配はしてなかった、コパースミスが来るまではな。それからネットであれこれ調べて、あいつは厄介者になりそうだとわかった。そしたらバディが、不安材料を切り捨てることにしたと言って、ルイーズを始末したんだ」

「ルイーズはバディを契約殺人と結びつけられる最後のひとりだった」

「あの魔女のばあさんが実際のところどこまで知ってたのか、だれかに話したとしてもそれを真に受けるやつがいたかどうか、そんなことは知りようがない。でも、仕事となるとバディは抜かりのない男だった」

「しかも、そのころには、イヴリンのサマーライト・アカデミー時代のファイルを使えばルイーズの後釜を見つけられるとわかってたしね」

「あのファイルのことも知ってるのか」ライリーが小さく笑った。「いやはや。そこまでとは思わなかったよ。ナイスプレーだ。だがボーナスポイントはおれのものだな。イヴリンのコンピューターに侵入してその古いファイルを見つけたのはおれなんだから。あの晩バディがコンピューターを持ちだしたのは、単に自分の痕跡をごまかすためだった。あの記録が金鉱だと見抜いたのはおれで、実際そのとおりだったよ。ここだけの話、テクノロジーに関しちゃ、バディは天才とはほど遠かったからな」

「心理チャットルームを運営してたのはあなただったのね。サンデューというのは」

「そっちにボーナスポイントをやろう。おまえとコパースミスはおれが思ってたよりずっと先まで進んでるじゃないか」

ふいに理解の波が感覚をざわつかせた。「バディ・プールの息子はザンダー・テイラーだけじゃなかった、そうなのね？」

「そうだ。ザンダーとおれは半分血がつながってる。異母兄弟ってやつだ。あのカルトを運営してたころ、親父は大勢の女と寝てたからな」

「バディ・プールはどうやってあなたとザンダーを見つけたの?」

「あいつはおれたちが存在することさえ知らなかった。見つけたのはこっちが先だ。何年か前、おれは好奇心から、どこかにきょうだいがいるんじゃないかと思って調べたんだ。で、ザンダーを見つけた。そのときはもう連続殺人鬼になりかけてた。おれが背中を押して、あいつのささやかな趣味をやりがいのあるゲームにしてやったんだ。標的を選ぶならもっと厳選しろと教えてやった。自分と同じ種類の人間、つまり本物の超能力を持ったやつらを狙えば、おれたちももっと楽しめると言ったんだ。もちろん、そのころはまだ水晶を持ってなかったから、あいつは原始的なやり方で人を殺してた。毒を愛用してたよ、それなら痕跡が残らないし、へたれどもがくたばるまでに時間がかかるから。たしか連中をそんなふうに呼んでたな」

「へたれ?」

「ああ、牧場のへたり牛みたいなもんだ。狂牛病にかかった牛のこと」

「あなたたち、ずいぶん仲良しだったのね。ふたりそろってこのウィルビーへ来たのはどうして?」

「ザンダーには、なんていうか、感傷的な一面があった。おれがあいつを見つけだしたと知って、今度は自分の母親の居所を突きとめてくれないかと頼んできた。バディがあの女をウィルビーに連れてきたあと、痕跡をかなりうまく隠したから、さがしだすのはたいへんだったよ。でも三年前にやっとあの魔女のばあさんを見つけた。なんと懐かしの親父までがこの町に住んでるとわかったとき、おれとザンダーがどれだけ驚いたか想像してみてくれ」

「感動の再会というわけね」

「おれたちが最初に名乗ったとき、バディはちょっと心配してたけど、あいつの契約殺人のことをおれたちが全部知ってて、同じゲームを楽しんでることがわかったとたん、これは使えると思ったらしい。サンデューのチャットルームを考えついたのはおれさ。おれはあいつの古くさい商売のやり方を最先端の事業へ移行させてやったんだ。一方で、いかれたルイーズは、悪魔のような父親のせいでたったひとりの息子ザンダーの身が危ないと本気で思いこんでた」

「ルイーズはザンダーに水晶の武器をひとつ持たせたのね、それで身を守れるように」

「まあ、それもあるけど、むしろザンダーが大好きなパパを始末してくれるのを期待してたんだろうな。でもザンダーは根っからのゲーム好きだった。当然のように、その水晶を自分の〝超能力者を仕留めろ〟ゲームで使いはじめた。それから一年ほどして、イヴリン・バリンジャーが研究プロジェクトを立ちあげて、手はじめに本物の超能力者の一団をあちこちから集めてきた。ザンダーは舞いあがったよ」

「研究グループに志願してきた。そしてメンバーを殺しはじめた」

「抑えきれなかったんだろう」ライリーがうめくように言った。「鶏の群れのなかに狐を放つようなもんだな。バディもおれもかなり心配した、ああほんとに。ビジネス全体が危機にさらされてた。オクスリーは超常現象なんか信じないかもしれないけど、あいつもばかじゃない」

「小さな町のなかで不審死が度重なれば、どんな警官だっておかしいと思うでしょうね」

「最初の二件はうまくやって事なきをえたが、そんなことがいつまで続く？　ザンダーは手に追えなくなったから消えてもらうしかないとバディは判断した」

「ところが、その前にザンダーが滝に身を投げた」

「問題解決。これ以上ないほど絶妙のタイミングだった。バディは胸をなでおろしたよ、あほんとに。おれもだ。けど、あの日この滝でいったいなにがあったのか、そこがわからない。自殺するはずがないってことだけはわかるが」

「それでも、ザンダーが死んであなたたちには好都合だった」

「ああ、そうだ。ほとぼりがさめるまで何カ月か休んで、それからおれたちはまた仕事にもどった」

「やがてイヴリンがたまたま気づいてしまった。バディがクラフト・フェアに参加すると言って町を離れたときになにが起こっていたか。そのバディも死んで、今度はあなたが後始末をするはめになった」

「あいつはろくな父親じゃなかったが、この三年で教わったことがいくつかある。なかでもいちばん大事なのは、細部に注意を払うことだ」

「どうしてウェスリーに危害を加えたの？　この件には関係ないでしょ」

「けさおまえをおびき寄せるのに必要だった。そいつのアドレスからメールを送っておまえが逆らえないようなおいしい話を持ちかけるためにな。おまえが餌に食いついたから、電話で先にそいつを呼びだした。おまえからメッセージを頼まれたことにしたんだよ。あの申し出について話し合いたいからここで落ち合いたい、とかなんとか言ってな。これっぽっちも疑ってなかったよ、ほんとだ」

「わたしが死んだらなんて説明するつもり？」

「おまえとウェスリーは研究所の今後のことで口論になった、そんなとこだろう。そいつが例のくだらないテレビ番組の舞台にここを使いたがってたことは町じゅうが知ってる。おまえたちが過去にいろいろあったことも。あれこれ考え合わせりゃ殺人の動機になる」

「わたしを殺してウェスリーに罪を着せるつもりね」

「コパースミスを使うことも考えたけど、どうもあの男を見てると落ち着かない気分になる」と白状した。

「心理カウンセラーからの無料アドバイスを聞きたい？　それは直感が警告を発してるのよ。注意したほうがいい」

「心配無用だ、ちゃんと注意は払ってる。まだ完全に機能する水晶の武器を持ってたはずのバディを、あのコパースミスが片づけたと知って、このゲームのシナリオにあの男を使うのは危険すぎるとわかった。あいつが水晶の武器からどうやって逃れたのか知りたいのはやまやまだけどな。バディはあの武器に関しては相当熟練してたのに」

「どうやって逃れたか、ジャドソンなら喜んで説明してくれるはずよ」

ライリーは鼻で笑った。「おまえ、なかなかユーモアのセンスがあるじゃないか。このゲームを終わらせる前にひとつ知りたいことがある」

「二年前、ザンダー・テイラーがどうやって、なぜ滝に身を投げたか、それが知りたいんでしょう」

「どうしてわかった」

グウェンは片手を小さく動かした。「あなたのオーラを見ればわかる」

「あほらしい」

「他人の秘密を暴いてはその人たちの不利になるように利用する、それがあなたのはまってるゲーム。自己顕示欲のかたまりね。それがあなたを突き動かしてる。そこがまさにあなたのエネルギー場。昔からそうだった。依存症だとは思ってたけど、いままでは背景の事情を知らなかったから、完全にはわかってなかった」

「依存症じゃない。おれはザンダーとはちがう。あいつは頭がいかれてた」

「まちがいなく依存症よ。もうやめたくてもやめられなくなってる」

ライリーは薄笑いを浮かべた。「やめる理由がない」

「というより、本当はやめるのに充分な理由があるのに、あなたみたいないかれた人たちはだれも理解しようとしないだけ。で、あなたが知りたいのは、最後に弟が滝に身を投げたとき、本当はなにがあったかということね」

「教えろ」声が突然訴えるような切迫した響きを帯びた。

「それよりこうしましょう。ザンダーがどんなふうに混乱をきたしたか見せてあげる」

ライリーは冷ややかに笑った。「時間稼ぎか。おもしろくなってきたぞ。おまえはコパースミスが助けにくるのを期待してる。どうだろうな。ひょっとしたら来るかもしれない。これが本当のいいゲームってもんだ。不測の事態は常に起こる。よし、おまえの流儀でプレーするとしよう。ザンダーになにがあったのか教えろ」

「亡霊を見たのよ、実際にはふたりの亡霊を。それで半狂乱になった。裏口のドアから飛びだして、そのまま川まで走っていって滝に飛びこんだ」

「それが精いっぱいか？」ライリーは拳銃を持ちあげた。「がっかりだな。もっとおもしろい結末を期待してたのに、亡霊がどうしたとかそんなくだらない話しかできないなら、そろそろ終わりにしたほうがよさそうだ」

「なんならザンダーが見たものをあなたにも見せてあげる。ここには本当に亡霊が棲みついてるから。ミラー・エンジンのなかに現れるの」

「おまえが言ってるのは、この研究所の奥の古い鏡がやたらにある場所のことか？」

「そうよ」

「亡霊なんかいない」

「ちゃんといる。でも、鏡のなかによみがえらせるには、それなりの能力が必要なの」

「おまえが持ってるような?」

「そうよ」

あきらかに疑っているが、ライリーのオーラのなかのエネルギーは答えを知りたくてうずうずしていた。

「いまわたしを殺したら、ザンダーの最後のゲームの結末がどうなったのか、永久にわからなくなるわよ」グウェンは静かに告げた。

「いいから見せろ」

グウェンは息を殺して背中を向け、古いロッジの奥に向かって歩きだした。ライリーのオーラをどこまで正確に読み取れるか、すべてはそこにかかっていた。

背中に銃弾は撃ちこまれなかった。作業台の迷路の奥へと進んでいくグウェンの後ろから、コンクリートの床にこだまするライリーの足音が聞こえる。ふたりが研究所のなかを通過するのに合わせて、自動で点滅するストリップ・ライトがともっては消える。周囲のエネルギーをグウェンははっきりと意識した。

「なんて気味の悪い場所だ」ライリーが言った。

「ここのなかへはいったことはあるの?」

「二回ほど。来るたびに思ったよ。まるでイヴリン・バリンジャーのいかれた実験装置が詰まったでかいガラクタ置き場だ」

「ミラー・エンジンの内部にはいったことはないはずよ」

「わざわざはいる理由がない」

「理由はあった。あなたが知らなかっただけで。このエンジンのなかにイヴリンは秘密をいくつか隠してたの。そのおかげで、あなたの父親がまだ仕事をしてることがわかったのよ」

「嘘をつけ。バリンジャーがこんな古い研究所に秘密を隠したりするか。コンピューターのなかに隠すのが常識だろう」

「そうともかぎらない。あなたにはショックかもしれないけどね、ライリー、世の中にはコンピューターを信用しない人もいるの」

ミラー・エンジンの入口でグウェンは足をとめた。暗闇のなかで、銀色のガラスに封じこめられたエネルギーがめらめらと燃えていた。閉じこめられたエネルギーの流れがライリーの目にはどう映っているのか知るすべもないが、感化されているのはわかる。ゲームをしていることですでに気持ちが高揚しているところへ、エンジンの影響を受けて興奮がいちだんと高まった。

「どうなってるんだ?」拳銃をグウェンに向けたまま、ライリーは火花を散らして光る鏡に気をとられていた。わきあがる陶酔感がオーラのなかで燃えあがる——麻薬でハイになったジャンキーだ。

「鏡はエンジンの働きをするよう特殊な方法で並べられているの。迷路にはいったことは?」

「ある。おれの能力があれば迷路なんかどうってことない」

「でも、この迷路の奥まではいれないと思うわ。ザンダーには無理だった。二、三歩はいったところで亡霊がどうのって叫びだした」

「ザンダーにはおれほどの超能力がなかった。おれなら、なかまではいれるに決まってる」

「それはどうかしら」

「中心にはなにがあるんだ？」

「ものすごく希少価値のある、超常エネルギーを秘めた水晶のコレクション」グウェンはさらりと嘘を言った。「それがエンジンの動力になってるの」

ライリーが銃で指示した。「先に行け。おれは後ろからついていく」

グウェンは迷路の入口を通り抜けた。ライリーもついてくる。振り返ると、その目に邪悪な興奮の色が見えた。

「すごい威力だ」ライリーがつぶやいた。「ぞくぞくする」

ふたりは迷路の奥まで行った。暗い鏡がふたりの姿をどこまでも果てしなく映しだす。エネルギーを帯びた鏡にはライリーのオーラも映っている。

やるならいまだ。

グウェンは一瞬にしてその領域にはいり、ライリーのドリームライトに意識を集中した。波長を見つけて夢の情景のなかへ追いやった。

それからライリーのために設計した悪夢のなかへ自分もはいっていった。

鏡は依然としてふたりを不気味に取り囲んでいるが、その鏡の列が、霧に包まれた底なしの海の上に浮かぶ開いたドアになった。霧を突き破るようにして、水晶でできた山の頂が見える。そこからはだれも生きてはもどれない、そんな場所だった。

ライリーの顔に恐怖とパニックがくっきりと刻まれた。いちばん近いドアまで行って、氷と霧でできた底なしの海を見おろした。

「ここはどこだ」あえぐように訊いた。「どうなってる」

「ここは夢の情景のなか。あなたのために作ったのよ」

「そんなことは不可能だ」

「たしかに、ふだんはこういう夢の作業には物理的な接触が必要だけど、ミラー・エンジンのおかげでいろんなことが変わるの。わたしの能力も高まってる。つまり、イヴリンがそうなるように設計したから」

熱い興奮がライリーの目のなかでふたたび燃えあがった。「だったらおれの能力も強くなってるはずだ」

「いいえ。そうはならない。わたしのエネルギーのパターンに合わせてチューニングされてるから。あなたのじゃなくて」

二枚の開いたドアの向こうにイヴリンとルイーズの亡霊が現われた。

「やっと彼を連れてきてくれたわね」イヴリンが言った。「ずっと待ってたのよ」

「遅くなってごめんなさい」グウェンは言った。「いろいろ面倒なことになっちゃって」

「でも、パズルのピースが足りないことは前からわかっていたでしょう?」

「ええ。わかってた」

「悪魔を殺すなんて無理だと思ったよ」ルイーズが言った。

「悪魔はもういなくなった」

「だから言ったでしょうが、あんたもあたしとおんなじ魔女だって。だけどあたしはまちがってた。あんたのほうが強い、ずっと強い」

「どうなってるんだ」ライリーが口をはさんだ。「だれと話をしてる？」

「イヴリンとルイーズの亡霊。ふたりの姿が見えない？」

「見えない」ライリーは汗をかいていた。「でもそこになにかいる。それはなんだ？」

「説明するのはむずかしいわ。あなたはあなたの悪夢を通して映像を見てる。あなたの目にこのふたりがどう映っているのか正確にはわからないけど、わたしの目に映るあなたの夢の情景は、通路の両側に開いたドアが並んでいて、下には霧のかかった海がある。霧のなかに水晶の山のぎざぎざした頂がのぞいている」

「そう、それだ、おれがいま見てるのはまさにそれだ」

「よかった。つまりあなたの幻覚をわたしが完全にコントロールしてるってことよ。このエンジンは本当にすばらしい」

「全部消すんだ」

「いいえ。そうしたら、わたしを殺すんでしょ」

「いや、危害は加えない、本当だ」

「ザンダーもそう言った。でも彼は嘘つきだった。あなたと同じ。血は争えないわね。抜けだす方法はひとつよ、走って逃げること。ザンダーもそうした」

「どこへ?」

グウェンは手をひと振りした。「ドアを選ぶの、どれでもいい」

「いやだ」ライリーが叫んだ。

「好きにしなさい。ほかに出口はない。わたしはもう行くわ。この夢の情景はあなたのものよ」

グウェンはいちばん近くのドアを通り抜け——研究所の現実のなかへもどり、そのままジャドソンの胸に飛びこんだ。実際には片腕のなかへ。もう片方の手には拳銃が握られている。

両脚に毛皮がこすれる感触があった。マックスが横をすり抜けて鏡の迷路に飛びこんだ。すさまじい幻覚を見ているライリーの目に、飛びこんできたマックスがどう映るのか見当もつかないが、悲惨なものであることはまちがいない。

ライリーが悲鳴をあげはじめた。

「あいつになにをしたんだ?」ジャドソンがミラー・エンジンの内部をのぞきこんだ。

グウェンはジャドソンの腕のなかで向きを変え、火花を散らして光っている鏡の迷路をのぞいた。ライリーはエネルギーを注入された鏡の迷宮のなかへ消えてしまった。

「夢の情景のなかへ連れていって置き去りにしたの」と小声で答えた。「ザンダー・テイラーにしたのと同じこと。今回ひとつだけちがうのは、ライリーがエンジンの中心部へ走って逃げたことね、外の川のなかじゃなくて」

「あいつ、マックスから逃げてるぞ」

ライリーの悲鳴は永遠に続くかと思われた。銃声が一発響いた。悲鳴がぴたりとやんだ。

最初にぴしっという鋭い音が聞こえたのは、一拍おいてからだった。地震が発生したかのように、エネルギーを帯びた鏡がかたかた震えはじめた。

「マックス！」グウェンは大声で呼んだ。「マックス、おいで。お願いだから。ここから出なくちゃ」

マックスが小走りで迷路からもどってきて、グウェンは驚きと安堵で力が抜けそうになった。

「ああ、よかった」マックスをすくいあげて抱きしめた。

振動が徐々に大きくなり、みるみる激しさを増した。エンジンの中心部からガラスの割れる音が響いてくる。

ジャドソンが降り注ぐ鏡の破片からグウェンとマックスを救いだした。エンジンがみずから崩壊していくのをふたりはじっと見守った。

そして、それは終わった。

きらめく破片の山の中央にある血だまりのなかに、ライリー・ダンカンが横たわっていた。

マックスの前足についている血が見えたのは、そのあとだった。

43

電話を閉じたジャドソンが、炉棚の上に片腕をのせてグウェンのほうを向いた。「オクスリーが病院で聞いたところによると、ウェスリー・ランカスターは軽い脳震盪《のうしんとう》らしい。経過を見るのにひと晩入院させるが、あしたには退院できる見通しだそうだ。ライリー・ダンカンについては、警察は自殺と見ている」

「夢の情景のせいよ」グウェンはぼんやりとマックスをなでた。猫は椅子のなかでグウェンに寄り添って身体を伸ばし、うとうとしていた。喉を鳴らす音が絶え間なく聞こえる。さっきはいやがる猫をつかまえて、身体についた血を洗い流した。「正気を失わせるようなものを見たんだわ。ザンダーもそうだった」

ふたりはホテルの居心地のよいグウェンの居間にもどっていた。もう遅い時間だった。暖炉で火が燃えている。ジャドソンがテイクアウトのピザに手を伸ばした。グウェンの意識はもっぱらジャドソンが注いでくれたブランデーのグラスに向けられていた。

身体の芯からの疲労感と、大量のアドレナリンや超常エネルギーを消費した後遺症。この組み合わせから引き起こされる不安定なぴりぴりした興奮で、まだ感覚が乱れていた。眠れない夜を保証するレシピだ。

ジャドソンが炉棚を離れて歩きだした。もうひとつの読書用の椅子にゆっくりと腰をおろし、炎をじっと見つめた。

「あのミラー・エンジンがきょう崩壊して、じつはほっとしてるの」グウェンは言った。「サムや彼の研究所の人たちがあれを調べたがるだろうってあなたが言ってたのは知ってるけど、あれが完全になくなってわたしはむしろよかったと思う」

ジャドソンがこちらを向いた。「あれのおかげできみは二度も命拾いしたのに？」

「三度めの機会なんか絶対に来ないことを心から祈るわ」

「来ないよ」とジャドソン。「今後は、おれの目の届かないところへはきみを行かせない」

グウェンはにやりと笑った。「ええ、そうして。そうすればお互いに心配しなくてすむ」

「いいや、お互いに心配しなくてすむからじゃない。きょうの危機一髪のせいでこっちは新しい悪夢が増えそうだ」

グウェンは椅子の肘かけの向こうに手を伸ばし、軽くジャドソンに触れた。「いいニュースよ、コパースミスさん。わたしは悪い夢を修復するのが仕事なの」

ジャドソンはその言葉でにっこり笑い、グウェンの手を取ってキスした。「知ってるよ、ドリーム・アイ」グウェンの手に指をからませた。「あの研究所をどうするか、もう決めたのか？」

「あなたのお兄さんと研究所の人たちが興味を持ちそうなものがあれば、全部さしあげるわ。残ったものとあのロッジはウェスリーに譲るつもり、テレビの舞台として使う気がまだあればの話だけど。イヴリンの機械や装置がなくなってしまったら、もう利用価値はないと思うかもしれない」

ジャドソンはうなずいた。「サムは引き取るものに高値をつけてくれるはずだ」

「イヴリンの作った機械の真価をちゃんとわかってくれる人たちの手に渡れば、それで充分。彼女の研究が引き継がれていくということだから」

ふたりはしばらく黙ってブランデーを飲んだ。マックスが目を閉じたままグルグルと喉を鳴らす。

しばらくしてグウェンは言った。「あそこで最後にマックスの姿を見たとき、ライリー・ダンカンにはどんなふうに見えたのかな」

ジャドソンがまどろんでいる猫に目を向けた。「最悪の悪夢だろうな。なにが見えたにしろ、それがとどめを刺したのはまちがいない――銃口を自分に向けるほど恐ろしいものだったんだ」

「そうね、ウィルビーを離れるのが待ちきれない」

「この町については、おれも同感だ」

「今夜は長い夜になりそう」グウェンは椅子のなかで落ち着きなく身体を動かした。「あなたはもうベッドに行ったほうがいい」

「ひとりでは行かない」

「今夜はとても眠れそうにないってもうわかってるの」グウェンは警告した。

「だったら、おれも眠らない」

「つきあってくれるのはすごくありがたいけど、ふたりして夜どおし暗闇にすわってる必要もないでしょ」

ジャドソンがグウェンを椅子から抱きあげて、自分の膝にのせた。そしてしっかり抱き寄せた。

「こうして暗闇でいっしょに過ごすことこそ、いまのおれたちに必要なんだ。今夜だけじゃなく、あしたの夜もいっしょに過ごしたい。あさっての夜も、しあさっての夜も、その先の夜も全部」

期待と熱望がささやきかけてきた。「わたしたちのパートナー関係がこの先どうなるか見てみようって、そう言ってるの？」

「おれたちのパートナー関係のことじゃない」とジャドソン。「あれは仕事上の取り決め。おれたちは恋人同士だ、忘れたのか？」

「いいえ。恋人同士。それならきっとうまくいく」

永久ではないかもしれない、でもいましばらくは。

44

三日後、グウェンはジャドソンとニック、エリアスといっしょに大きなビーチパラソルの下に立っていた。その日除けは、小さな島をじりじりとあぶっている容赦ない日差しをさえぎるために設置されたものだ。マックスはここにはいない。いまはコパー・ビーチにいて、ウィロウ・コパースミスのもとで生のサーモンをたらふく食べさせてもらっている。

グウェンが見守るなか、数人の作業員が最新式のぴかぴかの採掘装置を使って、崩落した洞窟の入口から最後の岩や石を運びだしている。すべての機械や道具にコパースミス社のロゴがついていた。同じロゴは、作業員たちが身につけているヘルメットやゴーグルや制服にも描かれている。

洞窟の開口部からエネルギーの触手がささやきかけてくる。グウェンの腕に鳥肌が立った。ここにいる四人全員が、風のなかにかすかな超常エネルギーを感じ取っているはずだった。作業員たちが洞窟の入口に急ぎ足で引き返す。

「狭い空間に大量の超常エネルギーが封じこめられていれば、だれもが感じるだろう」エリアスが低い声で言った。「鈍感な者でも」

ひとりの作業員が仲間から離れてエリアスのほうへやってきた。

「あそこにはなんらかのガスが封じこめられてる可能性がありますね、ボス。相手がなにかはわかりませんが。試験装置を取りにいかせますか？　アリゾナ支社に行けば必要なものは一日で調達できます」

エリアスがジャドソンの顔をうかがった。「おまえが決めろ。このまま続けるか、それとも中断して、洞窟内のエネルギーのレベルをさげる方法があるかどうか試してみるか」

「強力な超常エネルギーのレベルをさげる実際的な方法がないことはわかっている。でも、それはどうにかできると思う。問題があるとしたら発光現象のほうだ。まだ燃えているなら、だれも洞窟のなかにははいれない。その場合は、だれかがうっかり迷いこまないように、洞窟の入口をもう一度封鎖するしかないな。ちょっとようすを見てこよう」

「ぼくも行くよ」ニックが言った。「ホットスポットが好きなんだ。わくわくするね」

「言っておくが、かなりの衝撃が来るぞ」ジャドソンは言って、入口のほうへ歩きだした。

「行こう」

グウェンのなかで警報が鳴った。「ちょっと待って、もう少しみんなで考えたほうがいいんじゃないの、そんなにあわてて洞窟に飛びこまなくても」

だが、ジャドソンとニックはすでに洞窟の入口へ向かっていた。グウェンの声など聞こえないふりをして。

「だいじょうぶだ」エリアスが静かに言った。「ふたりともそれほどばかなまねはしないだろう。まあ少なくとも、ばかなまねはしないだろうとわたしは思うね」

「もしもばかなまねをしてしまったら？」

エリアスは肩をすくめた。「そのときは、きみとわたしであそこへ行って、いまいましい洞窟からふたりのケツを引きずりだすしかあるまい」

「そんな」グウェンは言った。「ええ、わかりました。そうするしかないですね」

ふたりが見守っていると、ジャドソンとニックは防護用の装備を整えて洞窟のなかへ消えた。

「まあ、あわてて飛びだしてこないところを見ると、手に負えないものに出くわしたということはなさそうだな」とエリアス。

グウェンは整然と並べられた装備と作業員の一団を観察した。専門家ではないが、この仕事にこれほどの数が必要かと思うほど大勢の作業員がいる。

「大急ぎでプロジェクトを立ちあげたんですね」グウェンは言った。「驚きました。ここは政府の巨大な官僚制度に守られたごく小さな島なのに。こうした地域で大がかりな土木作業をはじめる正式な許可をもらおうと思ったら、普通は何日も、何週間も、ひょっとしたら何カ月もかかるんじゃありませんか？」

エリアスは鼻で笑った。「地元の人間を大勢雇って、地元企業の設立にたっぷり金を使って、その筋のしかるべき人間に金をつかませれば、事情はちがってくる。こうしたプロジェクトがどれだけのスピードで進むか知ったら驚くぞ」

「やり手なんですね、コパースミスさん。ものすごいやり手」

「そう思いたいところだが」そこで一拍おいた。「このプロジェクトに関してはじつにすんなりいった」

「もしもすんなりいかなかったら、私設の軍隊を投入していたんでしょうね。民間の警備員と、重装備と、ジャドソンのために洞窟を開けるのに必要なあらゆる人材をかき集めて」

「まあ、当然だな」

「どんな手を使っても。ジャドソンは息子で、その息子がどうしてもあそこへもどらなくてはならないとわかっているから」

「ああ、要約するとまさにそうなる」濃い色のサングラスを通して洞窟の入口を凝視した。「電話で話を聞いたときの口調ではっきりわかったのだ。もう一度あそこへ行くことがあいつにとってどれほど重要なことか」

「ええ。そのとおりです」

エリアスはブーツをはいた足の上で身体を揺らした。「この島からもどってきたときに比べたら、いまのあいつはまるで別人のように元気に見える」

シアトルのディナーの席ではじめて会った夜、ジャドソンのオーラのなかで燃えていた超常エネルギーを思いだした。

「ええ。いまは元気です」

「きみのおかげだ」

「いいえ、この島で超常エネルギーが燃えつきたあと、しばらく休養する必要があっただけ

「その過程できみは力になってくれたのだ。ウィロウもわたしも、きみがジャドソンにして

くれたことは忘れない。うちの一家はきみに借りがある。今後なにか困ったことがあれば、

どうか遠慮なく相談してもらいたい」

胸が熱くなり、グウェンはにっこり微笑んだ。「ありがとうございます、コパースミスさ

ん。でも、その借りはもう返してもらいました。ジャドソンの協力のおかげで、ウィルビー

でやり残した仕事がきれいに片づきましたから。これで貸し借りなし、ほんとです」

「そうか」エリアスの彫りの深い顔に満足が刻まれた。「それはなによりだったとウィロウ

も言っている」

「ええ、本当に。これでみんな心おきなく先へ進めますね」

「そうだな。ウィロウがこう言うんだよ。ある女性が、この男は悪い夢から救ってあげたか

らわたしを好きだと思いこんでいるだけじゃないかと悩んでいるとしたら、それはよくな

い。ふたりの関係については、もっと深い、もっと永続的なものがそこにかかわっているこ

とを知るべきだとね」

グウェンは息をのんだ。「奥さまはとても鋭い方ですね」

「そうなんだ」エリアスがこちらを向き、サングラスがまばゆい日差しにきらりと光った。

「わたしもそれほどぼんくらではないがね」

グウェンは声をあげて笑った。「だれもあなたをぼんくらだなんて言いませんよ、コパースミスさん」

「ジャドソンはきみに惚れている」

グウェンは目をそらして洞窟の入口を見た。「その判断は早すぎます」

「コパースミス家の人間にとっては早すぎない。そこでひとつ質問したい。きみはあいつを失恋させるつもりなのかね？」

顔がほてった。「こんなときにこんな場所で話すようなことじゃないと思います」

「これ以上にふさわしい時と場所はないと思うがね。簡単な質問だ。きみはわたしの息子を失恋させるつもりなのか？」

「コパースミスさん、どうか――」

「ウィロウが言うには、もしもきみがあいつを失恋させるつもりでいるなら、少なくとも、正しい理由がなくてはならない――まちがった理由ではなく」

だんだん腹が立ってきた。「もしもわたしにそんな力があるとして――あるとは思えませんけど――ジャドソンを失恋させるのにまちがった理由ってなんですか？」

「あいつのためによかれと思ってそうするとか。それが最悪の理由だ」

グウェンは凍りついた。「でも、本人が自分の気持ちをわかってないとしたら――」

「コパースミス家の人間にかぎって、自分の気持ちがわからないなどということはありえない」ふいに話をやめて、洞窟の入口に注意を向けた。「出てきたぞ。なかでフライにはされなかったようだ」

グウェンもそちらに目を向けた。ジャドソンとニックが洞窟から出てきた。無意識のうちに感覚を高めて、ふたりのオーラを観察した。どちらも正常――少なくとも、高い能力を持つ人間が見せるオーラとしては正常だ、とグウェンは思った。

「ふたりとも無事ですね」と同意した。

ジャドソンがヘルメットをはずして、サングラスをかけた。グウェンとエリアスが立っているほうへ向かってくる。並んで歩いてくるニックは興奮でにやついていた。

「なかはまだぴりぴりしてた。最高に気持ちよかったよ」

エリアスがジャドソンを見た。「なにか見つかったか？」

「たぶん」ジャドソンは懐中電灯のようなものを差しあげた。「スポルディングがおれに使った武器だ。サムと研究員たちに渡して調べてもらう」

グウェンは顔をしかめた。「でも、あなたが夢の情景のなかでさがしてたのはそれじゃない」

「ああ」ポケットに手を入れて、一枚の紙切れを取りだした。「これをさがしにいったんだ」

「なにが書かれている？」エリアスが訊いた。

「企業の名前と、その所在地。だれか、カリフォルニアのスカーギルにあるジョーンズ・アンド・ジョーンズという名前を聞いたことは？」

45

電話の向こうの声は、熊のうめき声のように低くて恐ろしげだった。

「ファロン・ジョーンズだ」熊が言った。「そっちはだれで、どうしてこの番号を知っている」

「名前はジャドソン・コパースミス。番号はネットで情報を集める達人から聞いた」

ニックがにんまり笑って、ビールを飲んだ。

電話の向こうで短い沈黙があった。

「コパースミスというと、あの鉱山業のコパースミスか?」ファロン・ジョーンズが言った。興味がわいてきたようだ。

「そうだ。ついでに言うと、あのコパースミス・コンサルティング社の」

「コパースミス・コンサルティングというのは聞いたことがない」

「うちは零細なセキュリティ会社で、専門は心理調査だ。ジョーンズ・アンド・ジョーンズとはいわば同業だな」

「ほう。心理調査の事務所はやたらに多い。大半がいかさまだ」

「うちはちがう。おたくと同じで。言わせてもらえば、そっちの名前も初耳だった。だが、ぜひとも話し合う必要がある」

「どうして」

「いまカリブ海の小さい島から電話をかけている。きょう水中の洞窟からダニエル・パーカーという男の遺体を引きあげた。ひと月余り前に殺されていた。その男が自分を発見する者にあててメッセージを残した。一枚の紙切れで、そこにおたくの会社の名前が書かれていた」

「たしかに」ファロン・ジョーンズが言った。「話し合う必要があるな」

46

「このジョーンズ・アンド・ジョーンズという会社は、ある政府の情報コミュニティに属するさらに別の小さい機関に、ダニエル・パーカーをおとり調査員として送りこんでいた」ジャドソンが言った。「そのパーカーが忽然《こつぜん》と姿を消してから、ひと月以上になる。ジョーンズの話では、カリブ海のどこかの島というところまでは追跡できたが、この島とはわからなかった。そこで痕跡は途絶えた」

ニックが自分のコンピューターの画面に目をこらした。「そこから先、パーカーは現金で支払いをしてる。ボートをチャーターしてこの島へ来た。たぶんここでスポルディングと会うことになってたんだな」

「ジョーンズが言うには、おそらくパーカーは調査中にたまたまスポルディングの作戦に遭遇した。そしてジョーンズ・アンド・ジョーンズに報告する代わりに、勝手な行動をとったと思われる。あぶく銭を手に入れるチャンスと見て。おおかたスポルディングをゆすろうとしたんだろう、そうジョーンズは考えている。だとしたら、パーカーは身のほど知らずだったということだ」

一同はホテルの屋外のバーのテラスに集まっていた。グウェンはゆったりと椅子にすわり、ラムベースのあざやかな色のカクテルについている小さな傘を指でいじった。それから島の壮麗な夕陽を眺めた。いま飲んでいるカクテルと同じ色だった。

「スポルディングは、ジョーンズがあなたに話した〈夜陰〉とやらで働くつもりだったの?」

「ジョーンズの話では、〈夜陰〉というのは超能力者のグループで、人が生まれつき持っている超能力を増強する秘薬のようなものを開発しているらしい」

ニックのプラチナ色の眉が吊りあがった。「いいね」

「そんなによくもないぞ、ジョーンズに言わせると。どうやら重大な副作用があるらしい。ステロイド常用者がいきなり暴れだすのがちょっとした風邪に見えるほどのな。深刻な禁断症状の問題もある。最後は自殺に至る者がほとんどだ。〈夜陰〉は痕跡をいっさい残さないようにしている」

「やれやれ」とニック。「なんでかならずマイナス面がなくちゃいけないのかな。あんたが最後のダイビングに出かける前にこの島でやっつけたふたりの男になにがあったのか、これでわかった気がするよ」

「ああ、同感だ」ジャドソンが言った。

「ふたりとも最後は現地の病院に入れられた。ボスはもう死んでいた。あなたは命がけで泳いでいて、ほかにはだれもいなかったから、ふたりにその薬を渡すことも、ジョーンズ・アンド・ジョーンズのだれかに連絡することもできなかった」グウェンはため息をついた。

「あのふたりがパーカーを殺しておれを殺そうとした部分を除けば」

「その部分を除けばね」とグウェンも同意した。

「ファロン・ジョーンズの話を聞いて、〈夜陰〉は運悪くつかまった調査員を見捨てるのが全社的な方針らしいという印象を強く受けた」ジャドソンが言った。

エリアスが小さく口笛を吹く。「容赦ないな」

一同はしばし無言で夕陽を眺めた。男たちはそれぞれのビールを飲んだ。グウェンは傘のついたカクテルを飲んだ。少しして、グウェンはジャドソンに目を向けた。

「あなたの元クライアントのスポルディングとその部下のふたりは、〈夜陰〉という名の悪魔に魂を売ったようね」

「ファロン・ジョーンズによれば、彼のメインのクライアントのアーケイン・ソサエティという組織は、ヴィクトリア朝時代からずっと、〈夜陰〉も含めて、ならず者の超能力者を制御しようとしてきたらしい。おれたちは、一世紀以上も前から人知れず続けられてきた紛争の渦中にたまたま首を突っこんでしまったんだ」

エリアスがふんと鼻を鳴らした。「首を突っこんできたのは向こうだろう」

「どう見るかはともかくとして、もうかかわってしまったんだ。とりあえずの指標として、コパースミス家とこのジョーンズ・アンド・ジョーンズという会社は同じ側に立っている」

「もしくは単なる一時的な同盟関係か」とエリアス。「そのアーケイン・ソサエティなる組織については、まだわからないことが多すぎる」

ジャドソンの笑みは冷ややかだった。「向こうもこっちのことはほとんどわかっていない」

「そしてその状態は変わらないだろう」エリアスが言った。淡々とした硬い口調だった。

「たしかに」ジャドソンも認めた。

「まあ、だれにだって秘密はあるさ」ニックが意見をはさんだ。「だからって業務提携できないとはかぎらない」

「ああ」ジャドソンはビールをひと口飲んで、ボトルをおろした。「そんなことはまったくない」

グウェンは周囲のエネルギーを感知して、にっこり笑った。なんとなくわかってきたのだ。

「そのファロン・ジョーンズなる人物は、なにか業務上の取引を提案してきたんじゃない?」

ジャドソンは赤々と燃える夕陽が空に筋を描くのをじっと見ていた。「自分のところの調査員は契約に基づいて仕事をするという話はしていた。国際的な人脈と堅実な隠れ蓑のある経験豊富なセキュリティ・コンサルティング会社の、専門知識と莫大な資金があればありがたい、という言い方をしていた」

エリアスのビールを持つ手が宙でとまった。「莫大な資金だと?」

「ジョーンズはコパースミスの名を知っていた」

「ふん」エリアスはしばし考えこんだ。「だがまあ、ひとつだけ正しいことを言っている。コパースミス社は立派な隠れ蓑になるだろう。うちの事業の性質を考えれば、いつでもどこへでも出かける口実はある。自社のジェット機と、自社のヘリと、自社の船もあるし」

「それで思いだした」グウェンは話をもどした。「コパースミス・コンサルティング社は、つい先日業界から消えたクライアントの後釜をさがしているのよね」

「ああ、おれも思いだしたよ」とジャドソン。

「新しいクライアントができるなら、新しい有能な人材も雇わなくちゃね。たとえば犯罪現場で亡霊と話ができる人とか」

「それに、鍵のかかったドアを通り抜けられる人も必要かもね」とニック。「どんなコンピューターでも侵入できる人とか。お上品なコパースミス家のみなさんが足を踏み入れないような場所にコネのある人も」

ニックのいつもどおり皮肉っぽい冷ややかな口調の裏に、グウェンは期待と熱望を聞き取った。グウェンと同じで、ニックも、わが家と呼べる場所、よりどころをさがしている。自分の家族と呼べるものを求めている。

ジャドソンがグウェンとニックのほうを向いてにやりと笑った。「コパースミス・コンサルティング社は人材を求めていて、きみたちの能力を必要としている」

ニックが満足げにこくりとうなずく。「ひとこと言わせてもらうと、あんたの父上のお供をしたせいで、ぼくは旅行の足と宿泊施設に関しては一流を好むようになったよ。あの社用ジェット機はじつに便利だね」

「とんだモンスターを生みだしてしまったな」とエリアス。「だが、こいつの侵入の技にはそれだけの価値がある」

47

その夜、ジャドソンとグウェンは、海に銀色の光をまき散らすみごとなカリブ海の月の下で愛し合った。グウェンは彼の愛撫に身を任せ、ふたりが共有するベッドでジャドソンが見せる優しさと力強さを堪能した。けれど、ふたりのあいだに激しく燃えあがったのは親愛の情で、それは生涯の宝物になりそうだった。

終わったあと、ジャドソンは仰向けになり、湿った熱い身体の上にグウェンを抱き寄せた。

「きみを愛してる、ドリーム・アイ。シアトルで会ったあの夜からずっと」

グウェンは笑った。「あの夜のあなたが求めていたのは熱いセックスよ。それが悪夢を忘れさせてくれると思ったんでしょ」

「あのときはそう思いこんでいたが、熱いセックスがかなわなかったとき、それがまちがいだとわかった」

「どうしてわかったの？」

ジャドソンは笑みを浮かべ、グウェンの髪をひと房指に巻きつけた。「だんだんわかってきたんだ。きみと熱いセックスができないのなら、ほかのだれともしたくないし、そのせいで夢から逃れられなくなってもかまわないと。きみはいつになったらおれを愛していることに気づくんだ?」

「あら、わたしがあなたを好きになったのも、あの夜よ」

「本当に?」

「わたしが待っていたのはこの人だって、すぐにわかった。でもあなたの夢を修復してあげるなんて言って、最初のデートを台無しにしてしまったでしょ? あなたは怒ってエクリプス湾に引きこもった」

「きみは悪夢を見るおれを気の毒だと思った。きみに同情だけはされたくなかった」

「あなたが夢のことで悩んでいるとわかって、たしかに同情した。その夢をわたしなら修復できることもわかってた。でもそれとはまったく関係なく、あなたを好きになったの」

「そうなのか?」

「言ったでしょ。クライアントとは寝ないって。好きになったりもしない。愛してるわ、ジャドソン。はじめて会ったときからずっと、そしてこれからもずっと」

「話がついてよかった」ジャドソンは笑顔を見せ、両手でグウェンの顔を包みこんだ。「エクリプス湾にいたひと月は、ふたつのことしか考えられなかった――きみのことと、繰り返し見るろくでもない夢のこと。きみをさがしに行くのは時間の問題だった。でも、その前に夢の問題をきちんと解決しろと自分に言いきかせた。そうしたらサムから連絡があって、きみが困っていると言われた」

「すごい偶然。そのひと月、わたしのほうは、結婚式であなたに会えるって自分に言いきかせてたわ」指先でジャドソンの唇の端に触れた。「巧妙なプランを立てたの」

ジャドソンの瞳が楽しそうにきらめく。「どんな巧妙なプランだ?」

「結婚式では、あなたの夢にはひとことも触れないでおこう。あなたのオーラに悪いものが見えても見ないふりをしよう。わたしが心理カウンセラーとしてどんなに優秀かを話すのはやめて、ただあなたを誘惑しよう、って」

「たしかにすばらしく巧妙なプランだ。まちがいなく成功していたと保証するよ」

「ほんとにそう思う?」

「断言する」ジャドソンはきっぱりと言った。「証明してもいい」

「どうやって?」

「いまここでそのプランを実行して、うまくいくかどうかたしかめるんだ」

「それって素敵なアイデア」

月明かりの下で、グウェンはジャドソンにキスをし、自分の巧妙なプランを実行に移した。

結果はすばらしいものだった。

48

結婚式の当日は、屋外の式にはもってこいの日和だった。レガシー島には、サンファン諸島に特有の暖かなきらめく夏の日差しが降り注いでいた。けれども、コパースミス家の屋敷は少しばかり余分のエネルギーで輝いているようにグウェンには思えた。

海面で陽光がきらきらと躍っている。大気は晴れやかに澄みわたり、近隣の小さな島々が、手を伸ばせば届きそうなほどだった。そして、写真のポストカードを完璧なものにするためにウェディング・プランナーに雇われたかのように、沖合いにはシャチの群れがいる。何トンもあるなめらかな黒と白の身体が、体重など感じさせない軽やかさで、海面から出たりはいったりして躍った。

「すごくきれいよ」グウェンはアビーにささやきかけた。

ふたりは、いまやアビーとサムがわが家と呼ぶ古い大邸宅のなかの小部屋にいた。グウェンがアビーのサテンとレースでできたドレスの優美なひだを最後に整えているところだった。開け放したフレンチドアの向こうには、きれいにリネンのかかった折りたたみ椅子の列が見え、新郎側の座席はもう埋まっている。

コパースミス家の親族と友人に加えて、島の住人全員が結婚式と披露宴に招待されていた。来客の数からして、レガシー島に住む全員がその招待を受けたにちがいないとグウェンは思った。

とはいえ、新婦側も空っぽではない。ウェディング・プランナーのジラールが、地元民の多くをそこにすわらせることでさりげなく新婦側の席を埋めてくれたのだ。でもアビーの義理の兄と異母妹たちは姿を見せていた。父親と義理の母親からは欠席の通知が届いたが、泥沼化した離婚劇の渦中にあることを思えば、だれにとっても、とりわけアビーにとっては、意外ではなかった。

ふだんは隠遁生活を送る顧客の希少本コレクターたちが何人か到着したとき、アビーが胸をつまらせていたのをグウェンは知っている。アビーとサムが出会うきっかけとなった事件にかかわっていた青年、グレイディ・ヘイスティングスの姿もあった。

「なんだか不安なのはどうして？」アビーが訊いた。「不安なんてあるはずないのに」

「花嫁というのは不安なものなの」グウェンは答えた。

「どうしてわかるの？　花嫁になったこともないのに。あなたのときが楽しみだわ。だれが不安になってるか見ものね」

アビーとグウェンの控室になっている小部屋の入口にニックが現れた。いつ見ても決まってる、とグウェンは思った。しゃれたデザインの新しいタキシードを着たニックはいちだんと洗練されて粋に見えた。

アビーとグウェンに向かってにっこり微笑んだ。ニックが感情を見せるのはめずらしく、うるんだ目がきらりと光った。

「ぼくには世界でいちばんきれいな妹たちがいる」柄にもなく声がかすれていた。

「そしてわたしたちには地球でいちばん素敵な兄貴がいる」グウェンは言った。

「ほんとによかったね、アビー」とニック。「本当の家族ができるんだ」

「本当の家族ならもういるわ――あなたとグウェンは本物以上に本物の家族よ」アビーが言った。「これ以上望めないくらいの。きょうはそこに夫と新しい親族が数人加わるだけ」

「でもこれからはいろいろ事情が変わってくる」

「いいえ、変わらない」アビーが前に進み出て、爪先立ちでニックの頬にキスした。「わたしたち三人は、これからもなにひとつ変わらない」

「わたしたちはいつだって家族よ」グウェンもニックの反対側の頬にキスして、後ろにさがった。

「わかったよ、そういうことなら」ニックは満足したようだ。まばたきして涙を振り払い、アビーに腕を差しだした。「じゃあ行こうか。サムがそろそろ不安になってきてると思うよ」

「サムが不安になるなんてありえない」アビーが言った。

「それがあるんだよ、花嫁に逃げられて自分が祭壇にひとり立ちつくすはめになるかと思ったら、いくらサムだって死ぬほどびびるに決まってるさ。まあ個人的には、あいつの目にパニックの色がちらっとでも浮かぶのを見たい気もするけどね」

グウェンはにっこり笑った。「でもそう長くは続かないわ、アビーは彼を祭壇に置き去りにしたりしないから」

「そうよ」アビーが白い手袋をはめた手でニックの腕を取った。「絶対に」

合図の音楽がはじまった。

「さ、行きましょ」グウェンは花嫁の化粧を崩さないように気をつけながら、最後に姉妹らしいキスをして、花かごを手に持った。

サムが祭壇で待っていたが、ひとりではなかった。付添人のジャドソンがそばに立っている。

ジャドソンの視線を一身に浴びながら、グウェンは晴れやかな気持ちでゆっくりと通路を進み、花嫁の付添人の位置についた。花とリボンに縁取られた帽子のつばの下からにっこり微笑みかけた。ジャドソンの目のなかで愛の炎が燃えていた。

しばらくのち、グウェンは披露宴のために設置された大きな白いテントのなかに立って、一曲目のワルツを終えようとしている新郎新婦を見守っていた。

「それはジラールに任せたら」ニックがグラスのなかでシャンパンを揺すった。「彼がなにもかも抜かりなくやってるから」

「言わせてもらえば、あの男は軍隊を指揮するべきだな」ジャドソンが言った。「ジラールがウェディング・プランナー業界へ進もうと決めたことは軍にとって損失だった」

「じつはしばらく軍隊を指揮してたんだよ」ニックが言った。「ジラールは十年間海兵隊にいたんだって」

ジャドソンはおもしろがるようににやりと笑った。「やっぱりそうか。コパースミス家の一団とレガシー島の全住民を相手に、なにをどうするかいちいち指示してただですむ人間などそうそういない。ここだけの話、ジラールというのは本名か？」

「それは言えないね」ニックはシャンパンを飲んで、グラスをおろした。「秘密にすると誓ったんだ。彼のタトゥーのことなら話しても――」

「いや」とジャドソン。「話さなくていい」

「残念。すごい芸術作品なのに」

「そろそろ話題を変えたほうがいいんじゃないかしら」グウェンはきっぱりと言った。「タトゥーと本名のことはさておき、ジラールは最高に素敵な結婚式をプロデュースしてくれたわ。もちろん、アビーとサムがこれ以上ないくらいお似合いのカップルだからというのもあるけど。見て、あのふたり、ずっとああして見つめ合ってる。いいエネルギーが伝わってくるわね」

ワルツがゆっくりと静かにやんだ。サムがアビーにキスして、観衆がはやしたてる。それから唐突に演奏のテンポが変わり、それが全員をダンスに誘いこむ合図となった。

ニックがシャンパングラスをそっと慎重にテーブルに置いた。「ちょっと失礼して、ジラールをダンスに誘ってくる。彼はプランナーとしての責任と立場をわきまえてるから、なかなか難航しそうだけど」

「彼にこう言え、コパースミス家の結婚式では全員が踊る決まりになっていると。もちろんウェディング・プランナーも含めて」

ニックが輝くばかりの笑みを見せた。「うれしいな。そう伝えるよ」

人ごみを縫うようにして立ち去った。

ジャドソンがグウェンの手を取る。

「踊っていただけますか、ドリーム・アイ」

「よろしくてよ」ジャドソンに導かれてグウェンは混み合うダンスフロアに出た。「踊ってるあいだにあなたの夢を壊さないようにすると約束するわ」

ジャドソンがグウェンを腕のなかに抱き寄せた。「おれの夢のなかへ来てくれるならいつでも歓迎する」抱いた腕に力がこもった。「愛してるよ、ドリーム・アイ」

「愛してるわ、ジャドソン」

ジャドソンの指輪のフェニックス・ストーンが、夏の熱い日差しと愛の炎で赤々と燃えた。

訳者あとがき

ジェイン・アン・クレンツによるダーク・レガシー・シリーズ第二弾『琥珀色の光のなかを』をお届けします。シリーズ一作目の『フェニックスに唇が触れる』では、超能力で暗号化された〝ホット・ブック〟の専門家である古書ディーラーのアビーと、超常エネルギーを秘めた水晶〝ホット・ストーン〟の専門家サムが主役でした。二作目にあたる本書は、そのアビーの親友グウェンと、サムの弟ジャドソンの物語です。

今回のヒロインであるグウェンの超能力は、相手のオーラを読み取れること。職業は心理カウンセラーで、クライアントのオーラを読み、夢を分析することで悩みを解決するのが仕事です。

そんなグウェンにある日、恩師のイヴリン・バリンジャー博士から〝重要なことを発見した〟という意味深なメールが届きます。オレゴン州のウィルビーという田舎町に住むイヴリンは、超常現象の研究家で、大切な友人でもありました。ただならぬメールにグウェンが駆けつけてみると、そこで待っていたのはイヴリンの遺体。外傷はなく、あきらかに不審死のように見えました。

グウェンの脳裏に二年前の悪夢がよみがえります。二年前、グウェンがこの町でイヴリンの超常現象研究プロジェクトに参加していたとき、研究メンバーのうちふたりが殺され、殺人犯と目された男も不可解な死を遂げるという事件が起こったのです。警察は三人の死を自然死と自殺として片づけ、事件は決着したものの、今回のイヴリンの死はあのときとあまりにも状況が似ている。そしてイヴリンの遺体のそばにはそのときの研究メンバーの集合写真が落ちている。これは単なる偶然か、それともなんらかのメッセージなのか。二年前の事件の被害者を発見したのはグウェンで、今回もまた遺体の第一発見者だったことから、地元警察の署長は彼女に疑いの目を向けます。

謎を解明して身の潔白を証明するためにも、今度こそ真相を突きとめようと、グウェンはみずから調査に乗りだすことにしました。でもひとりではむずかしい、専門家の力を借りたいと、親友のアビーとその婚約者のサムに相談します。

そこで白羽の矢を立てられたのが、サムの弟のジャドソン・コパースミス。超常現象の調査を専門とするコンサルタントですが、政府機関の依頼で引き受けた仕事で命を落としかけたトラウマから、なかば引きこもり状態にあるところを無理やり引っぱりだされました。

犯行現場であるイヴリンの自宅に足を踏み入れた瞬間、ジャドソンは、これは自然死ではなく超常的な方法による他殺だと断言します。そして、犯人もまた強力な超能力者にちがいない、と。

二年前の事件との関連を調べていくうちに、町で第二の殺人が起こり、さらにウィルビーから遠く離れた複数の町で起こった死亡事件との関連が浮かびあがり、あげくの果ては四十年前に封印されたコパースミス家の秘宝〝フェニックス・ストーン〟もからんできて……事態は混迷の度を深めていくのでした。

途中から調査に加わるグウェンのもうひとりの親友ニックや、イヴリンの飼い猫マックスも大活躍します。

一作目のアビーとサムの場合と同じく、グウェンとジャドソンも超能力者同士。お互い強く惹かれながらも、必要以上に警戒心が働いて、なかなか素直になれません。アビーとサムに劣らず個性的で負けず嫌いのふたりが、意地を張りつつも徐々に理解を深めていく、その過程の微妙な心理も読みどころのひとつでしょう。

パラノーマル・ロマンスと呼ばれるジャンルは、文字通り〝常識を超えた〟設定がなによりの魅力。目の前にいる人のオーラが読めたり、他人の夢にはいりこんでその情景を変えたり、相手に幻覚を見させたり。もしも自分にそんな能力があったらと想像すると楽しくなりますね。

とはいえ、どちらかを選べるとしたら、大多数の人はやはり普通の人間でいいと思うのではないでしょうか。グウェンは折にふれて〝生きるために普通の人のふりをすることを学んだ〟と語り、ジャドソンは〝超能力者は生きているかぎり暗闇から完全には出られない〟と悟っています。

本当の家族に恵まれなかったグウェンとアビーとニックは、特殊な子供の集まる寄宿学校で出会い、強い絆で結ばれ、親友になり、やがて本物の家族になるのですが、彼らが乗り越えてきた苦難を想像すると切なくなります。常人が絶対に経験できない空想の世界を楽しく描くのみならず、こうして人間模様が深く描かれている点も、この作家の絶大なる人気の秘密かもしれません。

ロマンス小説ファンの方にはいまさらの情報ですが、ジェイン・アン・クレンツ名義のコンテンポラリー・ロマンスのほかにも、アマンダ・クイック名義のヒストリカル・ロマンス、ジェイン・キャッスル名義のSF／未来ロマンスなど、数多くの作品が刊行されています。

絢爛たる貴族の世界から遥かなる未来の惑星まで、お好きな舞台を存分にお楽しみください。

二〇一四年　十二月

琥珀色の光のなかを

著者　ジェイン・アン・クレンツ

訳者　高橋恭美子《たかはしくみこ》

2014年12月19日　初版第1刷発行

発行人　鈴木徹也

発行所　ヴィレッジブックス
〒108-0072 東京都港区白金2-7-16
電話 048-430-1110（受注センター）
03-6408-2322（販売及び乱丁・落丁に関するお問い合わせ）
03-6408-2323（編集内容に関するお問い合わせ）
http://www.villagebooks.co.jp

印刷所　中央精版印刷株式会社

ブックデザイン　鈴木成一デザイン室

 ISBN978-4-86491-187-0 Printed in Japan

超能力組織アーケイン・ソサエティを舞台にした傑作ヒストリカル・ロマンス・シリーズ！

アマンダ・クイック　高橋佳奈子＝訳

「オーロラ・ストーンに誘われて」

あなたと恋に落ちたのは、いっしょに悪魔と闘っていたとき…

定価：本体860円＋税
ISBN978-4-86332-331-5

「運命のオーラに包まれて」

彼こそ、わたしの理想の相手。でも、ともに過ごすのは今夜だけ。

定価：本体840円＋税
ISBN978-4-86332-148-9

「虹色のランプの伝説」

その夜二人が熱く燃え上がったのは超能力のなせるわざ、それとも愛ゆえ？

定価：本体880円＋税
ISBN978-4-86491-087-3

「禁じられた秘薬を求めて」

初めて会ったときから好きだった。それが叶わぬ想いと知りつつも…

定価：本体860円＋税
ISBN978-4-86491-038-5

デボラ・ハークネスの好評既刊

世界38カ国熱狂のファンタジーシリーズ〈オール・ソウルズ・トリロジー〉

デボラ・ハークネス 中西和美＝訳

魔女の目覚め 上・下

〈上〉定価：本体880円＋税 ISBN978-4-86332-329-2
〈下〉定価：本体900円＋税 ISBN978-4-86332-330-8

世界38カ国を席巻！

NYタイムズ・ベストセラーリスト第1位！

魔女の契《ちぎ》り 上・下

〈上〉定価：本体860円＋税 ISBN978-4-86491-042-2
〈下〉定価：本体880円＋税 ISBN978-4-86491-043-9

オックスフォード大学の
図書館に眠っていた一冊の写本。
錬金術をひもとくその古文書には、
世界を揺るがす強大な秘密が隠されていた……。
魔女の血を引く歴史学者と天才科学者のヴァンパイアが
活躍する絶賛ファンタジー！